亲爱的彼得潘小姐

苏沐梓 著

Ending is Beginning

北京联合出版公司
Beijing United Publishing Co.,Ltd.

亲爱的彼得潘小姐

目录

CONTENTS

别 燕

第一章

他伸展了一下四肢，沿着海岸走去，在丛林的边缘，他止住了脚步。我以为他一定会回眸看我一眼，骄傲地捋平自己的耳朵，为这段旅程画上一个句号，但他却头也不回地走进了丛林，就这样从我的生命中永远地消失了。

——《少年派的奇幻漂流》

1

黎明前的黑暗总是最瘆人的，就好像双休日来临前的周五一样让人爱且恨着。

清晨八点半的光线刚刚穿窗而入，敲门声就响起。

“请进。”

Waka 是今天的第一名病患，不称呼她中文名字是因为无从知晓，她的整篇资料卡用了包括中文、英文、日文、西班牙文在内的近十种语言填写，也因此才被幸运抽中为今天裴医生的首位病患。

裴医生有个怪癖，他只看自己感兴趣的患者。

“咖啡，还是红茶？”他稍稍挽起衬衫袖，站在吧台征询她的意见。女生摇摇头：“一杯白开水，谢谢。”

裴燕生为她挑了一款极简的釉彩瓷杯，清洗、旋拧、倾倒，水在空中划出漂亮弧度，之后稳稳落入杯中，漾开细小波纹。明明是极寻常的动作，由他做来却格外赏心悦目。耳边只余好听的水声，女生的表情终于有了一丝放松。

阳光下，Waka 的皮肤非常白皙，高鼻梁尖下巴，五官精致又漂亮。他递来水，她双手接过放在桌前，低头时她抚了抚大框眼镜，裴燕生瞧见她眼周围的一圈淡淡青晕。

“持续失眠？”

她抬头看他，沉默了。

“我在公交车上做了一件特别丢脸的事情。”她语气微赧，话匣子倒没有按照他预定的方向发展，他也不恼，挑眉示意她继续。

Waka 的眼神开始朝右移。

窗帘挡不住日光，闹钟开始上班，她浑浑噩噩地起床洗漱、涂上面霜、画完淡妆。床上的男人还在睡，她砸过去一个枕头。中招的男人不满大叫：“凶婆娘！”女生表情苦恼：“哎，以前总叫我温柔的小宝贝，现在却是凶婆娘。”她和他一边拌嘴一边朝公交车站走去。

与往常完全无二的一个清晨。

高峰期间的公交车人墙拥挤本就让她心情堪忧，偏偏视线不经意一瞥，就看到许笛自人群中分拂上车，一步一步朝她和杨树走来。Waka 身体内的警报在此刻全线拉响。

为什么许笛也会乘这辆车？搬家了？是因为他？

Waka 话语稍停，目光与裴燕生相接。

“所以后来？”

女生的语气忽然淡了：“我和我男友交往两年后才知道他和前女友还保持有联系，为此我和他大吵了一架，他也答应了我和许笛不再来往。我本以为我不在意了，直到在公交车上撞见许笛，我忽然就情绪失控大吵大闹起来，完全不顾自己的形象，非要逼着她下车直到我看不见了才肯罢休。其实他们之间连多余的一句聊天都没有，可我就是无法忍受她出现在我的面前。当时车上所有人都对着我看，连我男友也是，他们的眼神都让我觉得，我可能是疯了。”

然而裴燕生在她的叙述里没有捕捉到一丝一毫的情绪起伏，包括说到最后几个字的时候，她的表情里也没有半分“认为自己是疯子”的态度，就连在面对他的时候，她的眼神也比最初要利落许多。

默了会儿，裴燕生笑了笑：“你有生人勿近症。”

“嗯？”她瞪大眼，表情里传来一抹俏皮味道。

“你刚进来的时候很紧张，说明你对陌生的环境和人都怀有戒备。”他指了指桌上的水，“水你一口都没喝。”她赶紧端起来喝了一大口。裴燕生继续道：“你不绕圈直接说问题，表示你迫切想要摆脱这种情绪。眼神朝右看说明你在回忆，一般人的回忆都是磕绊不顺，而你的表达非常干脆有条理，应该是从事文字工作的。”

说完这一段话后，裴燕生双手交叉身体朝后靠向椅背，敏锐地捕捉到了她的目光里有赞许的情绪转瞬即逝。

他以指尖轻点了点桌子补充道：“听到别人对你真实想法的解读后不生气反而表示赞同，你情商不错。对于会有这种困扰发生在各方面条件都很优秀的你的身上，我只有一个建议。”

“请说。”她的身体朝前微微倾了倾。

“和他分手吧。”

“分手？”

她“哗”一下从椅子上站起来，反应比他预想中要激烈得多。

裴燕生难以置信眼前身体单薄的女生声音里竟然有如此巨大的能量——“我已经27岁了，我和他都已经到了谈婚论嫁的年纪，现在你让我分手，我怎么去向我妈交代？还有我身边的同事、朋友我怎么去一一解释？我又怎么对得起我为他做出的那些退让、改变以及我一去不复返的青春？如果我还是两年前的我，那还有资本去和他提分手，可我已经——”几乎是声嘶力竭地吼出这些话，Waka已经在他面前来回晃了数圈，胸口因为情绪波动正剧烈起伏着，而她也正抚着额头强迫自己冷静下来：“对不起，我又失控了……”

“没关系。”

她捂着额头听到他的脚步声走远了再折返，停在她身后。

他拍拍她的肩膀，她回头。见他递过来一杯蓝莓果汁，她本能摇头：“我不渴。”

“看着它的颜色。”

她照做了。

等了几秒钟，他才提议道：“尝一口试试？花青素对你的眼部疲劳也有舒缓作用。”

“谢谢你。”说来奇怪，她原本因躁动不安而难以受控的心率竟渐渐变得齐整了。裴燕生一边在她的资料卡上写评语一边说道："你回去路过超市时也可以买一些蓝莓果汁，冷色调的紫色对安抚你的情绪很有功效。"

"嗯。"她记下了。

他的笔尖唰唰疾走，"好了。"刚抬头就看到她的视线正直勾勾地盯着桌上的台式瑞士钟表——滴答滴答，她的眼睛也跟着一眨一眨。

其实安静下来的她有一种非常别致的美感，即便现下双唇紧抿面色凝重。

Waka 不确定那究竟是哪一天发生的事情了，因为她发现与情绪难控相携而来的还有一种病症，时间遗忘症。

"啊，对了。"裴医生温和的声音拉回了她的思绪，"如果你担心下次再在公众场合发生此类让你难堪的事情，你也可以包里随时备上一瓶。"他送她到门口，对于幽默功效甚微的冷笑话，她还是配合地提了提唇角。

"再见！"

"裴医生——"

他单手插在兜里，应声回头。

"我想问，"她顿了顿才说，"我到底疯了没有？"

裴燕生这次的微笑幅度有些大，露出了一排整齐的洁白牙齿，笑意也跟着进到了眼底，"其实你的心底已经有答案了，又何必向我求证呢？"

Waka 离开了。

她站在风中发呆，楼上裴燕生办公室的窗子开着，他就站在窗边看她一动不动的纤瘦身影。他的身后摊开放着刚从书架上取下来用以确认字义的日文辞典——Waka 的中文含义是"和歌"。

2

感受到包里持久的震动感时，女生终于恢复知觉，下一秒差点吓出声来，果不其然手机上特别争气地显示着共有 36 条未读短信，15 条语音留言以及 3 通未接电话，她的第一反应就是完蛋了。

“喂，老板？”

“纪和歌！”她立刻嫌弃地将手机拿远了些，果然那端传来的咆哮声惊天动地连她周身的空气分子都跟着颤动起来，“纪和歌我要杀了你！今早的专题会，所有高层都在等着你一个人！我说你是因为路上堵车，结果会都结束了你竟然迟到了整整两个小时！我限你 5 分钟内出现在我的面前，否则你就带上你所有的身家给我去死吧！”

如果她此刻站在老板面前，肯定已经被纷飞四溅的唾沫星子给淹没了。

一声招呼不打就直接翘班，这是近年来纪和歌做过的最胆大包天的事情了。

纪和歌揣着出租车票到公司时，所有同事都抬头看她，目光无限哀悯。和歌一路直奔主编室，办公室大门开着，她直接冲了进去，“老板，我……”

于琳正在打电话，见到头发凌乱外套敞开已滑落至肩膀下，此刻正扶着门大声喘气的纪和歌时，她很不客气地皱眉以眼神示意她噤声。

“对呢王董，您继续说。”于琳转动着转椅，发出一串太过刻意的笑声。

纪和歌久等不耐，一咬牙转身朝影印室跑去。

“莫奈展的策划书在优盘里，快。”

同事熟练地在电脑上校对与排版，直到熟悉的高跟鞋声“蹬蹬”

而来。

“纪和歌！”

“老板我的策划书做完了，小林在做排版下印，我保证十分钟后一定会向陈总做出满意的报告！”和歌右手并拢举起，做发誓状。

于琳勾唇笑，声音凉丝丝：“你以为陈总现在还愿意听你的报告？纪和歌你未免也太把自己当回事了。我警告你，整个公司里等着我去培养又比你听话的编辑用两只手都数不过来！”她说及此还特地以指尖点了点纪和歌的额头，咬牙切齿道：“你别仗着笔杆子好就越来越放肆，姐随时可以炒了你。”

影印室的小林已经被吓得无法动弹。

于琳瞪他一眼：“有空发呆还不赶紧给我排版！人家纪和歌的稿子都已经交了你还要拖到什么时候！”

很快她的攻击对象再次变成了纪和歌，和歌一直唯唯诺诺地点头，外面的同事投过来的目光无一不充满了同情。只有和歌再清楚不过老板的脾性，于琳是标准刀子嘴豆腐心，刚认识的人或许会被她打击得体无完肤，诚如五年前刚毕业的自己，多少次委屈泪流想直接拍屁股走人，可一旦咬牙挺了过来，于琳会让你知道，同她一路并肩作战到最后的你，会收获多少旁人艳羡不来的风景。

比如她一手捧红的圈内一线旅行编辑纪和歌。

“跟我进来。”于琳说。

“……什么？”听完于琳的话，和歌非常不情愿，“老板，不是我不愿意加班，实在是今晚上有事情。”

“我是命令你，不是在和你商量。”于琳的丹凤眼已经眯起，唇际往下倾，是动怒的前兆。和歌立刻乖觉闭上嘴。

“怎么办？”和歌握着手机，一脸愁苦地瘫软在座位上。同事都以为她是被训得太惨，只能拍拍她的肩膀送来一些零食以示安慰。

手机预设的提醒铃声再度响起，纪和歌压根不敢看屏幕上跳跃的“猪头生日”四个大字，就赶紧给它切了让手机重新归于睡眠。太虐了，已经因为差点忘记杨树生日惹得他不开心，现在如果被杨树知道自己可能无法陪他过生日的话——纪和歌不敢再想下去。

说来奇怪，纪和歌的记忆力向来是超凡脱俗的好，比如她经常在入睡前想到了稿子的结构布局或叙述手法，可她懒得下床用纸笔记下构思，就在脑海里反复记，然后第二天早上醒来的第一件事情就是寻找纸笔，迅速记下前一晚的灵感，多半一字不差——如此经历屡试不爽，可谁知在几天前和杨树一起看电影的时候，他问她：“亲爱的，今年生日你给我准备了什么礼物？保密工作也做得太好了吧。”

因为杨树太清楚不过，以纪和歌的性子，但凡萌生了惊喜的小心思，一定会迫不及待与人分享，再要求对方来夸自己。然而当时和歌挽着他手臂的动作一滞，面上尴尬的表情不似作假，杨树的脸色立刻凉了下来：“你该不会忘记了吧？”

“怎么可能！”和歌脑袋放空半晌才惊呼不妙，偏偏杨树不信她，那一刻她是真的体会到记忆衰退的绝望感的，她只能以大笑掩饰尴尬：“我怎么可能忘记你的生日，你就安心等着吧。”

“你啊，就是工作太忙太累了。”

杨树依旧是一副起了嫌隙的表情。

3

“真的会有短时遗忘时间的病症？会模糊掉记忆里发生的那些事情的具体时间？其实更应当被认定的是：当外界的某些刺激讯号传递给大脑，在已经受到或可能再次受到伤害的情况下，人们往往会为了保护自己而自发性采取的一种手段。”

裴燕生在平板电脑的记事本里敲下这样一段话。

Waka 对时间的依赖性已经超出了普通人，而她自己并没有意识到这一点。

敲门声响起，秘书走进来："裴医生，今天晚上的莫奈文化展，您会如约前往吗？"

三个礼拜前发来的邀请函，裴燕生的编号是 002，莫奈的绘画首次运进中国，这是小范围的预演展出，邀请函名额仅有一百位，裴燕生排名第二。

他的地位很高，但他也相当低调。

很多人弄不清楚他具体的定位，常常会问道，裴医生是精神科医师吗？

不是。

那是心理医生？

也不是。

这样解释吧，他什么病都能治，但他并不是什么病都肯治。

——那他自己开的那栋诊所会亏本吧。

——相反，几乎日进斗金。而且盈亏这事，他从没放在过心上。

裴燕生想了想："行吧，拿银灰色的那套西装给我。"

纪和歌给杨树打电话的时候，她已经盘好头发画了精致如奥黛丽·赫本的妆容，一袭黑色抹胸长裙配上白色蕾丝手套，挎着宴会包，站在展览馆外面的空地上吹风。

"喂，和歌啊。"杨树的声音都带着笑意，让和歌紧张地闭上了眼。

"我会尽快赶回来的。"她摸了摸包里那个精心准备的礼物，声音都有了勇气，"阿树，我会给你惊喜的，你要等我。我和老板说好了，只要这边素材取到了，我就立刻回来陪你。"

杨树的声音没什么精神，"那我在家等你好了。"

“谢谢你，阿树。”

纪和歌将手机放在胸前，深呼吸了一口气，挂上职业性的笑容，转身朝会场走去。

而挂了电话的男人保持着同一个动作整整一刻钟才恢复生机，周身一片黑暗，他也懒得开灯。

纪和歌她总是这样忙，加班、出差、升职……仿佛不知疲倦的陀螺，不分昼夜一刻不停，连带着他都觉得累，喘不过气的压抑感受在此刻比任何时候都来得鲜明。

杨树打开手机，目光移到收件箱里两天前的那条短信：“你就心甘情愿和这个凶婆娘在一起？对她忍气吞声？她根本不够爱你。”

发信人是许笛。

“她根本不够爱你。”

七个字组合在一起，杀伤力竟像万千刀刃挥舞而来。公交车上的闹剧本就让他丢脸至极，而后又被许笛的直白呛得不轻，偏偏自己还不肯承认，如果还爱着，他应该能够感受得到才是，可现在的事情发展已经让他对纪和歌的最后一丝期待都归整至零了。

杨树想了想，在编辑框输入了几个字，发送。

4

法国画家莫奈的作品展览位于市郊，馆址是一座十九世纪的法式建筑风格，连片的别墅群弯弯绕绕，相传曾是某一位法国富商回国前捐赠而出，所以即便这里不比市中心繁华，受邀而来的众人也对选址表示理解。

和歌步入会展，四周一片衣香鬓影，与光色不断变幻的印象派画作达到一种奇异的平衡。无法否认，即便已经在杂志和电视上看过多次，也无法与现场同它们面对面接收到的感官冲击力相提并论。

“莫奈展的策划书，你写得不错。”于琳的口气淡淡。

纪和歌不答，眼睛飘向四方，她的默不作声让于琳认定是在赌气。

“觉得委屈？”

不提还好，被于琳如此赤裸揭穿，纪和歌只觉眼眶里霎时覆上一层薄雾。她这几天夜里总觉得压力过大无法释放，临时做出翘班的行为虽难以理解，转念一想怕也是为现实所迫。连轴转的工作状态已经严重影响了她与男友的感情，所以才在于琳提出的“要么做掉莫奈展的报告策划书，要么陪我去现场一起参展”这二者加班要求中毫不犹豫地选择前者。

“我有权利感到委屈。”和歌开口，“你不知道倩倩为了能参加这次画展付出了多少努力，你轻飘飘一句话就让我顶掉她，她很伤心，我也不见得会感激你。”

“你今天故意迟到的时候就该想到会有这样的后果。”于琳毫不客气打断她的反驳，“我向来奖惩分明，只有你觉得不开心了，我才能达到惩罚的效果。”

纪和歌深呼吸一口气，转过头。

于琳不再理睬她的小情绪，领着她与前来参展的人一一打过招呼，他们非富即贵，以于琳的话说就是——都是人脉。

“渠道商是做我们这行一定不能得罪的，还有其他一些商界或政界的人，认识了总没有坏处。假如未来某一天公司倒闭了，你还能寻个下家收容，不至于沦落街头风餐露宿。”纪和歌对她的这些理论向来持中立态度，或许是因为早已认清了自己无法成为“花蝴蝶”的事实。

“那是王董。”

于琳侧头，以只有纪和歌听得到的声音说道：“《旅世界》的渠道商要换了，王董是政霖实业的老总，这笔单子一定要谈下来。你给我注意一点态度，别摆着一张臭脸。”

纪和歌想起他就是白天撞见同于琳通电话的那个人。

王董笑的时候，和歌才看见他镶着金牙。西服也是爱马仕最高调的新款，生怕别人不知道似的。于琳面上堆着笑，“王董的身材保养得确实是好呢。”

“也就平时打打高尔夫之类的，Waka 小姐平时有什么爱好呢？”

王董充满打量意味的视线移到于琳身侧的纪和歌身上，和歌被问得讪讪的，于琳替她解围：“她没什么爱好，周末全在单位给我写稿子。”

“于琳，你对下属可是太苛刻了。”

“所以今天不是带她来感受艺术的熏陶了嘛！”

说到艺术，王董立刻炫耀起来：“莫奈的作品那可是我一直以来的最爱，我在高中时就写过一篇莫奈的研究报告，还得过奖。”越来越多的人被他的即兴评论吸引了过来，让他好不得意：“就拿这幅《日本桥》来说，你们看他的用色和笔锋，简直是神来之笔。我曾去过好多次日本，就为了能寻到他笔下的这座桥梁，后来还真的被我给找到了！站在那座桥上，我仿佛可以感受到当时莫奈坐在桥下仰望并描绘这座桥的场景，真是——”可他还没结束滔滔不绝的演讲，就被一阵颇为不屑的笑声给打断了。

于琳瞪了一眼纪和歌，愤怒的情绪全部写在了眼睛里。

可和歌的确是听不下去了：“1883 年底，莫奈和雷诺阿在意大利旅行作画时发现了他梦中的花园，随后他就养成了一边出游作画一边收集花草种子的习惯，直到 1990 年他在巴黎西北方的一座小镇建了他自己的花园，而《日本桥》就创作于此。这座小镇名叫吉维尼，并非王董您认定的‘他坐在日本当地的桥下一边看风景一边作画’。”

有人笑了。

声音非常轻，却入了众人耳。

王董的脸色霎时变得又难看又尴尬，他看了一眼于琳与纪和歌，袖子一甩转身离开。看戏的众人也都相视一笑，没多久就散了。

于琳的牙齿都快咬碎了，她以指尖狠狠戳纪和歌的额头，“你啊你啊，什么时候能把你那清高的性子收收！这次被你害惨了！”说完就踩着高跟鞋紧随王董而去。

纪和歌耸肩，不是对后果完全没有担心的，可是心底仿佛还有一个声音在破土而出——纪和歌你做得好，谁让她偏要勉强你来参展。

和歌甫一回头，刚巧对上那道漠漠视线。

隔着五米左右的距离，裴燕生一袭银灰色西装倚墙而立，饶有兴趣的目光穿越画作与人群，稳稳落在她的身上。见她感受到了自己的注视，裴燕生勾了勾唇角，算是打过了招呼。

纪和歌立刻别过脸，心里一阵慌乱。她也说不上来为何此刻在这里遇见裴燕生会让自己阵脚大乱，她与他上一秒还是医生与病患的关系，下一刻却又相遇于正常的场合，这个人望向她的目光总是太过审视与直接，他知道自己的软肋，也只需寥寥数语就能窥探到她内心的真实想法，像利箭直中靶心，让她透不过气。

纪和歌下意识捏紧了手里的宴会包，迈步离开。

散场了。

市郊的夜风很大，和歌觉得凉。

于琳与王董一同从会场走出来，和歌在风里眯了眯眼，抬头看着他二人自台阶上慢慢下来。

王董见到她，脸色依旧不悦，率先走开。于琳的火气消了些，对着和歌无奈摇头，“我不和你一起走了。”

和歌皱眉：“你要跟他走？”

“不然呢！”于琳叹口气，指着车对她说，“公司的车借给你，让司机赶紧送你回家，省得你总喜欢拿着出租车的车票找我报销。我和王董再去个饭局，晚上还有一场应酬，你就不用去了。”于琳也没再多说什么，朝王董的车走去。

车都开远了，纪和歌还发着呆。

“你们领导对你不错。”

被突如其来的男声吓到，和歌一回头才发现裴燕生已经淡淡立在自己身后了。

“她总是凶我。”凶到最后和歌都已经免疫了。

裴燕生摇头：“她的喜怒不会太明显放在面上，比你成熟，这样其实能更好保护自己。以你的聪明，不会不知道她帮你处理了一晚上的烂摊子。”不用裴燕生点得太透，纪和歌明白他指的是于琳跟王董一起离开这件事。

和歌只是扁了扁嘴，不予置评。

她的面色并没有因他的宽慰而和缓，也不急着离开，这倒有些出乎他的意料，明明一整晚都是心不在焉的急切状态。裴燕生看她一眼，温和地说：“既然有她在，你可以不用这么紧张。”

纪和歌莫名地盯着他，“什么意思？”

裴燕生指着她手中的包：“你的宴会包都快被你捏得变形了，整晚两个小时的展览，你的心思全在关注时间。你听演讲的时候眼神飘忽，与人打招呼时笑容也是浮于表面，疲于应付的你常常借机跑到角落，手包里的手机被你每隔几分钟拿出来看一次时间，以及脚尖点地的频率过快，所有的表现都在说明……”

“够了！”纪和歌动了怒，她提高音量，“裴医生，我敬重你的学术水平，我确实是希望你能为我提供中肯的治疗意见，但这不代表我默许了你可以随意研究我，我希望你能尊重我！”

被说中时便恼羞成怒，患病时尤其难以做到情绪管理，大多数人都会这样。裴燕生并不打算继续揭穿她，他点点头，“和歌小姐希望在除诊所以外的任何地方，都不作为我的病患，是吗？”

“你……”和歌有些怔忡，他怎么会知道她的中文名字。

裴燕生也不急，他给她缓解的时间，默了默才说：“如果你觉得我白天给你的那个建议接受起来有困难的话，可以退而求其次，建议你开始一段忘记时间的旅行。”

“忘记时间的旅行？”尚且不明白他具体的意思，裴燕生已经离开了。

不明白是他衣服光泽太过透亮，还是方才被云层遮住的星星现下都出来冒了泡，纪和歌总觉得自己被纱布紧紧包裹住的心脏现下稍微露出了一些，难得的可以透气了，连带着原本害怕回家见到杨树的心态都有了积极的好转。

5

“我回来啦！”

门锁被旋开的时候，纪和歌愣住了。

与预想中完全不一样，家里竟然一片漆黑。

“杨树？”一连唤了几声，都得不到回应，和歌终于接受他不在家的事实。

“去哪儿了呢，都这么晚了。”和歌一边念叨，一边在家里找寻有无杨树留下的字条。

一无所获。

终于不再抱有期待，她接受了一个人的事实。房间被浓稠的夜色侵袭，一静下来就会闷得发慌，她呆坐在沙发上，忽然觉得自己整晚的担心都是多余，她拼命催着师傅快些开车送自己到家这件事也仿佛成了一场笑话。

纪和歌去洗手间，恍惚间看到镜子里妆容已经微微花掉的自己，眼圈红红的，头发上的定型水宛如束缚自己的绳索，还有身上的礼服，所有的一切外界捆绑在此刻显得是如此密不透风。

和歌洗头冲了澡，被电棒卷烫过的头发特别蓬松，她吹干后索性盘成了花苞，垂下几缕不安分的长发搁在肩头。礼服被换成了宽大的露肩T恤衫，她给杨树煮了长寿面，加了两个荷包蛋，忙完这一切的时候，钟表已经走过了十二点，他的生日过去了。

凌晨一点，终于听到了门锁旋动的声音。

“啪嗒”一声，突兀到像是忽然弹开了纪和歌身体里的一根弦。

杨树的身上有明显的酒气，还哼着歌，心情不错的样子。

屋子里黑压压的，像是低气压风暴的中心。

“……和歌？”杨树打开灯，被沙发上蜷成一团的纪和歌吓到，他心里忐忑，“你怎么还没睡？”然后转身去挂外套，和歌悠悠抬起头，却只能看到他的背影，她凉丝丝地笑：“等不到你，我睡不着。”

杨树的背影一僵：“明明是我等不到你。”

纪和歌冷哼一声，“玩得很开心？”

“和哥们喝了点酒，临时接到他们的电话，说是要帮我庆祝，我心想你也不在，一个人实在是冷清得要命，就出去了。”一句话说得颠三倒四，明显是敷衍。和歌猛地将抱枕往沙发上一扔，站起来质问他：“和哪些个哥们？我倒要打电话过去问问，你们都玩了些什么！”

杨树没料到纪和歌会忽然对他发火，他心里有些虚，但气势上不肯示弱，于是也跟着提高了音量：“你有病啊！”他气不打一处来：“纪和歌是你言而无信不能陪我庆祝，现在你有什么立场指责我？麻烦你收收你这大小姐的性子，不是每个男人都能忍得了的！”

“你现在觉得我大小姐了？以前你追我的时候怎么……”

“啪”的一声，杨树狠狠关上了卧室的门，阻断了她还未说完的控诉，将她和他隔绝在了两个空间里。

太突然了，她没料到他会连话都不肯同她多说一句。

“滴答、滴答……”周遭一瞬又归于寂静，唯有钟表的走动声如此深入人心。头顶上的灯光在暗夜里显得刺目，让她眼睛莫名酸涩，纪和歌魂不守舍地拉开椅子坐下，默了会儿，她的肩膀忽然不可控制地耸动起来，有液体滴落在碗里，她抬头吸了吸鼻子，而后才用筷子夹着吃了一口面，冰冰凉凉的口感，让胃部霎时涌起一股极度的不适感。

她原本很饿，一口晚饭都没有吃过，现下却没有半分胃口。和歌在包里翻找纸巾，指尖忽然碰到那个准备好的礼物时，心酸感更加浓郁。包底被一个鼓鼓的瓶子占据，和歌掏出来看，这才想起来是裴燕生送的蓝莓汁，开过瓶，但只喝了三分之一就没再动过。

果然从前不爱喝的东西，即便治疗效果再明显，习惯依旧是根深蒂固难以改变的。

纪和歌将蓝莓汁丢进了垃圾桶。

她在沙发上睡了几个小时就醒了，窗外是个阴天，和歌没和杨树打招呼，直接出门了。

她到单位后很快就不得不接受最近她做的这一系列不靠谱事情的后果——

“老板……”

于琳的面色惨白，撑着额头无力地摆摆手，“你求我也没用了，我觉得这样的惩罚对你来说还是太轻了。”

轻？纪和歌就差没吐出血来。于琳交代她接下来的任务国家是日本，这本来是再寻常不过的安排，她倒没有太过排斥，权当是散心了。可于琳的原话是：“就三天的时间，我不管你在日本哪个城市，关东还是关西这些我都不关心，我只要你三天后交给我的照片和稿子里有栩栩如生的日本桥的描写，记住，是跟莫奈的《日本桥》一模一样的桥梁！稿子写好了就在线传给我审核一遍，然后你立马给我滚回国，拿着稿子去给王董登门道歉。”

“可是找不到怎么办？”

“那你就给我造一座一模一样的日本桥。”最后三个字是咬牙切齿蹦出来的。

纪和歌快哭了。

怎么跟杨树开口说出差这件事，又成了困扰和歌的问题。

关于纪和歌高调讽刺王董的事情一早上就传遍了公司，同事们对她的运气实在是无力安慰，只能挨个劝她：“和歌啊，你还是抽空去庙里拜拜菩萨烧烧香吧，这运气实在是背得太可怕了啊。”和歌无力地点头应承：“我会的。”

和歌掏出手机，它太安静了。

最近的一条通话记录还是昨晚的展览前，杨树最近的一条短信也停留在几天前约会看电影的时候。

不想先低头认错。回想这一路和他开始到现在，凡事几乎都是他主动的，他说过她太多次脾气欠佳，可他最后也总是先低头的那一个，所以这次，她也在等待。等不到的时候她也试着编辑了好多个字的短信，却总在发送的前一秒钟犹豫，然后悉数删得干净，如此反复几次，连自己都觉得无趣。

认错，看来是一件太不容易的事情。

“纪和歌！”

和歌从位子上站起来，于琳如一阵风般呼啸到她面前，将东西往她桌上一放，和歌看清楚之后险些没叫出声来：“干吗？”

“时间宝贵，你的护照和行程单都在这里了，马上给我走！”护照在和歌进到公司的第一天，就被人力资源部要求上交，只有出国的时候才能通过领导签字的方式暂时性地领回来。也因为公司这个变态的规定，和歌被杨树埋怨过：“什么公司啊，连我想跟女朋友出国度个假都这么麻烦。”想来，杨树对和歌工作的不满情绪，原来在那么早前就种下因果的种子了。

“我不去。”

“早就料到你会有这个情绪，辞退信在这里，你好好考虑一下你刚刚申请下来的贷款再回答我。”于琳扬了扬手里的信笺，纪和歌瞪她，险些就要爆发，终于还是将情绪压了下去，“算了。”

算了，直接走吧，既然无法解决和杨树的矛盾，就先冷静几天吧。

况且在她心如死灰站起来收拾东西的时候，当她翻开随身笔记本，“忘记时间的旅行”这几个字忽然跳进了她的脑海，让她手中动作一停。那几个字染上了裴燕生淡淡沉静的音调，同他给人的感觉一样，冷清却神秘，莫名在此刻撩动了她的心弦。

她看了一眼行程单上的落地点，关西国际机场。

之前去的总是在关东，东京之类的地方，关西去的不多，纪和歌在网页上搜了搜离机场最近的城市。

目光在一幅幅图片中逡巡，最后被四个字吸引——奈良有鹿。

6

纪和歌合上了电脑。

坐在候机室里，姑且先不去想接踵而至的那些烦心事如何处理，方才她回家收拾行李的时候杨树也不在，原本想同他打声招呼的，犹疑了片刻最后也只在冰箱上贴了一张便利贴，提醒他按时吃饭。

手机拿在手里反复摩挲，一直发着呆却下不了决心，直到身后的登机口开始慢慢聚起人群排队，像借着人潮的勇气，和歌终于拨通了那串号码。

心情一路跌宕，在电话呼叫音中她拼命组织着语言，却没料到杨树连开口的机会都没给她就掐断了电话。

纪和歌感觉整个身体仿佛一瞬间被冷水浇透，冻住了。

强压很久的眼泪忽然就跟着落下来，委屈这种情绪不是她想控制就能管理好的，从前一直将她捧在手心的杨树，现在竟然狠心对她不闻不问，将她花费很久才攒起的勇气瞬间击空。周围经过的人群间或撇过头看她一眼，又别过头，再看一眼，一边小声议论，纪和歌猛地拖起双肩包站起来毫不客气地瞪回去："看什么看！"还带着浓浓的鼻音，她抹了一把鼻子朝队尾走去。

"谁的电话？"

杨树还在看着屏幕发呆，许笛忽然从身后圈住他的脖颈，他慌忙切了屏幕，笑容不太自然："没什么要紧的事。"许笛的发丝垂下来，滑到他胸前，她的侧脸和他相蹭，有些无奈地冲他撒娇："是纪和歌在催你回家？"

他没做声。

脸色沉着，生日那晚原本是想报复纪和歌的冷落，并非真心想和许笛复合，可事情的发展渐渐不受他的控制，这两天刻意避着和歌，一方面是还没想好怎么同她和解，另一方面觉得自己做错了事，内心被愧疚感折磨，不敢去见她。所以在她打来电话时，本能就切掉了，但真的挂断手机陷入一片死寂，他又会后悔，他明明很想听一听她的声音，想知道她在干什么，但又实在厌倦极了她的咄咄逼人。

许笛见他情绪不佳，便从后方滑到前方坐进他怀里试图吸引他的注意力，她双手还勾着他的脖子，仰起头嘟嘴朝他笑："不嘛，我不让你走，原本就打算给你准备一份大餐的，你走了这些就没意义了，反正你家纪和歌肯定也是打电话给你说要加班，你回去了也只能孤零零地叫外卖吃，我会心疼的。"

杨树心里微微一颤，他确实已经记不起上次在家里好好吃一顿饭是什么时候的事了。

许笛还在不停摇着他肩膀，杨树双手覆上她的手，已经开始动摇了。

“那真不走了？”

杨树点点头，“不走了，留下来看看你给我做什么好吃的。”

“耶！”许笛跳起来，在他侧脸亲了一下，“那你乖乖等着。”

见许笛进了厨房忙碌，杨树狠下心将手机关了机。

飞机落地日本，纪和歌戴上了墨镜，关西机场外的天空明媚到刺目，和歌朝 JR 线的方向走，行李不多，脚步却铅一般重。

打开手机，收件箱里空空荡荡的，像她此刻的心情。纪和歌点开通讯录，给侑子发了消息，原本只是想试下手机的网络是否通畅，很快就等来了侑子的回复，说会去奈良等她，结尾处还配上激动的爱心表情，是她的风格。

纪和歌轻舒一口气，将手机丢进包里不再去看。

沿途的风景很绿很空旷，年复一年却似乎无甚变化。

三年前她第一次接到出国写旅行文章的任务时，目的地就是日本，那时日本在读者们心中还是如电影《情书》描述般的旧时文艺。和歌心气高，她一心想要展现更年轻更清新更多色彩的日本，因此天天在于琳面前念叨需要一个好相机。

于琳终于被她烦怕了，在她信誓旦旦打包票并立下了“如若损坏设备则以一个季度的工资奖金来相抵”的字据后，于琳大笔一挥，批准器材部将最新购入的上十万的单反借给她出差。

“纪和歌，这相机要是坏了，你也就死在日本别给我回来了！”

和歌哪里还听得进去她的威胁，垂涎着相机的小眼神都快亮得发光了，她捧着心肝宝贝不断重复说：“老板你放心，我一定把它看得比我命还重要！机在我在，机亡我亡！”

所以当纪和歌可劲儿拿着相机拍的时候，未免太得意忘形招了人眼红，于是当她在一家卖章鱼小丸子的路摊上买吃的，刚卸下相机准备掏钱结账时，前后不过数十秒钟，相机便被身侧的人拽起就跑！

那一瞬间，纪和歌宛如被雷电劈中，神思不复清明。她反应过来后拔腿就追，一边狂奔一边大叫，脸都涨得通红嗓子也喊哑了可她跟抢东西的那男人距离是越拉越大，和歌着急，便朝路边一陌生姑娘的电瓶车奔去：“车借我用用，等会就还你！”说是借，实则跟抢差不多，留下那个姑娘在她身后大声嚷嚷，纪和歌却连头都不回，弓着肩加足了马力朝那男人冲去！

后来侑子问起她怎么能那样“大义凛然”地强抢自己的车，和歌好不委屈答道：“那时候我满脑子都是闯祸了，相机丢了我回国就要被于琳整死了，其他东西我哪里顾得上，满心只想着要抢回相机。”

好不容易待和歌追上那个男人，奈何自己根本不是他的对手，二人相持许久，和歌被推得身上青一块紫一块却死死抱住他的腿不肯放手，就在这时，电瓶姑娘追了上来，气喘吁吁就对着纪和歌大叫：“你干吗抢我车！”

和歌满眼焦急：“麻烦你帮我报警，他抢劫我！”

一听抢劫，电瓶姑娘立刻来了劲，她磨了磨拳头，男人觉得好笑得紧，刚想给她一点教训，谁料电瓶姑娘左一记勾拳右一记飞腿，动作快到一气呵成，打得那男人叫苦不迭，相机脱手而飞，纪和歌看着相机在空中划出一个大圈，七魂都被吓走了五魄，她顾不上痛，立刻飞身朝相机下坠的方向扑去，最后抱着相机整个人重重砸在了花坛沿上，那惨状看得电瓶姑娘连忙遮眼。

女生之间的友谊发展总是相当迅速，前一秒还是一个抢车贼一个蛮力女，现下从警局录完口供出来，二人已是欢快地勾肩搭背相见恨晚了。和歌一口流利的日文让侑子错以为她同自己一样是京都人，得知她其实是来自中国的旅行杂志编辑时，侑子简直新奇极了。

一想起古灵精怪、短发大眼的侑子，和歌就想笑。虽然有她在身侧时会一刻不停地要说话、要吃东西，叽叽喳喳得像只雀鸟，但确实会因为这只雀鸟的存在而让人感到心情愉悦。

这只雀鸟曾对她说，她的名字同奈良附近的和歌山县如出一辙，那时和歌就想去看一看奈良，想在太平洋边的和歌山住几晚，想闻着风中芳草的香气慢悠悠醒过来，可谁会知道她在工作中疲于奔命，一晃已是这么久。

“Waka！”

还隔得老远，就听到清脆的女声。在距和歌五六米的地方，身穿一袭亮红色连衣裙的姑娘将太阳帽拿在手里不断朝她挥舞。不待纪和歌走近，侑子已是万分激动地抱住了她，“Waka，我可想死你了。”

“你的皮肤……”

“啊哈哈，我刚刚从毛里求斯回来。”侑子揉了揉自己的脸，露出洁白整齐的牙齿，“就是上次电话里你和我推荐的那些地方，和歌你真的很厉害呢，你写的那些旅行日记几乎涵盖了当地所有的精华，我去之前真的没有想到非洲会有这样棒的地方。”侑子的一双眼睛亮晶晶的，她的脸色已经晒成了蜜蜡色，浑身上下都是运动后精神饱满的健康气息，步伐矫健，与纪和歌是完全不同的两种状态。

见和歌满脸疲惫，侑子主动接过她手中的行李，一路步行至最里面一间公寓房，侑子踮脚从廊檐左数第三个盆栽里找出了钥匙开门，“这里是我朋友的住所，他暂时不住这儿，你可以安心待着。”她的明媚笑容让和歌完全卸下心防，“谢谢你。”她答道。

“Waka 的脸色很不好呢。”

侑子一边打开冰箱一边打量正在参观房子的纪和歌，眼前的和歌满腹心事，面上疲倦尽显，与上次机场挥别的那个神采奕奕的她，相距甚远。

“嗯，最近挺累的。”

“是工作不顺利吗？”

纪和歌没有立刻回答，她仰着头观看天花板的装帧，非常简洁安宁的设计，屋子里的家具也都是木制，没有多余烦冗的东西，显得干净极了。

“侑子，你看过莫奈的《日本桥》吧。”

“那幅画可是难得一见的佳作，可是莫奈的画展最近不是去你们中国了？并没有来日本啊。”

侑子眨着无辜的眼睛，眼看着和歌的面色愈发灰败，有些担心：“Waka 身上好像真的发生了很严重的事情呢？”

“我没事，就是最近有些累，所以休了假。”为免侑子担心，和歌还朝她笑了笑，只是那笑容绵软无力，未及侑子的眼神更深一步探访表情踪迹，和歌已是匆忙转身，早前因为杨树的事情分神，并未顾得上担心公差，现在看来在日本这段时间注定是无法真正做到身心放松的。

犹疑间侑子的手臂圈上了她的肩，一边摇晃一边宽慰道：“Waka 要不要和我一起喝点酒，喝完之后就能放松了。”

两瓶果酒，一瓶是青柠口味，一瓶是橙子口味，侑子让她先选，纪和歌盯着她拿在手里的两瓶酒，忽然开了口，声音轻到都不像是自己的：“有没有紫颜色的？”

“什么？”

“我是指，紫颜色的果酒。”她指了指冰箱。

侑子懂了她的意思，回头又翻找，“找到了。给你，提子味的。”

和歌赧然，侧过头接起来喝了一口低声道了谢。

“Waka 是在烦恼恋爱的事情吗？”

侑子也踢掉拖鞋，盘腿在她身侧坐下，大大喝了一口果酒，“Waka 的事业那样成功，能让你这样劳神特意跑到日本来散心，是不是和杨树闹了矛盾？”

“怎么可能。”和歌大叫掩饰，心跳却不断加速。

“也对哦，杨树对你一直那么好，怎么可能会吵架。”

和歌沉默着，想接口说“是啊”，可是这两个字却在舌尖徘徊，怎样都说不出口。

“其实，是工作上的事情。”

侑子停下喝酒，歪头看她，“那我能帮上什么忙吗？”

听完纪和歌的困扰，侑子也变得沉默，把一向明朗的侑子都带得如此消沉，和歌忙摆手，“我知道这是不可能的任务，不过侑子你肯听我说完，我心里已经好受多了。”她朝侑子笑了笑，侑子递过酒：“就当来这里散心了，工作的事情回国再想，干杯！”

和歌同她碰了杯。

淡淡的微甜果酒味入喉竟意外让她心情变得舒缓，盘腿坐在阳台的榻榻米上，侑子在她身侧不断说着最近影视剧里搞笑的片段，偶尔也能逗笑她，她抬头看头顶的莹白月光，径直照下来洒满大地，也像是要覆满她全身一般。这里所有的一切都是这样安宁而完美，唯独被她放在身侧的手机，自始至终安静得让她心酸。

这么晚了，他发现我不见了，是生气，还是担心更多呢？

7

杨树从许笛家回来时已过了十点。

家里灯光暗着，他以为她睡了，可很快就发现空气里没有熟悉的气息，推开卧室门、书房门、洗手间门，无一例外全部没有纪和歌的身影。

“真把公司当家了。”杨树一边抱怨一边拉开冰箱门，想喝酒。心寒的感觉是在看到和歌留下的便利贴时达到了顶峰，提醒他按时吃饭？这算示好还是认错？或者只是纪和歌她觉得他可怜所以扔过来的一点点疼惜，就好像在说“你看，我都提醒你要按时吃饭了，你怎么还能说我一点都不关心你呢？”

杨树越看越生气，他用力将便利贴撕个粉碎，朝地上丢去。生完气后又觉得自己分外可悲，果然在公主的世界里是永远没有错的，无论遭遇什么，她们只需要骑士的臣服即可。

另一边，对这一切茫然不知的纪和歌一觉睡到了天亮，醒来时阳光很热烈，侑子离开前帮她开了卧室的落地窗，大风吹进来带起洁白纱帘飘起好看的弧度，她赤脚走出来，地板外沿有露珠遗留的凉气，头顶的风铃声清脆动听，院落里的竹篱上正停着数只蜻蜓，扑闪着翅膀，和歌闭上眼，大口呼吸这满世界的宁静绿意。

奈良公园。

因为不是出任务，她没有像往常一样随身携带照相机，纪和歌沿着河塘边沿散步，游客很少，四处可见奈良的鹿，鹿群都懒洋洋的，见她盯着，也都仰直了脖子，回看她。

空气有些寒意，她出门时披了件大红外套，长发因前一日的睡姿变得略有蜷曲，唇上的口红让她脸色看上去稍微精神了些，现下满屏的绿色中有她这一点红反而显得有了一丝生机。

默了会儿，鹿儿们像说好了般朝她跳着奔去。

一晃一晃的跳跃动作，等纪和歌意识到，它们的目标真的是她时，反而有些出乎意料地不知怎么办。

不一会儿，她的身边便围满了鹿，它们全仰脖朝她的手蹭去，那湿热的黏意顺着手心传来，仿佛它们都认定了那里面有好吃的。和歌为刚刚经过卖“鹿仙贝”的摊头却没有驻足而叫苦不迭，只能不断缩着手试图同这群鹿获得交感：“等等等等，我这里没有吃的，你们让一让好吗？哎哎哎，我没让你们舔我的手！”

然而鹿群根本听不懂她的话语，反而逼得她步步后退，成年公鹿头上的鹿角长得非常漂亮，但如果蹭起人来，却是不大舒服。纪和歌将手臂举得很高，它们够不着也不肯罢休，一个个咬着她的包包、衣角不肯松开，可怜她今天出门还穿了一双细高跟，又要担心踩到身后的鹿，又忍不住想逃，一不当心，右脚朝后移时碰到了石块，脚下一崴，伴着“砰咚”一声，纪和歌重重摔倒在地。

眼看着鹿群蠢蠢欲动朝自己探头而来，纪和歌匆忙别开脸，以手挡住。

然而，并没有等到意想之中的“袭击”，时间仿佛停滞一般，过了一会儿，和歌才慢悠悠睁开眼，透过手指缝朝前看去。

她揉了揉眼睛，这才确定自己没有看错，那个男人仿佛凭空出现一般，站在了离她不过十米的地方。

裴燕生笔直地立在那儿，一身休闲打扮，不似前两次见他时那般高高在上，反倒平添了几分自然柔和的感觉。他的周身围着五六只鹿，全都仰着脖子觊觎着他手里的“鹿仙贝”，像是撒娇的孩童在对他示好。裴燕生唇畔带着极淡笑意，他像是极有经验，面上不见一丝慌乱，一只一只把鹿群调教得很好。

纪和歌愣住了，她不记得自己在草地上坐了多久，直到裴燕生将鹿群悉数散去后，他的目光投向她，她才有了一丝回神。

裴燕生伸出的手闯入她眼帘，她掀起眼帘看他一眼，没有什么反应，他问她：“还想继续坐下去？”

纪和歌立刻将手递给他，借了他的力想站起来。

霎时间一阵疼痛自右脚踝处袭上全身，纪和歌没立稳直直地又往前撞，正巧撞上裴燕生的胸膛，她的下巴狠狠砸在了他的肩头，和歌瞪大眼，双手还维持着紧抓他衣袖的动作。

“纪小姐？”

“不好意思。”她意识到失态，赶紧松手，却没料到这一松手又是没立稳，右脚的受力似乎让疼痛加剧。见她眉峰紧皱，裴燕生眼神下移，霎时就了然于心，在她即将摔倒之际，他一手环住了她的腰，将她扶稳后再慢慢松开手，拉开距离。

纪和歌道了谢，脚痛让她没有力气发作，却还是忍不住在看到断掉的鞋跟时嘟囔了一句：“多好的一双鞋，可惜了。”

裴燕生却笑了，“没见过谁来公园是穿风衣和高跟鞋的。”

纪和歌冷冷回他：“也没见过哪个医生一天到晚跟着病人的，竟然还跟出国来了。”

“看来纪小姐非常不愿意见到我。”

“知道就好。”

“这样啊。”像是认真思索了一番她的话语，裴燕生淡淡道，“我还有事，先走一步，就不打扰纪小姐了。”

眼见他当真要走，纪和歌急了，她忍住痛踩着高跟鞋想追他，实在气急又大叫：“喂裴燕生，我都疼成这样了，你怎么说走就走！”

裴燕生一副事不关己的样子回头看她，眼见她耷拉着脑袋，全身的力气都集中在左脚上，红色的风衣也乱糟糟地披在身上，明明是在服软，眼神却还挺倔。裴燕生叹一口气：“送你回去休息吧。”

“走不了路。”她小声。

“忍一忍走到车那里就行了。”

纪和歌一坐上车就忍不住将鞋子全脱了，裴燕生从后视镜里看她痛苦万分地揉着脚，完全不把他当外人的模样，他咳了咳，“酒店在哪儿？”

纪和歌头也没抬就报了地址，裴燕生没多问，将车开了出去。

送她回到住所时，纪和歌倒是突然反应过来，不肯让他进门，裴燕生在门口立着，听着屋子里一阵乒乓乱响，猜测她应该在找东西。

他猜得不错，纪和歌非但没找着药水，反而不小心将椅柜上的东西撞到地上，她捡起来放回原位，视线不经意瞥到自己桌上的笔记本电脑和记事本，和歌皱眉，盯着那里看了许久，一股异样的情绪浮上心头，但她却说不出来具体有什么不对劲。

“咚咚咚。”

听见敲门声，和歌应了一声，单脚跳着开了门，看到裴燕生站在门外，她语气颇嫌弃的样子：“你还没走？”

作为医生的本能驱使，裴燕生擅自换鞋走了进来，纪和歌瞪眼大叫道：“喂裴燕生，谁允许你进来了，你要干吗？”

“涂过药了？”他手中的动作不停，纪和歌声音立刻弱下来，她摇了摇右脚，“没那么疼了。”

见他打开厨房最上面一排的柜子，她叫道，“你怎么乱翻别人东西？”

“这一看就不是你家，既然我和你都是客人，为什么只能你乱翻而我不行？”好像他说的还挺有道理的，纪和歌瞧着客厅里被自己弄得乱糟糟的现状，不免回想起昨天刚入住时这里的整洁，心下一阵唏嘘，可她感到唏嘘也就算了，裴燕生这一脸嫌弃的表情又是怎么了。

裴燕生顺利找到了药酒，将她扶坐在沙发上：“涂上去可能有些烧疼，不过比你强撑着要好。如果你想出门，最好穿拖鞋。”

她任凭他帮她包扎，乖乖地没再多话，直到他站起来说：“纱布没有了，我去买一些。”

“这里附近有便利店？”

“你要买什么？”

她指了指冰箱，“昨天和我朋友喝了几瓶冰箱里的酒，想去帮主人补点回来。”

裴燕生默许了。

纪和歌一瘸一拐地跟在他后面，果然听话地穿了一双拖鞋，一只脚穿着短袜，一只脚包着纱布，外套由红色风衣换成了米白色的长款针织衫，头发也懒懒盘了上去，看上去整个人温和了许多。

裴燕生走到车边一回头，见她一蹦一蹦地朝他而来，白天正好的日光打在她身上，他恍然觉得那日在办公室诚惶诚恐问自己是不是疯了的如小鹿般受惊的女生，同眼前柔和安宁的女生，似乎有天差地别之感。

超市离住的地方很近，这么近的距离却依旧开车，她也清楚，是因为她的脚。

一进入超市，裴燕生轻车熟路地朝目标走去，纪和歌闲闲地跟在他不远的身后，经过物架时一会儿看看左边，一会儿从右边取下日用品放在手心里研读日文说明，她看到博朗剃须刀的时候眼睛忽然一亮，家里的剃须刀早该换了，她一直没时间去超市给杨树买，这几天她每每想先同杨树说话却总碍着面子不肯先示弱，这下可逮着机会了。

和歌想着不如现下就拍了剃须刀的照片发给杨树问他的意见，也算是间接解释了自己这几天出差在日本。可这种自我愉悦心情还没保持一分钟，和歌又想到这几天她没回家他也不闻不问，心里便又变得酸涩无比。

裴燕生已经挑好了药酒与纱布，一回头就看见她失神愣在两排物架间，有人推着手推车从她身边穿过时她也维持着呆呆的表情，被撞到了也没反应，一手捧着什么东西，一手在身上摸索。

“怎么了？”他几步走近。

纪和歌抬头看他的那一眼，裴燕生有些吃惊，她的表情很无助，仿佛刚刚哭了一场。

“手机……我的手机好像没带。”

裴燕生还未答话便被身后正在购物的一对夫妻撞了下，险些没站稳，情急之下仍不忘将正恍神的纪和歌护到自己身侧，她的神思恍惚许是方才受了刺激，如果不及时控制也许又会像之前一样在公众场合随意发作。

裴燕生抓起她的手臂往稍宽敞一些的地方走，“我陪你买完就去刚才去过的地方找找看。”而和歌像听话的提线木偶般被他拖着移动，恍惚到连脚痛也忘了。

“要买哪一些？”

不知不觉他已经将她带到了果酒区，纪和歌也没多想，随手就指向提子味的。

“紫色的？”

“什么？”她没听清。

裴燕生将她指着的提子味的果酒拿到她眼前晃了晃，“确定是要这个口味的？”

纪和歌点点头，但目光依旧是半恍神的状态。

裴燕生带她去结账，她跟在后面，心情像是平复了许多。裴燕生望着手里满满堆着的提子果酒，脸上挂着不易察觉的笑容。

“一共就这些吗？”售货员一边扫描码一边微笑询问二人，裴燕生瞥见和歌手里攥着的东西，说了声：“稍等。”他想接过来，却在指尖碰到她手里的东西时被她猛然攥得更紧：“你要干吗？”

和歌的声音忽然变得尖锐，身体满怀警觉，连售货员也着实吓了一跳。

裴燕生抱以歉意微笑，“不好意思。”他转向和歌，轻轻伸出手指着她手里的东西，“给我吧，要结账了。”此时的纪和歌才像是完全缓过了神，她看了一眼手中的剃须刀，再对上裴燕生的眼神，又没头没脑地说了一句：“我手机找不到了。”

“我陪你去车上和家里找找，不会丢的，我们先把这个结账了离开这里好吗？”他尽量让自己的声线保持温柔，眼睛牢牢观察着和歌的每一个表情反应，身体也不自觉靠近她，仿佛担心和歌随时会因受惊而神思暂时性失控。

纪和歌表情呆呆的，闻言又低头看一眼，这才意识到自己拿的是什么，“我不想要它了。”

裴燕生不言，她抿了抿唇，转向售货员：“不好意思，我能把它放在这里吗？我刚刚拿错了这个东西。”她指了指回收篮。售货员礼貌地笑道：“当然可以。”纪和歌便将剃须刀放了回去，而后越过他一个人倔强吃力地朝大门走去，裴燕生望着她的背影，皱了皱眉。

一拉开车门，纪和歌就发疯似的四处翻找，眼睛瞄到正乖巧躺在座椅上的手机时才抚了胸口，轻吁一口气。她划开屏幕解锁，下意识去找未接电话和消息提示，依旧一无所获。见裴燕生目光扫过来，她连忙立起屏幕贴紧自己胸口，裴燕生也没有多问，驶开了车。

车没有直接回家，就近停在一家居酒屋前，和歌诧异，“来这儿干吗？”

“饿了。”

纪和歌只得跟着下车。

从外面看，这只是一栋格外普通的双层的老屋，可走进来却空间极大极简，纯白是主色，这样一想，倒是与她暂时居住的那户人家的风格很相似。两侧拉开屏风便是一间间榻榻米，脱了鞋走进去跪坐在垫子上，若是需要添加茶水可以摇铃，员工会先敲门，等到客人允许再进来服务。

裴燕生似是与这里的员工相熟，就连老板娘见了他也立刻笑了，示意让人带他们去独间。

寿司、刺身、乌冬面、烧烤……传统日食顷刻间就摆满了一整个方桌，还上了一壶清酒，两只瓷杯。

纪和歌跪坐在自己的脚尖上，尽量不施力在右脚，上身挺得笔直，整个人依旧是紧绷的状态。

裴燕生斟满了一杯酒，递到她跟前，再将自己面前的杯子也斟满。

“既然你想喝酒，就在这里喝个够吧。”

和歌没说话，看着他将酒杯放在她面前，杯盏很小，清酒很清，因他放下的动作而轻微摇晃出亮晶晶的光彩。

裴燕生端起酒杯，浅酌了一小口，放下。

眼前的一切仿似突然间变成了一幅画卷。他正巧背着光，光影从竹叶窗的缝隙间晒进来照上他的宽阔肩背，方才抿酒时这光点便以他的背为至暗点向四方逸散，从他的发际、下颚、指尖等处摇摇晃晃悉数投射到她的眼睛里，好像有种蛊惑人心的力量，于是她也随他一并，端起酒杯送到唇边，一仰脖，一杯酒便见了底。

这酒入喉清冽，旋即开始烧喉，一路滑至胃中，灼热感迅速席卷全身，仿佛让她身体的每一个细胞都跟着发热，想要宣泄。

他适时将刚刚烤好的肉放在她的碗碟里。

她默了默，却越过肉伸手至他面前径自拿起酒壶，又替自己斟了一杯。

那种被压抑许久的情绪，好像一直等待的就是这样的时机——虽然浑身又烧热又苦洌，但却仿佛能打通强压在身体深处的情绪之门。和歌半眯了眼瞧他："裴医生，为什么那天会选中我？"

"觉得特别。"

和歌笑了，"特别……"停了会儿，她说的话更像是在讽刺自己："之前我凭着会多国语言顺利找到了工作，顺利被于琳捧，没想到就连现在生了病看医生也是因为语言而享有优先权。"

裴燕生没有接话，和歌直勾勾地看他，"那你知道我为什么会这么多国语言吗？"

"为什么？"

"因为一个人的时间太多了。"和歌慢悠悠晃着酒杯，他清俊的面容在她眼里逐渐变得悠远，模糊，和歌笑了，"在我有印象以来，大部分时间家里都只有我一个人，小时候我见的最多的就是放在桌子上的便利贴，它告诉我，'妈妈今天晚点回家'、'桌上有钱自己去买点好吃的'……夜里为了等妈妈回来，我就在客厅里点一盏灯，坐在茶几前的地毯上看书、背词典，可常常是等不到她回来我就睡着了。记不清到底有多少次，在我饿了渴了困了冷了甚至是生病了的时候，妈妈也都不在，被照顾是什么滋味？我没有体会过……我看很多书、学很多东西，因为我不知道除了不停学东西，还有什么能让我感觉到安慰，我多希望她能回头看看我，说我很棒，可连一次都没有。”

她伸直手臂，头枕在上面，仍在念叨：“裴燕生，我知道我生病了，我的病因可能从很久很久以前就种下了，可是为什么明明知道我这样不好，他也要拼命来接近我、招惹我，无论我如何赶他凶他他都说他能坚持，所以我信了，可为什么到了最后他又忽然因为我有病，就不要我了……”

裴燕生听着，却没有想要拦她的意思。

一杯一杯的酒不停往下灌，那种委屈混杂着无措的心情如同大片孤岛似的积雨云，渐渐占据她整颗心脏。又苦又热的泪水涌上来，瞬间就模糊了和歌的视线，流到脸颊上，冰凉的触感让她觉得又陌生又讨厌，她以手擦掉，猛地眨眼，又不断仰头灌下一杯一杯的酒，最后甚至直接拿着酒壶对着嘴灌下去。酒壶见了底，掂一掂，再掉出来几滴，和歌撑起身，将脖子尽量往后仰，最后没稳住一个趔趄倒在了榻榻米上，酒壶也从手中滑落，滚落一旁。

裴燕生走到她身侧来收拾，他蹲下身来，遮挡了大部分的光亮，和歌揉一揉眼睁开一条缝，这个男人，怎么能连皱眉都这么好看呢？见裴燕生捡起酒壶，她作势要去抢，他不肯给，和歌便不依，死命扯着他的袖子不肯松手：“你给我……”

“你喝醉了。”裴燕生将酒壶放在身后的桌上。

和歌立刻起身要越过他去拿，被裴燕生紧紧箍住双臂。

“你放开我！”和歌动不了手臂，便开始耍赖蹬脚，一个不留神，她的右脚踝撞到了桌角，痛感凛冽灼心，和歌的手跟着用力，裴燕生只觉被她抓着的地方霎时留下一个个深深浅浅的指甲印。

费了好些力才将她带回家，她醉得不省人事，又哭又笑又叫又闹，裴燕生并不哄她，顶多在她气急了又跺脚又跳的时候连忙稳住她……先前真以为纪和歌是个大女人，没想到醉了酒完全变了一个人，实在折腾人。

裴燕生去洗手间拧了湿毛巾，镜子里自己的衬衫布满惨不忍睹的褶皱，再看向房间里正呼呼大睡的罪魁祸首，裴燕生叹一口气，拿着药酒和纱布回房。

他将她右脚上的被子卷起一个角，举高她的右脚放在自己膝盖上，一层一层替她解开纱布，重新涂抹药酒和包扎。

脚踝处的红肿稍稍退了些，裴燕生重新为她捻好被子，和歌睡得很安静，轻微的呼吸声是这夜色最好的点缀。

8

第二天醒来的时候，纪和歌好久才辨认出自己所在的房间，有那么一瞬间她以为这一切只是梦，她正从自己家中醒来，外面艳阳大好让她以为自己要迟到了。

下床，脚碰到拖鞋时意外发觉痛感减轻了许多，包着白纱布的地方也没有那么刺眼了，她俯身揉了揉受伤的地方，指尖触碰之处，仿佛有残留的温柔一晃而过。

手机忽响。

纪和歌连忙接通。

“喂？”

对方却是等不及立刻就朝她吼了起来：“纪和歌你是不是忘了你去日本是去干活的！都三天了你一个电话都没有！稿子写完了吗？桥找到了吗？公司现在为了收拾你闯下的烂摊子忙得人仰马翻，你倒好，轻飘飘就开始玩失踪了！”

“老板，我……”

“我什么我，当初敢那么出风头现在就要承担出风头的后果，我再提醒你一遍，今天之内稿子务必发到我邮箱，过时不待！”

于琳说完就气势汹汹地掐断了电话。

纪和歌痛苦万分地捂脸。这都三天了，别说连日本桥的影子都没摸到，她自己还弄成了不能跑不能跳的伤残人士，除非有奇迹发生，否则她今天之内怎么可能变出一座日本桥在稿子里。纪和歌重新四面朝天躺回床上，发呆，为日本桥发呆，也为杨树发呆。

没一会儿，手机又开始催命地响，纪和歌不想接，可打电话的人似乎比她还有恒心。

“喂？”

“Waka，我马上就到你楼下了，你快下来，我带你去个地方！”侑子根本没给她回绝的机会，就挂了电话。

“这都什么事儿啊，全乱套了。”纪和歌觉得头更疼了，在床上又磨蹭了会儿终于还是向现实妥协。

纪和歌挑了一身淡蓝连衣裙，却在穿鞋子的时候犯了难，她带到日本的只有一双高跟鞋，已经毁了，今日出门赴约以及回国不能都穿着拖鞋，犹豫间侑子的电话又打进来了，和歌为难道：“侑子，我没有鞋穿。”

“我知道呀，已经给你买好了，你就穿拖鞋下来就行，我拐个弯就到了，不和你说了，你赶紧下来吧。”

可是受伤的事情和歌并没有告诉侑子，她竟然连鞋都给自己买好了？

纪和歌半信半疑地下了楼，果然老远就看见侑子的车停在车位上，她摇下车窗伸出手朝和歌挥舞，等和歌走近，侑子递给她一双淡金色的平跟凉鞋，细巧的带子绕过脚踝，不至于太过束缚双脚，颜色款式都符合她的审美，尺码也刚巧合适，不由让和歌心情大好，“侑子，你真是太贴心了，我正愁没鞋去机场。”

“那是！我可什么都知道。不过，你工作的事情还没搞定就想着回国了？”

“求求你快放过我，我早上刚醒就被老板炮轰了一通，现在心情可郁闷了。”

“那快上车。”侑子歪头做了个上车的示意，笑容明亮，“今天我请你去吃大餐，来彻底缓解一下你的忧思！”

“一说到吃的，我还真饿了。”

两人一路有说有笑，半小时后，车停在了一座绿意笼罩的庄园前。

庄园别致且高贵，从外面看只觉意蕴深邃，早有佣人等在门前，见到二人下车，一人接过侑子手中的车钥匙，替她停车，另一人礼貌半鞠躬：“我家主人已设好了宴正在等候，请二位宾客随我来。”

侑子点点头，“麻烦了。”走出几步却没听见身后跟上来的脚步声，她忙回头，“Waka，你在看什么呢？”

纪和歌微怔，她虽然知道侑子家境不错，但也没想到她竟然结识能坐拥这样庄园的主人，这主人非富即贵，和歌面上有些忐忑，“侑子，你带我来这里未免太兴师动众了吧……其实我们找间居酒屋随便吃点就可以了。”

侑子一副“我一片好意你却不肯领情”的郁闷表情，几步走来一把拉住她的手，小心地将她拖着往前走：“等会定能让你大吃一惊，到时候你还指不定怎么谢我呢！”

一路顺着鹅卵石步道缓步而行，沿途皆是绿意与花，还伴有潺潺流水声不绝于耳，连围成的池塘里都是清澈见底四处可见鱼儿自在嬉戏。纪和歌越走心中疑虑越重。

“到了。”佣人带着她二人停在一间房前，和歌仰头，这紧闭的房门是上等的金丝楠木，足有两人来高，门前屋檐上挂着一排藏红色细碎流苏，风吹过时便朝一边荡起，渐次拨开人眼眸里的光线。在和歌身后便是敞开式的庭院风光，假山依偎着四周毗邻而见，中心是湖，四个方向有四条石子步道，而现下她的左边是蜿蜒而上的长廊阶梯，似乎有六角独亭隐藏于数十级台阶之上。

看样子这庄园的主人年纪应该不轻，且很讲究风水。

正失神间，屋内传来一声低沉有力的男声：“进来。”

而门也跟着应声而开，古雅的气息扑面而来，和歌抬眼。

正对着门摆放着的是日式矮桌，主位上坐着的男人看样貌已年过花甲，发丝稀少，但精神却十分矍铄，他身上穿着蓝紫色和服，束金色宽腰带，正同坐在次位的裴燕生相谈甚欢。

裴燕生？

侑子以眼神示意和歌，她率先脱了鞋，小步进到室内，站在离矮桌一米远的地方，行了跪拜礼："南野先生。"

和歌仍站在门边，一瞬不瞬地盯着裴燕生看。他怎么在这里？他和侑子认识？他们同这个南野先生吃饭为何又一定要叫上她……

"这位就是我和您提到的 Waka 小姐。"裴燕生先圆了场，老先生眯了眯眸打量着和歌，她连忙进来朝他行了标准的日式礼仪。南野先生有些讶异，转头问裴燕生："你不是说，她是中国人？"

老先生的声音中气十足，不怒自威，和歌稳了稳，以日文回了他的疑问。南野先生面露赞许，"日语倒是说得很流畅，现在肯为工作拼命学习知识的年轻人不多见了。听说你遇到了麻烦？来，坐到桌边来吧。"他朝和歌招招手，示意她也同侑子和裴燕生一起落座。

待她也落座后，三个佣人上前走至桌边，在最前面的一个佣人双膝跪坐下来，撤掉了桌上的茶水回身递给第二个佣人，第二个佣人接过后随即躬身退至后方，排在最后面的佣人走上前来，由第一个佣人接过他端着的硕大餐盘，并将其放至桌上，"先生小姐，请慢用。"而后三人依次退下。

侑子的双眼几乎要发直了，"帝、帝王蟹……"

和歌瞧见这大蟹每一只都比她吃过的要大三倍左右，一个个橙黄光亮，看上去极新鲜，令人垂涎欲滴。

南野先生眯着眼笑，"尝一尝。"

"太谢谢南野先生了，果然裴大哥的朋友都是好厉害的前辈！"

"所以只要是能请你吃帝王蟹的'朋友'在你心中都可以称得上

‘好厉害’咯？”

侑子正在剥蟹的手势霎停，有些不好意思，“南野先生，我不是这个意思……”南野先生却忽然爽朗笑出声，他挥挥手，“小丫头心思还浅，你瞧你的这位朋友，她连一丝也没有被吓到。”

顺着他饶有打量意味的眼神，裴燕生与侑子一并看向面色并无起伏，正端坐着的纪和歌。

方才南野先生的话里有话和歌还没完全悟清楚，这会儿怎么话题又朝她转来了。

和歌有些哀怨地看向裴燕生，这一细细打量才发现今日的他倒平添了几分随意，穿着黄色套头卫衣和深色长裤，眉眼之间敛去了清冷气息，他说起日文的语调与中文给人的感觉完全不同，声线温和但有低低的磁性，如同彬彬有礼的学生。和歌盯着他好看的侧脸，觉得今天眼前的裴燕生像从高高在上的地方暂时性地回到了人间。

“先吃吧。”

被她看得久了，裴燕生便给她夹了一个帝王蟹，还顺势替她给剥了。

“你？”纪和歌满眼诧异，不懂他出招的心情。

裴燕生见她依旧发呆，他佯装吃惊：“莫非不是想让我帮你剥好了送上，那你这样一直看着我做什么？”

“噗……”侑子没忍住笑。

“谢谢。”和歌的脸噌一下红了，她低了头，幸好席间的对话很快转移到了裴燕生身上。

和歌慢吞吞剥开细碎蟹壳，嫩白饱满的蟹肉溢出，她轻轻咬了一口，鲜嫩多汁，酱料也烧制得味道极佳，她忍不住多吃了几口，可昨夜喝多了酒不免体内寒气积聚尚未散开，而这蟹又是寒食，她自顾吃得香甜，没发现身侧的裴燕生在同南野聊天的间隙，问厨房为她要了碗参汤。

一直到宴席散了，和歌也不知这顿饭的意义何在，南野先生的身份也并未点明，只能从谈话间隐约觉出他曾是政界官员，后来退了下来。

茶毕，南野先生笑着同和歌讲，“Waka 小姐若觉得无趣，可去后院逛逛，不过请不要因为激动而跑得过快，以免伤势加剧。”

这可更让和歌郁闷了，感觉这整个席间，她竟不曾听懂一句话。罢了，和歌也不去深究，她本就对他们的事情不感兴趣，老先生的提议深得她心，原本能见到这样讲究风水设计独具匠心的房舍就需要缘分，若不在归国前好好欣赏一番，恐怕她回去了心里也会跟飘了一根羽毛般，时刻挠着自己心痒难耐。

佣人将她引上了一条长廊，廊柱皆为红色，廊顶是彩绘，画了各种形态不一、栩栩如生的人物图，有身穿大红和服的艺妓在抚琴、舞蹈，还有人物恪守位次的庆典图，和歌越看越惊叹。

弯弯绕绕，沿途皆是不同风景，从假山群中穿出，她已逛到院子的西南角，陡然间，她的步子停了下来，她瞪大双眼，胸口不断起伏，连双腿也有些软，似乎无法相信自己看到的风景。

巨大的池塘，虽已夏末转秋，塘内莲花仍开得极好，一朵一朵接天莲叶不断往远处延伸，仿佛不知其所终。池塘两侧是参天树木，和歌伸手摸了摸树木的纹理，该是年岁已久。厚重藤蔓从树上垂荡而下，自两侧向中靠近，有些垂到荷塘之上，在水纹中一摇一晃。和歌踏上青苔遍布的台阶，微凉的水渍沁入她的双脚，可她一点都不觉得寒凉，反而快要激动得喊出声来。

她不由地加快了脚步，拨开藤蔓，终于站在了桥中央。

“啊啊啊啊——”

纪和歌都快哭出声来，她做梦都没想到，竟然能真的找到与莫奈的画中有八九分相似的桥！

这是梦吗？她狠狠拍了自己的脸，无比真实的痛感再次告诉她，她得救了，不用再担惊害怕了！纪和歌伸手碰了碰被绿植缠绕的桥杆，绒绒的触感让她最后一丝疑虑都消散了，这绝处逢生的转折当真让她心情激荡，她转身望去，探出上身大口呼吸湖间空气，一袭淡蓝连衣裙在空气中划出漂亮弧度，像在呼应她雀跃的心情。

“咔嚓”一声，她站在这景色之中的生动模样，定格成了相机里的一张照片。

不知何时也来到桥前的裴燕生，手里正捧着相机。原本以为她会需要用到相机记录美景，现在看来，她用手机拍下来就够了。

裴燕生看了一眼蓝裙飞扬的照片，眼神转深。

……

直到走出庄园时，和歌的神思仍旧恍惚，因为过于激动面色都变得彤红，裴燕生在同南野先生握手告别，侑子抱着双臂一边感慨万千，“Waka，你跟裴大哥究竟是什么关系啊？既能让他让出自己的房子给你住，还从中国特地跑来日本一趟帮你约见南野先生，让你找桥。可别说你们只是普通朋友，我可没见过我裴大哥对哪个人这么好过。”

“小丫头又在乱说话。”裴燕生走过来敲了一下她的额头，侑子立刻扁了嘴：“明明说的是实话，凶什么凶！你对我怎么就不能像对Waka那样和善啦！”

这下神思更恍惚了，和歌的脑袋晕晕的——侑子刚刚说了什么？她住的地方，是裴燕生的家？！

侑子已经和裴燕生一边拌嘴一边朝停车处走去，留下和歌一个人慢吞吞地跟在后面。她现在乱得很，先前完全没有想到会有联系的二人莫名就出现在同一张桌子边，而且相识已久。

方才听完对话才将一切串了起来，侑子是医科生，在读书期间，有一次裴燕生应邀来到东京大学开学术讲座，侑子恰好在学生之列，当时就将裴燕生奉为自己的男神，后来在裴燕生的日本诊所里做过一段时间的实习生，二人关系慢慢变成了亦师亦友。

可是……那已经被弄得乱七八糟的家、冰箱里的酒，甚至是将主人赶在门外不让进屋，还让主人陪喝酒……纪和歌上一秒飞上云端的心情现下已经冰冻得浑身都在冒寒气，她过去几天的状态在裴燕生眼里，无异于跳梁小丑！可恶的裴燕生非但不点穿她，还伙同侑子一起瞒着她……纪和歌完全不能再深想下去，血液已经快要冲到头顶，帮她完成工作任务的感激之情已然骤减至零，她现在很想拎着裴燕生的衣领大骂一通！

而裴燕生恐怕也是读懂了她想要杀人的眼神，所以将侑子和她送回家收拾行李后便离开了。

无论和歌如何逼供，侑子都是三缄其口：“我并不知道裴大哥认识南野先生啊”、“并没有刻意要隐瞒你，是你又没有要问这房子的主人名字，而且裴大哥陪你的时候我正好有事，如果早遇见的话也就不会有误会啦……”诸如此类，和歌说不过她。

侑子帮她把行李搬进后车厢，和歌前后望了望，不见裴燕生。

“裴大哥说还有事，先走了。”

“谁问他去哪了，真是。”

侑子耸耸肩，“明明满脸画着问号，还死活不承认，真是无奈。”

“侑子！”纪和歌被她噎住，无法辩驳于是只能使出蛮力让她讨饶。“我错了我错了，Waka 和裴燕生一点关系都没有，都是我乱说。”侑子说完了还满脸委屈地朝纪和歌撒娇：“你看这样可以了么？”

和歌微微仰起下巴，“勉勉强强吧。”

侑子冲她做鬼脸。

同侑子道别并过了安检后，离登机时间还有两个多小时，纪和歌找了家星巴克，挑了个角落的位置，拿出电脑插上耳机，一边放着写稿子时需要听的轻音乐，一边眯眼反复回忆在庄园里偶遇日本桥的每一个细节。在构思完整框架后和歌对着键盘就是噼里啪啦一阵打字，神情专注、眼神锐利，是她一向的工作状态。

稿子写完后已经过去了一个多小时，和歌揉揉有些发痛的额角，挑了几张照片美化一番后，连同稿子一并甩到了于琳的邮箱。

屏幕一闪一闪，显示“已成功抵达对方服务器”的提示语。

纪和歌虚脱般地靠向沙发。

在被忙碌感填满时间缝隙的时候，她整个人都如同上了发条般，尤其是在知道别人给她设置了终点线，便更有宛如设置了定时炸弹的紧迫感；而现在，她像个拆弹专家，在千钧一发之际，她从两根不同颜色的线里面挑出了正确的那一根剪断，但其实在获得成功的那一刻，与其说她浑身都充满了幸福感，倒不如说是一种无所事事的茫然与放空。

更何况，回了国，就要见到杨树了吧。

登机。

纪和歌百无聊赖地刷着微博，晃过眼前的内容太多，但她没有看进去任何一条。游移了半天，她的指尖最终停在了通讯里“猪头”的那个昵称上。

打？还是不打？怎样都下不了决心，冷不防一阵铃音响起，吓得和歌一个激灵。她连忙接起，毕恭毕敬：“老板？”

“稿子我看了。”于琳的声音终于柔软下来，“写得还不错。”

“老板终于消气了？”

于琳冷哼一声，又开始教育她：“纪和歌你别得意，稿子是写出来了，但还不知道人家王董肯不肯接受呢！我告诉你如果这次渠道商没谈妥，陈总还是会开了你！”

“不是吧……”和歌的头又开始痛了。

“我早就跟你说过，见客户时不能总端着架子摆着一张愤青的脸，是你去伺候客户又不是人家来看你脸色，你得将自己的位置摆正，人家才选择跟你做生意，要不然你吃什么喝什么用什么？你的清高能让你饱腹么？你以为你和你的清高在一起携手共进生死与共就能有情饮水饱吗？我告诉你纪和歌，人要是只喝水不吃东西根本撑不了多少时间，你什么时候才能让我省点心啊纪和歌……”

于琳一旦开始数落她，基本没个十分钟是停不下来的，其实空的时候听听于琳的絮叨还蛮有趣的，她的各种比喻在和歌听来，都仿佛是一种奇妙的冲突感与平衡感并存。

和歌一边“嗯嗯”地回应她，一边从包里摸出耳机插进手机里，她戴上耳机，将手机界面切到缓存的美剧界面，开始播放美剧，而电话另一头的于琳并不知道，依旧苦口婆心说个不停。

9

“对不起，您拨打的用户正在通话中。”

杨树反反复复拨着纪和歌的电话，快十分钟了，得到的答复却始终如一。

他真的快被这个女人逼疯了！

一声不吭就消失了四天，一个电话和短信都没有。冷战就像是一场耐力赛，彼此都在反复揣测和试探对方的心意，比得就是谁先撑不下去就算输了。

他已经记不清自己同纪和歌在一起之后争吵过多少次了。

现在唯一根深蒂固存于脑海里、心底的记忆是，无论争吵的起因是什么，无论争吵的时限是多长，每一次先低头的、先失去自尊的、先割地求饶的都是他，这次也不例外。

但真正让他彻底失望的是，她纪和歌似乎真的对他没有半分在乎。她把他当作玩偶一样，但凡惹她不顺心了就随意弃在一旁不管不顾，而自己仍旧能做到丝毫不影响心情地在外面游山玩水，就像现在，她吝啬得一个电话都不肯给他，却同别人足足聊了十几分钟。

杨树恨恨将手机往床上一扔！

“纪和歌，你真的太过分了。”

纪和歌重重地打了个喷嚏。

于琳断了断：“感冒了？”

和歌摇摇头：“没。”

“行吧，你在飞机上养会儿神，回来我再收拾你。”

和歌如蒙大赦，“谢谢老板。”

于琳挂断电话，和歌听见久违的嘟嘟声，却是觉得累极。

偏头痛的症状好像更重了，痛感甚至已经蔓延至眼睛，和歌合上双眸，长睫却因神经被拉扯的痛感而不断抖动。

奈良的鹿……醉酒……日本桥……记忆如同破碎的拼图，毫不连贯，甚至一些原本记得很清楚的细节现下都变得模糊。

那双高跟鞋她丢在哪儿了？她连忙去翻包，并没有找到，她再度开始回忆，似乎是同侑子一起下楼时丢进了垃圾桶，又好像是之前就丢掉了……越是想不起来和歌就越是拼命，痛感愈发加重反而记忆衰退得更快，和歌心里忽然浮起一股前所未有的慌张感。

她究竟是怎么了？

机舱空乘提醒她，“小姐，请您收好您的行李包，将它放在座位下方，飞机马上就要起飞了。”和歌点头，“不好意思。”刚刚这一折腾，她已经没有力气再去多思考。

飞机加速滑行，升起，平稳飞翔，和歌望向窗外，奈良逐渐远去，而她想不起来的那双断根的高跟鞋，其实正安安静静待在奈良，待在裴燕生的房子里。

和歌调整了座椅，躺下合目休息。

飞机的机载电视里放着她点的音乐，戴佩妮的Amen，听歌助眠。清冷又倔强的女声萦绕于耳，渐渐缓解她的疼痛。

在她不知道的另一边，于琳正一边转着笔，一边看和歌交来的稿子。

等不到和歌电话的杨树等来了许笛的问候，他没有犹豫便答应了许笛的邀约。

一回到诊所的裴燕生立刻吩咐秘书帮他联系政霖实业的王董，说有事相商。

……

在纪和歌浑然不觉间，所有一切都以她无法知晓的速度发展着。

10

王董听闻裴医生来电，倍感意外与惊喜。秘书将电话接进内线，挂断后依旧觉得事有古怪，毕竟，裴医生主动提出约病人，这可是头一回。

不一会儿，裴燕生拉开门，秘书立刻直起身，“裴医生。”

“今天下午三点，帮我空出时间来。”

“可是三点已经约了……”

“推掉。”

虽然觉得蹊跷，秘书也只能点头，“是。”

“今天下午会有个叫王学凡的男孩来诊所，你接待后带他进来。”

“王学凡？”

裴燕生没有多做解释，关上了门。但明眼人都看得出来，裴医生现在的脾气不太好，最好不要去招惹他。

秘书默默在备忘录上删掉了孙小姐的预约，以王学凡三个字替代。她心里着实好奇，这个连病历卡都不曾填过的男孩子究竟是何方神圣，竟然能让裴医生亲自开口。

三点整。

秘书一直守在门口，最后干脆站起来在门口走来走去，却始终没见到那个叫王学凡的男生。秘书心下大呼不可思议，这世上竟然有病人敢跟里面的裴医生耍大牌？谁不知道裴燕生看诊，是以时间计算看诊金额，如果你预约了一小时的看诊时间，即便因为自己迟到而造成的时间不够，裴医生也不会替你延长时间或减少价格。

终于，王学凡来了。

秘书即便做足了心理准备，也依旧在看向眼前这个瘦瘦高高的男生时戴上了有色眼镜。男生的穿着打扮不落俗套，但气质一般，人太清瘦，与人对视时眼神频频躲闪，是个第一眼并不讨喜的男生。

“请跟我来。”

王学凡仰头打量了一番诊所，目露惊叹。

秘书领着他走向裴燕生的办公室，敲门推开：“裴医生，王学凡到了。”

裴燕生正抱着双臂站在窗前，方才往下看就瞧见了那辆招摇的车，那晚在莫奈展上见过一次。

王学凡有些局促地站在门边，站在窗边正背对着自己的男人气质逼人，浑身上下散发出一股冷冽气息。他只看得见他的侧脸，轮廓分明、不言不笑，王学凡抿了抿唇，推了下鼻梁上的眼镜。

裴燕生终于悠悠转过身来。

第一反应是裴医生真人比他在照片里见到的还要帅，尤其是那双眼睛，沉黑如墨，深不见底，仿佛能随时将人吸进去。

“坐。”裴燕生指了指对面的椅子，淡淡道。

王学凡朝他鞠了弓：“裴医生，我很尊敬您！”

八个字，气息分了三段，第一段最接近正常，而后不知想到了什么，气息忽然变得薄弱和不自信，再之后又莫名坚定，高声喊出最后三个字。

王学凡直直看着他，裴燕生勾了勾唇，“怎么过来的？”

“我爸爸的司机送我来的。”

“路上很堵？”

“不堵啊。”被他问得莫名，王学凡抓抓脑袋。

裴燕生于是换了话题：“你还在读书？”

“是的，在圣蒂亚大学念电子系，今年大二了。”说完朝裴燕生笑笑。

裴燕生回以笑容，但这笑意却未达眼底。

“听说你最近有很大困扰，所以想要见我一面？”

没想到他问得这么直接，王学凡低了头，开始沉默。

裴燕生也不逼他，双手交叠放在桌上，身子靠后倚着椅背。

眼前的男生单薄瘦削，面色是不健康的白，双眸无神——裴燕生更愿意相信这是长期打游戏而非泡实验室所致；男生弓着背，双手来回揉搓，头却越埋越低，嘴唇似动非动——看样子已经为这事苦恼已久，并且最近刚受了很大的打击。

虽然这件事打破了他一向的规矩，姑且不论王学凡是以什么原因取代了之前的病患坐在这里；就现在而言，他也是他的病人。他也会给予他最大限度的耐心。

终于，男生轻轻开了口，语声轻飘飘的，好像抽走了他全身的最后一丝力气。

“裴医生，我好像喜欢上了一个女生。”

他示意男生继续。

没有从裴燕生的面上察觉到任何看轻自己的表情，这不由让本就不自在的王学凡稍微松了一口气，顿了顿，他的神色忽然变得欢快，他坦白道：“向蒲然，她叫向蒲然。”

迷 鹿

第二章

你从来没有想到过，世界上原来有这样一种感情，当你看着他的脸，心里完全是疼痛的。

——简直《我和你》

1

透过大教室的窗户看向外面的天空，阵阵阴霾。

室内的阶梯座椅上聚满了人，大多是女生。

细碎的八卦声和刻意压低的兴奋声此起彼伏，原因显而易见，场上正掀起激烈气氛的正方辩论队是校黄金战队，战绩一路辉煌，不过真正吸引女生们注意的，却是这支队伍的幕后导师。

“他可是超帅超厉害的学生会主席，可惜今天没来现场。”

“江学长来不来现场根本无关紧要啦，反正结果永远都是赢。”

女生间的最后一句八卦话音刚落，台上的正方辩友果不其然又扔出一记重磅炸弹，直接将辩题的论证引到了康德的“殊相”论点上，反方四名辩友几乎全懵了。

观众席也跟着掀起一片讨论声，“我已经完全听不懂了。”

时间仿似暂停。台上反方辩论队坐在最靠右的那名女生，非常紧张地以手抚了抚刘海，目光下意识朝台下望来，一路掠过众多人影，径直锁定最后一排的漂亮女生。

这个女生气质独特，此刻正双腿交叠，以手支起下巴，目光一瞬不瞬地盯着台上紧张局面。

似在预料之中，她动了动嘴唇：“戴维森做过关于心灵的无规则性研究，康德的殊相是被给予的，要成为知识需要概念的先天联系，因此其关系就势必会从‘殊相’世界投射于‘概念’世界……”

“……但这样就会导致威胁物理主义一元论的情况发生，与刚刚对方辩友提出的现象论命题完全背道而驰，不知对方辩友如何解释？”

几乎与台下的漂亮女生话音同时间止息，台上的反方四辩出色地反驳完毕，观众席霎时又掀起了更热烈的讨论声高潮——

“她是谁？竟然接的上来！”

“我查过了，她说的是对的，而且有论文文献研究记载过，07 年的论文。”

……

一片喧嚣之中，谁也不会注意到，最后一排的漂亮女生弯了弯唇，拿起搁在邻座的帽子戴上，起身，离席。

输了。

黄金战队的不败神话被今年大一刚进校的一个小妹妹打破了。

“谢雨萌？”

西教学楼顶楼的高端办公室，是校学生会领导层的常用会议室。因为辩论赛赢得漂亮，女生被强迫“请”到了这里喝茶。面对学长们的目光打探，她在气势上已经弱了三分：“是我。”

“普高毕业，成绩中流，高考超常发挥才进入本校。你参加过的辩论赛寥寥无几，更没什么优异的战绩可言。谢雨萌同学，实在是很难让人相信履历表上的你与昨天赛场上的你是同一个人。”对方将履历表往桌上一摔，站起身逼向谢雨萌，“不如告诉我们，到底是谁在背后帮你？”

谢雨萌整个人被他的气势伤到，她惧怕这样压迫的氛围，转头看向窗户。

外面下着雨，淅淅沥沥。

遇见那个惹人注目的女生，也是在这样的天气里。

格外重视下周到来的辩论赛，是因为谢雨萌太需要这个能让自己闪闪发光的机会。

自从圣蒂亚大学的录取通知书寄到家里之后，父母也一夜之间变得神采奕奕，逢人便夸奖自己的女儿能耐了、懂事了，也争气了。邻里街坊表面上无限配合，背过身却都在嚼舌根："老谢家的丫头真是命好，从小到大也没见得多优秀，一次高考就打了翻身仗。"得到了一致的赞同。

谢雨萌气愤之余却也觉得无奈，一次引人瞩目的成功很快就会失去光彩，届时自己又会重新沦为邻居口中"不过是命好罢了"的评价，她必须不断活跃在众人的视野之中才能逐渐被认可和崇拜，而最迅速提升周围人对自己评价的方式，便是在高手云集的圣蒂亚大学早日脱颖而出。

辩论队的辅导老师说了，谁能赢得这次比赛，谁就能当上换届选举的辩论队新队长。从前平庸太久，这个机会，谢雨萌不想错过。

因为太重视比赛导致过度紧张，谢雨萌起身还书的时候不小心打翻了桌上的第四杯咖啡，水渍蔓延一片。

那个女生的纸巾来得刚刚好，谢雨萌还在低头擦桌子，她就擅自拿起摊放在桌上的书随意翻了几页，"你有比赛？"

谢雨萌抢回书："不好意思我没空聊天。"

原本有更多"被打扰而滋生出的火气"想朝她发泄，却在抬头看到女生的一瞬间，所有指责的话语统统卡壳了。只是一眼，谢雨萌就完全被她吸引住。女生的身材高挑又纤瘦，五官精致，气质极好，长发懒懒地搭在肩头，皮肤被闯进半开窗户的大风吹得几近雪白。女生的笑容更加晃眼，她说："如果你愿意，我可以帮你。"

……

不得不承认女生的智商极高，看问题的角度和思路都善于另辟蹊径，不仅帮她猜中对方的辩证思路，还教她见招拆招如何反攻，她筛选的备战材料也很有价值，一个礼拜的辅导下来，谢雨萌几乎觉得胜券在握。

"学姐，你为什么要帮我？"

像是被问过很多遍这个问题了，女生的回答没有感情："我有一个条件。"

"你说。"谢雨萌紧张了。

"其实非常简单，如果以后有任何人问起你关于我的事情，你都要摇头否认。你记着，所有的成功都是靠你自己的努力得来，跟我无关。"

虽然非常不理解，但依旧照做了。

"不明白你在说什么。"

对于学生会的轮番轰炸，谢雨萌始终坚持这个答案。

她是第十二个了。

直到谢雨萌的身影远得看不见了，会议室里的气氛再度陷入沉默，唯有笔尖不断敲击桌面发出的声响——嗒、嗒、嗒。刚刚"审问"谢雨萌无果的男生叫许箫，他急得站起来，看向自始至终坐在最旁边观望不语的副主席："侯哥，这什么都问不出来，我们拿什么去向老大报告呀！"

侯寅虽然不说话，心底也愁得厉害。

除却最新发生状况的辩论队，之前的交响乐队、芭蕾舞队、国际象棋社等校内十佳社团，现任的领导层里均有相似经历被培养起来的人。以前何曾有过这类担忧——原本学生会看中的人选到最后关头竟然会悉数败北，就像魔咒一样。有一种不安的氛围在学生会里慢慢扩散，关于"藏在暗处的这个对手"的传闻日渐增多，一时间几乎所有人都想知道对方究竟是谁、怀揣怎样的目的而来，竟是如此神秘而强大。

"候哥你倒是给个主意啊！"

"我要是知道怎么办，还用得着找你们开会吗！"被催急了的侯寅拿起书就朝许箫脸上扇去，对方捂着脸惨叫一声，哀怨地看着他。侯寅表情纠结，眉峰都皱成川字，陷入了良久的思索后，忽然间，他猛拍一记大腿喜道："有了！"

一群人很快凑过来，侯寅搭着他们肩膀埋头说："你们给我去监视谢雨萌，她这几天肯定会找上线碰头。"

侯寅分析得没错，谢雨萌接下来几天都在图书馆自修。但她并不是像他们以为的那样去接头的，她其实也不知道那个女生是谁，若说想要见她，只是为了求个说法。虽然自己能够一战成名多亏了她，但因为她而得罪学生会却是非常讨厌的一件事，对那个女生的好感已经急遽转为负，更何况她的身上有一股让人完全猜不透的气质，像谜一样，惹人嫉妒，好像无论是多漂亮多有能力的女孩子，如果与她一同出现的话，也会立刻被比下去。

"谢雨萌一直都坐在同一个位置？"

"是的，这个地方还蛮隐蔽的。"许箫将手捂住嘴，压低了声音报告，侯寅在另一端下命令道："继续盯。"

原本向蒲然是要去自己常坐的位置自修的，她并不知道谢雨萌会等着自己，只是单纯经过盯梢的那个男孩子身侧时被他看了一眼就觉得有丝丝奇怪的感觉自他身上散发出来。鬼鬼祟祟的，她当时这样想。

许箫盯着向蒲然的背影看得眼睛都快直了，自己在学校混了两年，怎么就没发现这样的女神级人物？第二反应才是，她不来学生会实在是太可惜了。刚琢磨着回去一定要把这个消息告诉侯寅，就被赶来接班的同学捶了记："又在看美女呢！人家都走远了，你还是好好盯着你的谢雨萌吧，免得把人给盯丢了！"

嬉笑声有些大，尚未走远的向蒲然不免侧了侧头，步伐也停了。

"你看你看。"许箫忽然激动起来，"女神回头看我了！"

"得了吧你！"同学将他的连衣帽往他头上一掀。

向蒲然原本打算右拐的脚步临时改了方向，朝前方旋转楼梯走去，她下了楼。

谢雨萌失望而归。

“都一个礼拜了，竟然什么人都没发现！”眼见着侯寅火气呈线性增长，许箫急得闭上眼：“我还有其他办法！”

侯寅的手就快扬起来：“说。”

许箫觉得对方如果有意避着，那这样的盯梢便如守株待兔，浪费时间不算，他自己也是有一堆作业要做的人，不如利用起图书馆的监控视频来查。侯寅认为他说的有道理，便动用了学生会的关系向图书馆安全保卫处的老师借到了监控室的钥匙，一群人浩浩荡荡地进到监控室里关起门来看视频了。

整整半天。

出来的时候学生会的人个个都跟霜打的茄子似的，感慨声此起彼伏：“那座位竟然是监控死角！”

他们分工将各个摄像通道全看了一遍，唯独谢雨萌准备辩论的那个位子四周都有书架挡着，只能借由其他摄像通道间或瞥到一些走动的人影，但这也犹如大海捞针，几乎没有参考价值。

“我看谢雨萌背后的那人八成美帝特工片看多了，反侦察能力简直超一流！”

“接下来怎么办？”

侯寅一个人走在前面，听见经久不衰的问话声，愈发觉得心烦，真的要没法交差了。

2

圣蒂亚大学，桌球室。气压低。

一晃已过去小半个月，副主席侯寅将与之前相比毫无进展的结果报告给江书黎的时候，他正在往球杆上抹巧粉。俯身、架杆、眯眼。“砰”

一声，白球一连击中三枚彩球，干脆利落。

“多少时间？”

侯寅连忙看一眼秒表：“五分零三秒，5 杆连续百分杆。”又创下新的纪录了。

江书黎收杆，接过身侧人递来的外套，他稍仰头理衣领，语调慵懒：“想到新的办法去查了么？”

没有回答。

手中动作停，他淡淡扫过周侧一应站着的所谓学生会得力干将，一个个都默默低下了头。

江书黎叹一口气，指向侯寅，“过来。”

他在侯寅耳边嘱咐了几句，侯寅眼色大亮。

不去图书馆自修对向蒲然而言有个坏处，她必须在最短时间内觅寻到另一个让她心情愉悦效率又高的自修场所，最终对校园西南角的旧教学楼小教室感到满意。

教学楼到夜间 11 点就会断电，可她今天看书看得太入迷，忘了时间，直到周边霎时漆黑一片，隔壁教室传来女生惊吓的叫声，她才无奈地打开手机电筒收拾东西准备回宿舍。

房子太古旧，周身又太黑，四楼下到三楼的时候，向蒲然险些被吓了一跳。她完全没注意这个捧着一盒心形巧克力的男生是从哪里冒出来的，适应了黑暗的眼睛倒是能分辨出对方的模样，瘦高斯文型，戴着金属框眼镜，穿着立领衬衫和牛仔裤，看向自己的时候不停抿嘴唇，说明他很紧张。

“向蒲然我喜欢你，请你做我的女朋友！”

男生冒出没头没脑的一句话，但在女生的意料之中。向蒲然并不打算理睬，想绕过他直接下楼。男生不依不饶：“我叫王学凡，电子系大二。我关注你很久了，这盒巧克力希望你喜欢。”

向蒲然终于转过身来正对他，她看了一眼他双手递过来的巧克力，不接。

“你说你喜欢我，那你一定对我很了解？”话语冷冰冰，却得到了王学凡非常用力的点头，女生微微笑，“那你连我不喜欢吃巧克力这么基本的事情都不知道？”

王学凡的脸色陡然变僵硬：“你别生气，请再给我一次机会！我一定会学着了解你，我会知道你所有喜好的！”一段话说得磕磕绊绊，向蒲然毫不客气地回复他：“给你时间等你研究好了，那时我兴许又有别的爱好了，我很多变，而你从一开始就落后了。”

“向蒲然！”他根本说不过她，气势在一开始就处于下风。

“啊，还有，”女生语调温温，说出来的话却在男生已经跌到谷底的心上又狠狠补了一刀，“能成为我男朋友的人绝对不是见到我会慌张的人，比如此刻的你。”

“我没慌！”巧克力盒子却掉在了地上。

向蒲然耸耸肩，转身走了。

王学凡被向蒲然打击得一蹶不振这件事情成为宿舍里最近夜谈的头条话题——“早跟你说过向蒲然铁定看不上你的”“而且她的拒绝会让人有阴影，简直高不可攀”“算了，还是我们系平易近人的小萝莉比较有勾搭的可能”……王学凡连系主任的课都没精神去上了。

“可能得心理病了。”出门的时候，室友神色凝重地叹气。

王学凡在宿舍无聊地刷着网页，明明是要说服自己放弃，可是情绪里渐渐占了上风的却是“一定要让向蒲然对自己刮目相看”这种信念。

他的目光陡停，整个人从床上一跃而起，眼睛扫过一行行介绍，越看越发光。王学凡当即就给他爸打了电话：“老爸，你能帮我约见一下裴燕生医生吗？”

“儿子，你要见他干吗？你知不知道裴燕生看诊有多贵！”

王学凡冲他老爸大吼："你不帮我约他，你儿子就要死了！"

一句话就堵死了王雄还想劝他的打算，王雄小声说："好好的怎么就到了要看心理医生的地步了？"他知道儿子最近喜欢上了一个女生，猜测可能与感情有关。虽然觉得为一个女生闹到这个地步有些丢他的面子，但一想到对方是裴燕生这样的人物，若能因此结识，以后便也多了一分谈资。

思及此，王董立刻让秘书去查询裴燕生的看诊价格，目光扫过一行行数字，他的心肝还是有些疼。最终一咬牙，王雄决定满足儿子的心愿。谁料秘书打电话去约时间，却被告知要排到两个月之后了，王雄险些跳起来。

可事情就是这样充满转折性，没过一个礼拜，裴燕生的秘书竟然主动打电话过来，说请他不要再去为难莫奈展会上的那位杂志编辑，王董一听便懂了纪和歌在裴燕生心目中的分量，生意头脑立刻转得飞快，于是儿子交代的事情也办得顺利极了。裴燕生答应当天下午就接待王学凡。王雄拖着儿子好一阵自夸，可临到约定的看诊时间，王学凡反而退缩了，"爸，要么改天再约？"

"死小子，好不容易给你约上了，你这脑袋怎么又搭错筋了！"

王学凡无奈，只得磨蹭着出门。沿途司机开得很赶，偶尔念叨几句，裴医生的约诊可不能耽误了，要是老板让自己补贴这迟到时间的价格，他好几个月的工资可就没有着落了。

可坐在后车座的王学凡依旧一副无所谓的表情，许是拖拖拉拉已成习惯，守时这件事，他倒是不甚在意的。

"说完了？"

王学凡的叙述终于短暂安静了下来，裴燕生递过来一杯清水，他接过，润了润干燥的唇，再放下杯子。他满眼都是热忱期待的目光，一霎不霎地盯着裴燕生，面上还残留着微喘的甜意，仿佛刚才他满满诉说着的自己与向蒲然的故事，都是真实存在的过往，而非脑中臆构的虚幻。

裴燕生在平板电脑上敲下几行字，若以故事来论，着实有些牵强，充其量只能算是一场单恋。

——略显困扰的，单恋。

“裴医生？”

裴燕生抬头，目光由深转浅，他笑一笑，问了王学凡一个他始料未及的问题。

“我想听你讲讲，‘喜欢’这个词的定义。”

虽然有些意外，王学凡依旧答得飞快：“喜欢一个人当然就是要想尽办法和她在一起啊，我可以为她做很多事的，买早饭、打热水、占座位、送花送巧克力等等，只要她喜欢的我都可以做到。”

“可以坚持多久呢？”

王学凡挺直了胸膛：“一辈子！”

“这样问你吧，你长这么大有下定决心好好学习过吗？”

王学凡皱眉，觉得很奇怪：“裴医生为什么突然问这个？当然有过了。”

“一般这样的志气能坚持多久？”

“……”

王学凡忽然间有些心虚。

“没关系，同我说实话。”

王学凡低下了头，“一两周吧。”

同裴燕生料想的一样，圣蒂亚大学的学生总体质量都不错，但只要是有人的地方，总会有关系网的运作。王学凡能进这所大学，王雄肯定费了不少心力。

“可是这同我对向蒲然的感情不一样，这次我是很认真的。”

裴燕生又笑一笑，目光微暖，并没有讽刺他的意思：“王同学，我这儿只能帮助你看清一些东西，比如你自己的能力、你内心的真实想法，并不是能帮你达成情感心愿的机构，也并不打算帮助你追求女生。”

“裴医生，我觉得你不应该怀疑我的感情。”大抵是戳中了痛处，王学凡生气了。

裴燕生却没有打算缓和，继续说道：“真正的喜欢应该是恋人之间达到一种和谐的状态，这要求双方各个方面的条件都差不多处于同一高度，从而相互促益。然而你和她，你们并不合适。”

王学凡冷笑一声：“你认为我配不上她？真是好笑。”

“确实配不上。”

“你！”王学凡气得脸都红了。

“配与不配并不是以金钱地位来衡量，而是心智，心智的不平等是很致命的。在我看来，你对她的感情更像是一种用以证明自己价值的途径，你只是需要从她身上获得成就感和满足感，就如同你想要的新玩具，一旦得到，便也就是如此而已了。”见他又要辩驳，裴燕生伸手制止，“与我争辩其实并无意义，有一些能力你还需要练习，比如‘喜欢’，比如‘接受自己’。这样吧，你先回家好好想一想再做下一步的决定。”

……

自从王学凡从裴燕生的诊所看完诊后，就直接回家休了一个礼拜的假。换言之，他翘了一个礼拜的课，同学给王学凡发消息，说系主任点了两次名他都没到场，已扬言这学期的平时分全部扣光，王学凡这才磨磨蹭蹭准备返校。

这几日，说是要好好“思考人生”，却日日都用游戏在麻痹自己。裴燕生的笑意那样温和儒善，却像朝他胸口插下尖锐的刺，让他逃不开又拔不掉；裴燕生的每一句话语都波澜不惊，却都能在他心里掀起巨幅海啸，令他跌入深度“自我怀疑”状态。

这种无端由来的否定情绪让王学凡很难受，很不甘，很想要发泄，同时也更加想要——得到她。

3

两件事，迅速点燃了整个圣蒂亚大学。

听说，蜚声世界的裴燕生今天要来圣蒂亚大学开一场学术交流会，以及，学生会要在整个校园举办一场声势浩大的投票活动。

——请男生选出本校你最喜欢的女生，以及请女生选出本校你最嫉妒的女生。

“这么新鲜？”

“不止呢。听说每一个参与投票的人都会获得印有书黎大大头像的学生会专属门票一张，可以凭此券参加学生会主办的舞会、联谊以及各种活动。以前这些活动都要提前很久上学生会官网去抢票，还常常抢不到，这次只要去投票就送。”

“好心动。”

“更心动的是，还能近距离跟江书黎合影。”

“啊啊啊他也会来？”

……

“不去。”

另一边，刚刚得知侯寅想出来的烂点子，江书黎就清冷地抛下了这两个字。

“老大，横幅都挂出去了，这时候说不去，我怎么跟那些麻雀一样的女生们交代啊？你不知道，唯女子与小人难养也，得罪了这些花痴们我会被唾沫淹死的！”

“那就被淹死吧。”

“老大、不要啊老大……”侯寅泫然欲泣，江书黎却坐在沙发上无动于衷地翻着书。阳光晒进来照在他的指尖及书页上，江书黎动一动，侧颜便被阳光切割出好看的弧度。时光很闲很缓慢，当然如果没有侯寅在身侧左蹭蹭右晃晃叽喳不停的话就更好了。

默了会儿，江书黎合上书，终于抬头，侯寅立刻乖觉闭上嘴满怀期待地看着他，江书黎眼角稍眯，投来的目光却是分外无辜又诧异：“咦？你们还不去投票现场维持秩序？”

……

“死人江书黎！见死不救！枉我为你殚精竭虑！”

虽说侯寅对江书黎向来说一不二唯命是从，自打桌球室那日江书黎告诉了他这个办法，他便没有一丝一毫怀疑、立刻执行，而且还是彻底又完备地执行——不仅指挥学生会干事们在仓库里手动改装纸质版投票亭，还没日没夜盯着宣传部设计投票海报和文案，前后辛苦了一周，就因为江书黎的一句“我要一场万众瞩目的投票活动”，他就拼了命折腾完这一出满校风雨的好戏，可到头来——“老大你竟然就这样把我卖了！”

真是满心委屈又愤懑。

投票点外已经排了两三个S形状的通道，眼见手拿等待合影号码牌的女生众多，侯寅便将维持秩序的任务交给了许箫，美其名曰上次因为他那看监控的主意，不仅浪费时间一无所获，还连累学生会被保安处严肃批评了一番，全靠江书黎替许箫作保才让他免于责罚，所以这次特地给了许箫将功补过的机会，以期他圆满做好解释工作，并且绝对不能给老大抹黑。

留下许箫一副生无可恋的表情懵在原地，侯寅背过身朝休息室走。眼前有另一拨人群匆匆涌动，侯寅皱眉问他们要去哪儿？

“都赶着去参加裴燕生的讲座，听说教室已经快被挤爆了！”

侯寅立刻就跳了起来：“快找一群人去教室门口拦人，都给我拉过来先投票！”

……

立于湖中央的这栋小洋楼共五层，宛如一处风景独好的孤岛，四道蜿蜒长廊从东西南北四个方向由远及近，两侧盈盈湖水之中莲花盛放，晚夏微风掠过湖面，漾起波纹，一路吹拂进了人声鼎沸的一楼多功能厅。

厅内座无虚席，连台阶上都挤着慕名而来的学生。

所有的学生都难掩激动，唯独最右侧倒数第五排的那个女生，出色的五官以及出众的气质很难不吸引人的注意，她自始至终都容色淡淡，裴燕生还没到场的时间里，她一直在翻一本书，神色专注而平静。

坐在她旁边的是个男生，犹豫了很久终于舔了舔嘴唇，鼓起勇气同她搭讪：“同学你好，请问你在看什么书？”

向蒲然仿佛没有听到。

男生觉得有些失面子，便没再打扰她，向蒲然平静地翻过又一页，插入书签，合上书。

“《精神分析引论》，弗洛伊德写的。”

男生愣了几秒，意识到她是在回答自己的问题，连忙侧过头看她。

向蒲然的目光始终直视着前方，面上波澜不惊。她的身后是透亮的玻璃窗，一整个外面的湖水莲花在此刻都成了她的陪衬。她右侧的日光直射进来照在她的眉目与发梢，照在她葱白指尖下的精致书封上，男生不由看得走神。他再看一眼她正在读的书，不是译本，是全英文的。

男生默了默，稍稍往自己的位子方向侧了侧，同时示意自己身侧聒噪的室友们小声一点说话，他不想让他们打扰到她。

有一些人，同自己的阶层注定是不一样的。这种阶层指的不是经济地位，不是外在虚名身份，而是精神层面的高度。

室友们都开始嘲笑他假正经，他还来不及反驳，前排的人群忽然起哄："裴教授来了！"

裴教授，裴燕生。

窗帘被风带起微妙弧度，四侧宽大洁净的落地玻璃窗将阳光满满盛了进来，那个男人便像是踏着阳光走进来的。

一身简洁大方的深黑西装，衣领边和口袋翻边为低调的灰色，衣前的两个扣子紧扣而最下面的一颗解开，真人似乎比所有报道里的他都要好看，这种好看不仅是由于他清俊帅气的面容，更是因他那卓尔不凡的致命气质，成熟、优雅，有着让人着迷的力量。

裴燕生接过秘书递来的无线话筒，单手插兜神色淡淡，他对着话筒轻轻"喂"了一声，好听的低沉嗓音立刻传遍了厅内的每一个角落。他看一眼台下黑压压的人群，慢悠悠的，疏离却精准的眼神朝台下的某一处扫来。

"你看你看，裴教授看过来了。"

"嘘！"向蒲然身侧的男生做了个手势，室友们又低低嘲笑出声："他今天真的不太正常。"

向蒲然在转笔，她有这个习惯，钢笔在食指和中指间不断来回，画出一圈圈漂亮又有节奏的圆。

单是凭王学凡寥寥数语的描述，裴燕生便认出了人群之中的向蒲然。清冷，孤傲，像一朵独自盛开的白荷。隔着尚远的距离，他能感受到她深深目光里的伪装，是个很有故事的女生。

裴燕生收回目光，道过好后他讲了今天的第一句正题，省去寒暄，语调温温，却让一些人蓦然就静了下来。

"每一个器皿能够盛下的溶液都是固定的，就好像现在这个房子能够容纳的人数也是要封顶的。我很感谢你们拨冗而来，不过我想问一问正坐在座位上的同学们，你们当中有多少人是因为真的对心理学和精神学感兴趣，才坐在这里的？"

有些学生脸上的笑意慢慢淡了，前排正在拍录像的女生们也脸红地放下了手机。

他继续字斟句酌道："对大部分人而言，这些学术都是晦涩而枯燥的，需要足够的热情才能持续。如果你们只是需要一份谈资，"他伸一伸手，"刚刚那些已经足够了。因为各种各样的原因而失去有限座位的同学，你们也不必觉得可惜或者强求，顺其自然就可以了。所以现在我给大家十分钟的时间，如果有想要离开的，请便。"

话语方停，裴燕生放下了话筒，他撑着讲台，低头看腕表。

一分钟、两分钟、五分钟……台下果真开始骚动。率先站起来的是一群表情张扬的男孩子，"走啦走啦。"他们朝门口走去，笑声很吵——是那类最典型的不愿意放过任何一个可以吸引注意力机会的学生群体，想被关注，可是无害。裴燕生抬头，神色平静地看着他们。

空出来的位子很快便被补上，厅内的听众环境整洁了不少。

裴燕生轻咳，拿起笔。

——树深时见鹿，溪午不闻钟。

他的字可真好看，行云流水、温和儒雅。

"鹿是一种很温和的动物，喜欢生活于温暖的环境中，如山地、草原与森林。你会在美国西部一望无际的公路上看见一群鹿在你的车窗外奔跑，也会在日本奈良的公园里被一群毫不怕生的鹿群围攻，问你讨要吃的。"

不知道裴燕生想起了什么，话语忽然停顿了几秒，再开口的时候唇际扬起了一抹极淡的笑意，声线也变得温柔："绝大多数人对于鹿的印象，来源于圣诞驯鹿，然而驯鹿只是鹿科的一种。每一种生物，都会经历无数个世纪的繁衍进化，衍生出形态特征各异的不同分类，这世上不会有两片一模一样的树叶，当然也不会有一模一样的两个人。"

他从鹿开始讲起人身上的动物性，向蒲然低下头。

左侧的男生瞧见她在扉页上一笔一笔画出了一只鹿角长长的鹿。

她笔下的鹿，并不像她外表给人的距离遥远，很温柔，还有一点点的可爱。

……

厅外忽然很吵。

玻璃窗的透光性太佳在此时反而成了分散注意力的缺点，一时间，不停有学生侧目看向窗外热闹非凡的长廊，女生间的交头接耳声很快就将事情拼凑完整。

“是学生会的人。”

“想从我们这儿拉人去投票？太大胆啦。”

外面人群熙攘，响声不绝；里面窃窃私语，满室尴尬。

刚刚那一场是自发的“赶人”，现在却是来自于外力的被动“对抗”。

向蒲然仍旧在转笔，手腕轻动，一圈一圈的，节奏均匀而明快。她稍提了提唇角，似是乐于见到裴燕生将会如何化解这一场势均力敌的挑衅。

裴燕生讲课声停。

半晌，他笑了笑，向蒲然面色微动，因为她竟然听见裴燕生说他完全可以理解大家的心情，并给大家二十分钟的自由时间先去完成外面吸引自己注意力的事情——“不过，只有二十分钟。如果觉得会迟到，就不用再来了。”在强调时间的时候，他的脸色有难得的严肃，却并没有被大多数激动的学生领会，他们光顾着拍掌大叫：“如果我们学校的教授都像裴教授这样懂得人心，那就好了！”

人群霎时便如潮水般涌动起来，终点是那扇木门。

坐在后排的学生动作稍慢了些，向蒲然仍旧一动不动，很快就轮到了男生这一排，他的室友都在催促他，他忍不住问道：“同学你不去吗？”

向蒲然并没有看他，默了会儿才凉凉地勾了唇角，像是自言自语：“南风效应。”

“愣着干什么，快走啊！”尚来不及思考她的意思，便被同学们扯走。

南风效应，心理学的十大效应之一，又称温暖效应。与酸涩寒凉，冰冷刺骨的北风相比，和煦又温柔的南风宛如小溪一样，轻飘飘地便能让人心甘情愿地开一扇窗放它进来。这种“因启发自我反省，从满足自我需要开始进而更好实现自己目的的心理反应”便是裴燕生现在使用的这一招。

多功能厅的人都走空了，裴燕生正在和秘书低声浅谈着什么，见他向自己投来目光，向蒲然动了动，收拾东西起身离开。

4

投票现场，鼎沸人声与骄阳一样热烈。

王学凡前顾后看，一下就眼尖地瞧见了正在维持秩序的许箫。

视线对上，许箫避不掉，叹一口气，迎上去。

“你能想个办法让我不用排队吗？”王学凡一把揽住许箫肩头，浑然不顾他脸上的为难之色，“不让你白做，你正在玩的那游戏，我送你一套装备！”

许箫眼睛亮了几秒钟，又暗了。

他家境不好，认识王学凡后跟着蹭了不少好处，吃饭泡网吧的次数多了，王学凡便经常要许箫帮自己做些事。见他犹豫，王学凡继续增加诱惑：“这样吧，我再请你吃一个礼拜的烧烤夜宵，或者你给我弄到两张票也行！”

“可是这票是严格发放的，需要在投票的网页里输入学生证号，我虽然是工作人员，也没有特权。你没瞧见现场的男孩子都是为了哄女朋友开心，一大早就来排队。”

“那赶紧把你的学生号给我，我要投两次，换两张票。”

许箫换上一副了然于心的表情，“行啊你，什么时候也交了个女朋友。”

王学凡立刻来了精神，“我女朋友那可不是一般女生，保准你们看了羡慕嫉妒恨。”

两人一来一往笑得越发不顾分寸，许箫趁着不注意将他拉出队列往最前面的投票点走，然后眼观八方得了空隙等上个人一出来就赶紧把他塞了进去，霎时惹得站在外面排队的女生们齐声嚷嚷宣泄不满，许箫这厢拔腿就跑——没办法，谁让王学凡开得条件实在是太诱人了。

王学凡攥着两张活动票一出来就被女生们围攻，白眼和辱骂来得太汹涌，王学凡气急，忍不住大声回骂：“你有能耐你也来插队啊，一群泼妇！”

“神经病吧！”

“好没教养啊！”

……

在争执声的远处，寂静立着一个女生。

她独撑一把伞站在街道最远处，纯白连衣裙外搭了件米色开衫，因为清瘦显得整个人又干净又高挑。伞的边沿挡住她的脸，看不真切她的表情，但她周身的气息却是与这边的沸腾人声形成了奇异的对比，清冷极了。

方才那个“巧克力男生”面上得意的神色，以及周遭口诛笔伐的声讨声迅速串联起来——太难过了，竟然被这样没有家教的男孩子喜欢上，向蒲然觉得自己需要去庙里拜拜菩萨祈祷转运了。她叹一口气，刚准备提步离开，身后忽然传来一道男声：“这位同学请等一等，学生会在那边举办投票，你不去参加吗？”

风微微动，在向蒲然停驻的足边带起她纯白裙角，她的黑色长发静静搁在肩上。等了会儿，见他没有别的话了，她举步便要走。

侯寅本意只是想看一看这个姑娘的正面，却不想她这么不给面子：“喂喂喂！跟你说话呢！你懂不懂礼貌两个字怎么写！”

才刚刚见识过一个没有礼貌的巧克力男生事件，现在竟又被学生会的人指责自己没有礼貌，向蒲然深吸一口气，悠悠侧过身子，侯寅这厢自她一回过头来那火气就自动散光了，光凭她的美貌就可以让他立刻认错。然而女生说的话实在太过冷傲——“投不投票是我的自由，上课却是学生该尽的义务。身为学生会的副主席，本末倒置主次不分是不是不太好？”

侯寅瞪大眼，战斗值瞬间被拉回：“同学，投票和上课可以兼顾，你哪只耳朵听见我让你本末倒置了？”

“我要迟到了而你拖着不让我走，强迫我必须先履行投票的步骤，这算么？”

“你……”侯寅告诉自己深呼吸，“我怀揣一片好意，怕你错过了学生会即将举办的精彩活动，因为我们正在送票……”被向蒲然毫不客气地打断：“浪费人力，滋生戾气，竟然会对这样虚荣的投票活动引以为傲，实在是让人无法认同。”

失了早先的客气，向蒲然眼神转狠，不屑同他多说，她掉头就走。

……

“啪嗒。”

钢笔掉在桌上，向蒲然又走神了。

她有些失悔，为刚刚又没有控制住的坏脾气。

讲台上裴燕生的讲课声依旧和煦，她强迫自己投入。

“所谓精神分析学，是试图与患者达到一种共鸣状态的科学，即你要了解她，并且要让她也能给你反馈。在相互了解相互信任的过程中你再尝试去疏导她，最终将她带到安全的地带。很多医者的治疗进行不下去，往往就是因为从一开始他就让患者感觉到了这仅仅只是一种治疗。失去了信任的基础，病患一旦对你竖起心防，便很难再攻克也鲜少会有效果。所以，你们永远不能低估任何一个病患本身的力量。”

人群之中忽然响起一片骚动，因为裴燕生走下了讲台。

他的皮鞋锃亮，一步迈上一级台阶，当他真正站在离前排学生不过几十厘米距离远的地方时，附近的少女们已经忍不住倒吸了数口冷气，裴燕生的温温语调再度从话筒里传来：“方才我站在那边，现在我站在这里，同学们的情绪好像就有了明显的起伏。”

“这便是心理治疗中‘心理距离效应’的概念，也是我们俗称的‘刺猬法则’。适当的身体接触，比如严重缺爱的病患在情绪激动的时候你给她一个拥抱，利用身体传递能量，可以一定程度上有效缓解她的情绪。所以如果以后你们之中有同学要从事心理治疗，希望你们能想起我今天说过的话，在治疗的过程中，要对每一个向你们真诚求助的患者付出真心。”

厅内响起一片掌声，裴燕生举手示意大家停下来：“我想问一下，在场有哪些同学是修读心理学或者精神医学专业的？”

相继有不少同学举起了手，齐刷刷的。

向蒲然一动不动，只是静静地看着裴燕生。

裴燕生的眼光在人群中一排排高高举起的手中来回移动，刻意忽略掉他们面上跃跃欲试的兴奋神色，“那位同学，我能冒昧问一下你的专业么？”

他摊开掌心，四指并拢，大拇指内扣于掌心，方向不偏不倚，正朝着向蒲然而来。

转笔的动作霎停，愣了愣，感受到无数道眼光向她投射而来，羡慕的、嫉妒的都有。向蒲然放下笔，坦坦荡荡地站起身来：“心理学系，大二。”

裴燕生温和笑了：“那同学刚才为何没有举手？”

“不想举。”

明明是心理学专业的学生，但不想同众人一样在此刻以自己的身份为荣，其实也没有什么不妥，仅仅代表的是刚才逝去的那几分钟的时间里，自己大脑结构做出的最优指令判断，连欺瞒都不能完全算是。所以面对裴燕生直接的打量，向蒲然毫不畏惧地回视了过去。

周围响起低低的讨论声，但对这个答案，裴燕生倒是一点都不意外，他点点头又问她："所以你是更宁愿当一个旁观者、研究者，而非当事者？"

向蒲然沉默，找不到合适的话来辩驳。

裴燕生又笑了，示意她可以坐下了。他继续道："这的确是一位精神工作研究者和心理学研究者应当具备的素质，在任何情况下，都能将自己干净利落地撇除在外，做为一个旁观者冷静高效地分析所发生的一切。但是初学者很容易掌握不好力度，一旦过度研究，很容易让自己也深陷旋涡，从而物极必反。"

向蒲然的心忽然颤了颤，她抬起目光，微不可察地皱了皱眉。

裴燕生没有接她的目光，换了其他的话题。

课程很快结束，有依依不舍的女生围在桌前却又不敢走近，她们捧着笔和本子，似乎是想让裴燕生签名。工作人员上前维持秩序："裴先生只是医生，不是名人，请各位同学有序散场。"

而那个优秀到耀眼的成熟男人，就静静被围在人群里侧，不动声色地整理着自己的东西，对这一切不甘的眼神和满面的遗憾熟若无睹。直到，那个女生单手拎着包，就快要走到门边。

"等等，这位同学。"

向蒲然直觉他是在叫自己，回身，她有些奇怪。

裴燕生依旧是温柔的语调，笑意淡淡的眸子里藏着她辨别不出的深意，他说："能否借一步说话？"

秘书稍稍让开了一些距离，已经或即将要走出教室的女生们更加不甘起来，她们的眼神没有指向话题的发起者裴燕生，而是径直扫向了向蒲然。不明白为何她就可以在短短一堂课内受到裴燕生如此频繁的青睐。

向蒲然亦是有些困扰，她的声音里带有一丝的抗拒，以及挑衅：“裴教授就一点都不享受被她们捧为名人的感受吗？”

“你指的是签名？”

“以及合照。”

裴燕生笑了，眉目比起方才讲课时柔和了一些，“她们想要合影或签名，只是需要一些可以发到公开场合的素材，她们在乎的不是我说了什么，也不是我这个人真正的价值。同我站在一起这件事引起的留言和关注，才是她们对这堂课真正想要的反馈。”

“所以，你觉得我不是这样的？”

“你不是。”

向蒲然静了静，忽然问道：“什么是我们这类人真正的价值？”

她站在台阶之下，他站在上面，她抬头的灼灼目光让他难得看见她深厚伪装之下的一丝真诚，他的注意力从女生清傲的面庞移到她怀抱在胸前的笔记本，那个鹿角——像当即打开了一扇门，裴燕生忽然就想通了一些事情。

早在数月前，圣蒂亚大学就给裴燕生发出了邀请函，他迟迟没有答应，却在前不久忽然让秘书致电圣蒂亚大学教务处，问先前洽谈过的交流讲座是否仍然作数。虽然有过上百种猜测，却无人知晓他转变态度的真正原因。他很少接受专访类的活动，国内大学的分享会，圣蒂亚尚属第一家。如果说仅仅因为王学凡寥寥数语中勾勒出的向蒲然引起了他的兴趣，现在才确信，他肯来，是因为向蒲然与纪和歌之间的某种共通性。

这么多年了，他已经很久没有碰到过感兴趣的病例研究了，生活几乎被日趋重复的治疗方法和单一病情的病患填满，所以灵感也像在一天天中慢慢枯竭，他也曾像她这样怀疑过什么是他们这类人的真正价值？病患需要碰到优秀的医者，医者也同样需要遇见新鲜的病患。来回往复，才能让生活的光色跳跃，让灵感燃烧。

就像，纪和歌的忽然出现。

她有挑战，有故事，她很优秀，而他想要治好她。

裴燕生的目光重新放回到眼前的向蒲然身上，这个女生，同纪和歌一样。

她们像是同一病症的两个极致，仿佛一枚硬币的正反两面，相互独立却又如同共生。

……

“裴教授？”见他有些失神，向蒲然喊了一声，裴燕生深深地看她一眼：“你的问题我暂时无法通过言语来回答你，不过我的诊所里有很多资料可能会对你有帮助，如果你感兴趣了，欢迎与我的秘书联系。”接到他的眼神示意，秘书递给向蒲然一张名片，女生接过。

不明白他每一句话背后的意有所指，直觉却告诉自己，眼前像一场渐次展开的棋局，线索太多让她看不清楚，非她所愿却越陷越深。所以，究竟是从什么时候开始，究竟是哪一步走错了，才演变成如今呼啸又难以控制的现状？

空气里的热意随着裴燕生的离开逐渐转淡，向蒲然拢了拢衣襟，离开。

王学凡似乎已经在长廊上等了很久，见到她，他立刻神色欢喜。

向蒲然冷冷看着他递过来两张票，不接。

“向蒲然！”王学凡追上她的脚步，“我费了好大力气才拿到的票，我想让你知道，我可以为你做任何事！”

晚夏的燥热与他的声音交织成密不透风的网，捕捉的对象是她。向蒲然极力忍住厌烦的情绪，插上耳机试图摆脱，王学凡却跑到她跟前伸手拦住她，像极了讨要表扬的小孩：“裴教授的讲座是不是很棒？我就知道你会喜欢，所以我特地让我爸去请他来的。”

向蒲然眼色突变，她驻足。

男生掩掉微微慌乱的神色，只要能同她搭上话，是说谎又如何？

向蒲然却猛然拽下耳机，眼神里簇起一团火焰，她已经忍无可忍：“你知道自己为什么令人厌恶么？幼稚、自私、狂妄、欠缺教养、理解能力为零简直应该重回小学修读语文。你懂得‘尊重’两个字怎么写么？谁允许你擅自将我的事情说与裴教授听？”现在才终于知道为何裴燕生会对自己青眼有加，越想越生气，向蒲然烦躁地揉了头发，最后一次警告他：“你的行为已经对我造成了极大的困扰，希望你立即停止，而我这一辈子都不可能与你这种人产生任何关联！”

呼——

深呼吸，向蒲然转身离开。

她是真的生气了。

王学凡怔忡在原地，她的语言像迎面射来的利箭，招招击中靶心，将他的铠甲砍碎一地。

……

“说完了？”

“说完了。她说的话真的太伤害人了！一点都不顾及别人的尊严！”侯寅扁着嘴，坐在江书黎的对面吐完了一肚子苦水，他盼望着老大能将眼神从书本里移开，看一眼好不委屈的自己。

“尊严这个东西，向来是自己给自己的。”江书黎又闲闲地翻过一页书。

“就是！”接完口才发现不对，侯寅更委屈了，“本想在你这儿求个安慰的，你倒好，一点都不心疼我帮你忙前忙后，还帮着外人欺负我。”

终于，江书黎抬了头，侯寅立刻凑过去：“老大……”话还没说完，就被江书黎扔过来的书砸中了胸。

“我还不了解你？活动是你一手策划，整所校园闹得沸沸扬扬出尽了风头，难道不是因为你自己想玩？”

“我可没有！”侯寅立起手掌做发誓状，江书黎身子微微靠后了些，下巴稍扬目光审视着他，侯寅乖觉小声道：“好吧，瞒不过你。”

江书黎笑了，示意他看看手里。侯寅将攥在手中的书翻了过来，一看字迹立刻两眼放光，“哇塞，笔记！是笔记！还是老大好，谢谢老大！”

江书黎将自己做的笔记给了他，三门专业课的常见题型归纳总结还附有解题思路，看得侯寅喜极而泣。

江书黎身子往后，朝椅背靠了靠：“别以为我不知道你专业课的点名和作业都是怎么混过来的，你告状的那姑娘一听就是品学兼优的好学生，现在也快要考试了，你该收收心复习迎考了，不然到时学生会副主席因为文化课成绩太差而被人诟病，太丢脸。”

江书黎的话语仍旧是淡淡的，含着一丝笑意，如同窗外和煦的清风，可飘入侯寅的耳朵里，偏就让他不自在却又无力反驳，侯寅的嘴巴扁得更大了。

江书黎起身，侯寅叫道：“老大你不去科技部吗？”

江书黎挥挥手，“你自己把握好分寸，这件事情尽快了结掉。”

“Yes, sir!”

江书黎的身影逐渐消失在薄暮的光线里，像是逐渐走进光芒盛处。明知道他看不见，侯寅依旧在原地将身形挺得笔直，一路目送远去，直到桌上手机响，他走过去接通。

“侯哥！出来了！”科技部那边传来一群人难掩激动的叫声，侯寅感觉整颗心都快提到嗓子眼了，他三下五除二收好笔记：“我马上过来！”

5

——能一手策划出如此复杂的事情，她应该是各方面都相当出色的女生。即便平日里努力低调，也一定会被很多男生爱慕，相应的，也一定会被很多女生嫉妒。最后只需要让科技部在两份投票统计得出的报表里筛选出共同的名字，就八九不离十了。

所以早在投票之前，江书黎就已经将这件事的目标锁定在全校的女生群体。

——至于为何是女生？

当侯寅把这个问题抛出来的时候，江书黎仍是在低头看书，他面上的表情是一贯的云淡风轻，但说起自己脑海里经过大片思考回路的分析就好像是在说今天的天气很好一样：“是从谢雨萌的微表情上看出来的。辩论赛后你们找她谈话，无论你们问什么，她都坚持回答‘不知道’、‘不明白’，意图摆脱关系。直到你们说已经查出了帮她的人是谁，她开始慌乱，接下来就是百分之五十概率的博弈，我们以男生作饵，告诉她已经查实帮她的那个人是个男生，并将名字也说了出来。在上述三个阶段里，谢雨萌只在第一个阶段里表现出真实的慌乱，而从得知你们查到的那个人是男生开始，她便开始管理微表情，不仅故作惊讶，同时还有一闪而过的轻松。一个人面部惊讶的表情一旦超过一秒钟，就说明是假装的，至于她为什么会感到轻松？说明你们没有猜中。”

还有就是江书黎莫须有的“直觉”，从谢雨萌在学生会提到对方时她本能的抗拒中，说明她对这个帮她的人并没有太多好感，应该不是异性，而是同性。

……

理由太多，结果却只有一个。

半个多月的辛劳无果，每每行动都落于下风，学生会几乎倾巢而出却处处捉襟见肘连对方一根羽毛都没捞着，眼下这结果终于要呼之欲出，侯寅只感觉胸口压抑了数日之久的恶气终于可以吐出来了。

“心理系大二，向蒲然。”

科技部部长将印有女生名字和票数的统计结果拿给侯寅看。

“有照片么？”

“稍等。”

一分钟后，教务系统里弹出来她的证件照。

下一秒，整个部门都沸腾了，是真没见过证件照也能拍得这么漂亮的女生啊。

干净的面庞上是极精致端正的五官，她的黑色长发安静地搁在耳后，唇微挑起，似笑非笑，那双如墨一般的眸子闪着深不见底的晶莹光芒。可侯寅却仿佛头炸开了一般，这不就是在投票处见到的白衣女生吗！

跟侯寅一样傻在当场的，还有许箫。他的声音像冻住了一般：“我见过她。”

侯寅转头。

许箫吞了吞口水，将之前在图书馆盯梢谢雨萌偶遇向蒲然的事情一五一十地讲出来，当然省去了因自己只顾看她而没完成任务这一段。侯寅听完更确定了：“错不了，肯定就是她！快把照片打印出来，许箫你拿着它去向谢雨萌求证！”

教学楼外相继有女生涌出，熙攘喧闹。

不停有人感叹道：“这次的辩题好难啊。”

“是啊，我看谢雨萌很崩溃的样子。”

“她本来就没什么天赋。”

……

许箫还来不及听清她们的对话，就被来往的人群挤到了最旁边，新买的球鞋还被一连踩了数个黑脚印，可心疼死他了。正在强忍骂人的冲动时，他眼角一扫，瞧见了女生们的话题对象。

“喂，谢雨萌！”

被忽然点名的女生很意外，她的目光对上许箫就想起此人是请自己“喝茶”审问的学生会成员。狐假虎威，她打心眼里瞧不起这样的人，谢雨萌并不想理他，转身就走。

许箫的火气又噌噌噌往上涨了不少。“嘿！”他一路拨过人群，一把抓住谢雨萌的肩膀，将她扯到了一边，“谢雨萌，我叫你你没听见啊？”

眼见他吹胡子瞪眼睛地吼着自己，谢雨萌单手揉着被他捏痛的肩膀，一边皱眉在心里腹诽他一边反问：“你有什么事吗？”

许箫慢条斯理地从口袋里掏出钱包，一边掏还一边打量着谢雨萌，仿佛怕她逃走。周遭指指点点的声音越来越多，谢雨萌面上不耐烦的神色也越来越浓，直到看清楚许箫递到眼前的那张照片，她的表情霎时转为慌乱和躲闪，满怀敌意地抬眸问他：“你要干吗？”

“看来你果然认识她。”许箫露出一脸得意的笑容。

“认识谁？”

“你少装了，从你看她的眼神我就知道一切了。”许箫冷哼了一声，慢慢凑近谢雨萌的肩际，在她的耳侧一字一句说道，“你想要替你的女神瞒着这一切，可是现在我们学生会已经全部知道了，她叫向蒲然，心理系大二。”许箫发出一串笑声，将眼前谢雨萌握紧双拳又松开，肩际微微颤抖的形态变化尽收眼底。

“不明白你在说什么。”

谢雨萌猛然推开他，一路小跑朝楼梯奔去，像逃一样。

心跳加速，全身发颤，隐藏在心底最深处希望永不见天日的秘密就这样轻而易举地被窥知了，谢雨萌觉得双脚发软，她回头看一眼教学楼的二楼，许箫的身影已经不在那儿了。

他说那个女生叫向蒲然，是心理系的高才生。

怪不得她的行事作风如此成谜，怪不得她能轻轻松松就掌握人的心理，可是现在学生会已经盯上她了，显然还将自己当成了她的同伙——谢雨萌忽然停下脚步，一瞬间觉得心情糟糕透顶。

6

裴燕生的观察力向来精准。

当他同秘书说起向蒲然会在三天之内来诊所的时候，秘书想同他打赌，裴燕生淡笑着摇了摇头，面上是一副志在必得的神色："我怕你输得太惨。"秘书并未将此事放在心上，直到第二天下午，她看见站在面前漂亮又孤清的女孩子，第一反应竟是忘了引荐，而是在心底连呼"好险"，幸亏没同裴医生打那个赌。

"请您稍等。"

向蒲然点点头，肆意打量着他的诊所。

她以为的名人，多数会在每一个生活的细节之处体现出自己的"名"与"财"，但眼前这个地方不一样，装饰简洁而大气，白色和原木色是主基调，等候区内宽大的布艺屏风上绣着栩栩如生的画案，白色落地的厚重幕帘在远处呈出对称的美感，每一处的设计都透出一股淡淡的禅意，仿佛具有让人心安静的力量。

秘书看着她的背影，拨通了内线。

"请说。"

"裴医生，病人到了。"

裴医生看一眼腕表，皱眉："你半小时前不是说，纪和歌取消了今天的看诊？"

"不是纪小姐，是向蒲然。"

裴燕生在电话里短暂沉默了几秒："请她进来。"

秘书放下电话，站起来走近向蒲然，"您好，请随我来。"

向蒲然点头致谢。

办公室里的气氛明显与外面不一样，很温暖，很明媚。向蒲然站在离他稍远一些的地方，裴燕生正在沏茶，他沏茶的动作中带有中式古朴的意蕴，她没有打断他，他便没有开口招呼她。秘书替裴燕生一一收妥房间里略显凌乱的资料，向蒲然将包链往肩际揽了揽，勾唇说道："我运气真是好，没有预约竟然能见到空闲的裴医生。"

裴燕生仍旧没瞧她，声音却像是带着笑意："你运气确实好，本来今天下午是要给一个很重要的病人复诊的，她临时有事，取消了。"

"裴医生这儿还有这样任性的病人？"

裴燕生已经将茶倾倒进了瓷壶之中，面上的笑意似乎更深了一些。纪和歌刚回国没多久，指不定有一堆烂摊子要收拾呢，而且日本发生的事情多数已被她知晓真相，以她高傲的性子肯定不知道怎么来面对自己。所以给她几天时间静一静也好，否则在诊所里吵开了锅也是未尝可知的。

"每个病人的脾性都不同，所以相应的治疗方法也要因人而异，得以她们为主角，而不能将我们自己的意志力强加到她们身上，你说呢？"他忽然抬眸，满怀深意地朝向蒲然望过来。

向蒲然眯眼笑，不回答。

"请坐。"

裴燕生沏好了茶，指了指办公桌前的位子，向蒲然坐下，他端了一应茶具朝她走来。

秘书低头，在身后缓慢带上了门。

一小时后，向蒲然出来了。

秘书礼貌地站起来，本想迎上去的，却被向蒲然整个人带出来的冰冷气息震慑住。

向蒲然拎紧了包链，朝她点头示意，“留步。”而后快步朝大门走去，她的长发被清凉的风吹起，竟让人感受到一丝仓皇的痛意。

裴燕生慢慢跟了出来。

“裴医生？”

裴燕生的面色也有些深不可测，他微微皱了眉，看着向蒲然离开的方向，叹一口气：“有些事情，开始的时候总会比较困难。”

她的性格有些太横，也容易逆反，比起学校里那些为了吸引别人注意而特别张狂的逆反族不一样，她的这种行为不是无害的，而是具有慢性的伤害性，对她自己，以及对她身边最亲密的人。

秘书没有多言，对于裴燕生的心思，她不敢多加揣测；但她知道，他做的每一件事情都有道理，也一定会有好的意义。

向蒲然跑得太急，一直到数百步之后，在越来越粗重的喘气中才慢慢恢复了冷静。为什么，为什么在见到裴燕生之后，向来引以为傲的自控力会频频失控？她学过伪装的方式，但是与他同属心理学范畴的直觉告诉她，她做的每一步伪装、她的每一个想法都能被他轻而易举地揭穿、看穿。如果用打游戏来比喻的话，即便她已经登顶了，裴燕生也至少比她高了不下十个 level。

和这样强劲的对手相遇，容易自乱阵脚。向蒲然发现自己紧握的手心里已经渗出了丝丝汗意，细密而黏热，她在原地理了理被风吹散的头发，整理好心绪后才朝地铁站走去。

她并没有发现，在身后不远处的绿荫掩映下，方才她从裴燕生诊所里逃出的身影尽数落入了那个女生的眼里。谢雨萌瞪大了眼睛，捂住嘴巴，生怕自己会克制不住惊呼出声，她怎么敢相信，这段时间在校内风声渐起的女神向蒲然竟然会有心理疾病！

怪不得在裴教授难得一次的交流会上，竟能不问缘由地与向蒲然有那么多互动。原来向蒲然早就私下认识他，原来裴燕生是她的私人医生。如此一来，竟是全部能解释通了，为何她要迂回地帮助自己取胜，为何她要深藏幕后，为何她不愿让任何人知道她的真实目的……

直到向蒲然的身影渐次没入地铁站的入口，谢雨萌终于放下遮挡脸的枝叶，重新走入阳光下，脸上的寒意却未能因日光而有一丝消退，她再望向裴燕生诊所的方向，神色复杂。

“好烦躁啊！”

向蒲然揉了揉头发，自从裴燕生的诊所回来，她就频繁走神，现在已过去三个多小时了，任务清单上的罗列事项却无任何进展。

电脑屏幕一闪一闪，她正在写一篇研究论文。

这篇文章，这个课题，她几乎是在万念俱灰对生活不抱一丝善意的情况下开始提笔的，她将研究的触角有意地落到极为平凡却又渴望被万众瞩目的这群人身上——深埋在她内心深处的原因没有人可以窥探到，关于那两个人，关于那段过去。

“不是猜测，而是基于现状的分析，你应该正在进行一项以人为基础的研究。”

不知道为何如此隐秘的课题会被裴燕生一语道破，向蒲然显然受了不小的惊吓，但面上还竭力维持着平静。裴燕生原本就没打算得到她的承认，却没料到她竟也没否认，而是冷冷回讽道：“裴医生自视甚高，以自己的专业水平为依准，光凭我的一些行为片段便猜了个大概，试问这不也是一种未经过我本人同意而对我进行的研究吗？既然我和你都是喜欢研究他人，那又如何能说明你是站在道德的一方而我就是站在不道德的一方呢？”

回答得太过激了。

向蒲然有些懊恼，为何在那时没能再多忍住一口气，这样回答虽然短暂性地占了上风，但弱点很快就暴露，被对方掌握了。

果然，裴燕生稍显讶异地看了她一眼，旋即便笑了。

……

向蒲然将水杯重重地放在桌子上，闭眼深呼吸，她必须尽快调整好自己的情绪。不行，不能再回忆那段过去了。

几分钟后再度睁眼，向蒲然的目光已从涣散慢慢聚拢，移到文档最下方的那个名字：谢雨萌。向蒲然不停转着笔，大脑再度开始飞速运转。

——看样子，这次的确选了个麻烦的人物呢。

7

“查好了？”江书黎的嗓音波澜不惊，他慢悠悠布着棋局。

侯寅点头：“是心理学系大二的向蒲然，优等生，外形靓眼，追她的男生非常之多，但没有男友。很奇怪的一点是，她并没有参加任何社团或学生组织，所以还不清楚她帮助这些学生是出于什么目的。”

分散在会议室各个角落的学生会的人交头接耳起来，他们之中的大多数人都对那天裴教授在讲座课堂上对向蒲然难以言喻的偏爱有所听闻，实在很难不让人注意。毕竟，这个女生原本就是这样出色的存在。

侯寅问：“接下来怎么做？”

江书黎朝棋盘上落下一子，眉峰淡淡：“示弱。”

向蒲然在图书馆自修到傍晚，顺带借了几本辅导书，出馆。

校园巴士很快就到了，她的身侧三米远站着一名男生，正低头发着短信。她上车，那人没跟上来。向蒲然坐在靠窗的座位，目光与那人短暂相接，男生慌张移开。向蒲然随后又到网球社还了器材、路上顺便买了杯可乐，从人来人往的食堂门口经过，转身，进入去往学校后门的小巷。

路灯坏了几盏，阴影打在手机上有些鬼魅。发完短信一抬头，前方高挑的女生身影已经不见。

男生急了，加快脚步朝前跑，没想到一转弯就被迫猛然刹车，向蒲然斜靠着墙，侧脸忽明忽暗："跟踪我？"

"没，没有。"

"你们一共三个人，第一个从图书馆跟踪我到校园巴士车站；第二个从我上车的下一站上车一路跟我到网球社和小卖部，我买可乐的时候他在我斜后方排队；第三个就是你，食堂门口拿着一份本月15号的校园晨报朝我迎面走来，可惜报纸你拿倒了。你们每隔一段时间就会发短信互通消息，如果超过一定时间没有反馈，就意味着跟丢了，此时会有电话接入，然后触发备选计划。"女生弯了弯眼角，"我真是荣幸呢，竟然惹得你们这样大费周章。"

这个男生本就是个跑腿的，心理素质绝对拼不过她，此刻只能慌乱辩解，可惜话音刚落，电话就响了。

被向蒲然言中，男生愤愤掐断了电话。

已经走出几步的向蒲然忽然回头说："回去告诉派你们来的人，击剑社见。"

男生有些莫名，女生如此轻而易举地点穿了己方的计策，令人难以捉摸。没有过多犹豫，男生的身影一溜烟就消失在昏暗的路灯夜色之中。

向蒲然的脚步慢慢停了下来，她回身，看着男生跑远的身影，有些失神。她从一开始就没打算被学生会这样的组织注意上的，选择帮助那些平凡的学生登上他们想要的位置，其实只是出于一己私念，并没有想过要给旁人带来麻烦。

“但你确实因为一己之力很大程度上改变了你们学校某一些势力的正常发展，你的无意识行为对别人造成了影响，所以他们才会想尽方法找到你，就像已经开始的蝴蝶效应不会轻易停止。接下来是继续迂回逃脱还是坦荡面对，完全取决于你自己。”

向蒲然承认，裴燕生的判断很正确。

既然他们紧盯不放，那就借这个机会说清楚算了。何况，自己开口抢的先机，总比受制于人要好一些。

然而——

“这肯定是个圈套。”

听完跟踪的男生带回来的出人意料的消息时，学生会成员意见一致，侯寅看了一眼坐在中间座位上看手机的江书黎，面色风轻云淡，似乎这一切讨论都与他无关。

侯寅揣测他的想法：“跟踪已经被她揭穿，处于优势地位的是她而不是我们，她完全没必要告诉弱败者需要的信息。她肯说，代表她不想再浪费时间跟你们这群喽啰们兜圈子了。不过论击剑的水平，目前还没出现能与老大势均力敌的人。”侯寅说着颇自豪地看了一眼江书黎，对方终于站起身，懒懒丢下一句话：“明天开始，去击剑社练习。”

侯寅喜道：“老大终于要出山了！”

江书黎淡淡地看他一眼，眉峰不动语调平静：“是你练。”

“啥？”侯寅愣住了，等反应过来连忙跳了起来，“老大，我不行啊我真的不行……”

击剑社。

只是一目扫过全场，江书黎就拍板要下东南角的九号席位。这里位于侧门边，且正对着女更衣室，可以第一时间看到里面走出来的人，比赛前，任何关于对手举手投足间的各种习惯观察是非常必要的。况且东南角也是整个场地座席最多的一个拐角，可以最大程度上吸引观众。

一切准备就绪后，江书黎的指尖在三种不同类型的剑身上来回轻点，“你猜她会使用花剑、佩剑还是重剑。”

侯寅有些紧张：“老大，我怕我斗不赢她。”

“你肯定赢不了。”

“……”

“你只需要拖延时间，让我看清楚她的招式即可。”江书黎继续说，“记得伪装实力，她一旦确定你不是她真正要找的人，会立刻灭掉你，结束比赛。”

不一会儿，观众席上坐满了围观的人。

侯寅已经换上了击剑服和道具，等了几分钟，更衣室口一名穿戴完毕腰配花剑的高挑女生向侯寅走来。江书黎眯了眯眸，她的长发挡住侧脸，让人看不清楚表情。

花剑比赛以进攻为主，花剑剑身较短呈四棱形，且要求剑尖触力达 500 克以上才能触发电子设备，分数有效。侯寅有身为男生的体力优势，向蒲然则相对灵巧，局面起先以男攻女守为主，男生的招式剑走偏锋然而女生都能轻巧躲过，不出十招已然吸引看台所有人的眼球。

五分钟后全场阒静，似是终于等到时机，向蒲然忽然改变剑风，花剑在空中划出道道虚势，数秒之内，侯寅的右膝、左腰、正胸、右肘均被刺中。

比赛停。

向蒲然退了几步站定，她摘下面罩，一甩原本随意盘在头套里的长发，侧过脸时毫无表情起伏的面容恰巧被看台上的江书黎清楚看见，尤其是她的那双黑白分明的孤傲眼睛，令江书黎难得变了脸色。

原来是她。

8

——我赢了，所以我想提一个条件。之前的事情都是一场误会，我没有与你们为敌的打算，也很抱歉扰乱了你们正常的步骤，但事情既已发生，我也已经坦荡站在这里和你们表明了态度，所以请不要再将虚无的揣测强加到我身上，不要再来打扰我了。这件事情，就到此为止吧。

距离击剑比赛已经过去两天，这件事的热度却依旧在整个圣蒂亚里与晚夏的躁郁一并扩散。

向蒲然在赛后对侯寅说的每一个字都不轻不重，却态度坚决，带着一股莫可名状的执拗。

来自于学生会的逼迫十分明显，除了谢雨萌，另外十二个人相继都受到了打压。这打压无人能逆抗，江书黎的目的便是让所有人都知道，他认真了。

“老大，向蒲然没什么动静，看来是知难而退了。”其他人也跟着侯寅附和，“老大真厉害，不费吹灰之力就击退了对手。”

“她不是。”

“啥？”

“我说，她不是敌人。”江书黎忽然从书本间抬头补充说了这句话。他的眼神很亮很坚定，墨黑色的头发被窗外的晚夏暮阳映出深浅不一的温柔色泽，有一种从未有过的气息从他浑身上下散发出来，坚定而神秘。

他看一眼腕表，“到时间了，我要去辩论队了。”

圣蒂亚大学和易维亚大学的高校辩论赛马上就要开始了。江书黎是校辩论队的导师，队里每一个选手的特性他都非常了解，从最初的一张白纸到如今的个个骁勇善战，是因为他对一整个团队的建设都有一步步的考虑。可是谢雨萌，无论从哪一个方面来看，她都不适合当他们的队长。这不仅是对队员们的不尊重，也是对谢雨萌自身的变相伤害。

江书黎单手插在兜里，尚隔着一段路的距离，他已经听到了教室里面激烈的争吵声。

他放慢步子，走到玻璃窗侧，朝里看。

谢雨萌不在。

洗手间盥洗台，水流声哗哗。

谢雨萌正拼命接水浇自己的脸，想驱走疲惫维持清醒，她已夜以继日熬了两天了。方才辩论队里剑拔弩张差点又吵了起来，他们没有一个人服她，她提出的论点被他们一一否定，甚至连话都不愿意同她说，看向她的眼神也是毫不客气的嫌恶——他们都觉得她没有能力。

谢雨萌开始发颤，她捏紧了盥洗台边缘，指甲都恨不得掐入瓷砖里，她抬起头，看向镜子里面色惨白的自己，水珠顺着脸颊往下滴落，模糊掉视线，她半张着嘴，觉得自己像是缺氧的鱼。

可是明天就是答辩会了，届时学生会的人来旁听，江学长也会来，他们会提问，会帮助队员整合思路。与易维亚的辩论赛迫在眉睫，可她并没有打赢的信心，一旦输了比赛，邻里街坊的目光打量乃至于接下来会在辩论队遭遇到怎样的排挤，队长的位子肯定不保……想到这里，谢雨萌的心底浮起无望情绪。

为什么想要摆脱平凡会这么辛苦？是不是一开始就选择了一条错误的道路？都是因为那个女生！都是向蒲然的错，如果她不来招惹自己就不会有这一系列的麻烦事了！

谢雨萌猛然抬头，再次看向镜子里的自己，面容上浮现出了一丝凛冽的恨意。

“她来了，嘘，别再说了。”

教室里的埋怨声随着谢雨萌的推门而入也立刻画上了休止符，她抬头，下一秒就愣住了，“江、江学长……”

江书黎懒懒回身看她一眼。

厚重窗帘被风吹起，他的挺拔身形隐在暮色里，单手插在兜里，白衬衫是如此清澈却耀眼，他的声音沉静不带感情：“谢雨萌，我可以再给你一次机会。”

谢雨萌止住忽然想哭的情绪，以为看到了光：“谢谢书黎学长。”

男生似笑非笑：“我还没说条件。”

谢雨萌半鞠躬的动作陡停，男生顿一顿，笑容忽然变得悠远。

他的声音那样好听，那三个字却宛如凭空朝她扇来的巴掌。

“去求她。”他说的是。

谢雨萌僵住。

距离一战成名这么久了，又一次见到谢雨萌，向蒲然显然有些意外，不过那也只是一瞬间的事情，她便恢复了看书的动作。联想到最近学生会的频频动作，却独独对谢雨萌还没有打压，看来对方是将这个女生当成了与自己建立联系的媒介，可是——“我没有兴趣。”

非常平淡的声音，却也非常的坚决。

谢雨萌焦急道：“我知道学姐人很好，只要学姐再帮我这一次，我一定会报答你。”

她鞠了躬，头埋得很低，让向蒲然皱眉，她收拾东西起身：“我一开始就同你说过，所有的成功都是靠你自己努力得来，跟我无关。”

她说完就走了，留下不甘心的谢雨萌怔忡在原地，女生的拳头捏到发颤，对前途的担忧让她无措到茫然。

走廊之间，再无旁人。

江书黎长身玉立单手插兜，自上而下，日光打在他的白衬衫上，泛出明媚生辉的光度。向蒲然随意盘着头发，自下而上，她扶着扶手面色平静，身影逆光。

两道脚步声渐停，他在高处，她在低处，她挡住了他身上的光，他身上的光则分出了一部分移到了她的半张面容上——他们相遇了。

目光在空气间短暂相接，她的眸子异常清亮，眸中情绪纷杂却转瞬即逝，未曾为他做过多停留。

见他并没有移步的动作，向蒲然放弃扶手，侧身朝左，远——近——远——她越过了他。

肩际的空气仿佛打破了寻常的平衡，在间隙之中毫不客气地闯入了她的淡淡香气，纯粹宛如夏末初秋里自在盛开的花，不与人争不陷俗尘，清傲而凉薄。

男生回身、抬眸，前后不过短短数秒钟，向蒲然的身影已然走远。江书黎终于动了动因为逆光而转深的眼神，开口喊她："等等。"

女生停，她侧身。

第一次，认认真真地同他四目相对。

超帅的一张脸，他比她高了一个头，现在站在下方所以他稍稍仰起了头，身后曦光穿窗直入，自他的背后发散开来，让她的眼眸都被一厘一厘点亮。

"你叫我？"

"是。"他开始提步朝她走来。

"可我不认识你。"

"向蒲然。"

江书黎笑，单刀直入叫出她的名字。

向蒲然挑了挑眉，男生的眉峰似远山，身形挺拔，面容清隽，气质又过于优秀，她不笨，已经猜到了他的身份。向蒲然的眼神开始转冷，静静看着他。

“上次我已经说得很清楚了，你们最近的行为我也没有回击，谢雨萌我也不会再帮她。我觉得江主席你这么聪明，应该知道我们之间没有什么可说的了。”

江书黎仍旧一级一级台阶朝她靠近。

来自于他的气场是如此强烈，他似笑非笑的面容竟然让她察觉出一丝未知的深意，向蒲然靠了靠扶手，还没发问，江书黎递过来一样东西。

是一支粉色与象牙白相间的精致钢笔。

向蒲然再度抬头的目光里充满了疑问。

“Pelikan 的钢笔。”

向蒲然失笑：“我没有任何理由接受你这支钢笔。”

“你有。”

她皱眉。

江书黎面上笑容更深：“我只是觉得你转这支钢笔的样子应该会很不错。”

向蒲然怔住，反应过来后忽然想发笑，生平也见过不少送礼物的，却没有一个像眼前的他这样完全不按常理出牌。

见她没有答话，江书黎悠悠然又靠近了她一级台阶，就站在她下一级，现在的他比她还要高上一些，所以来自于他的压迫让向蒲然下意识想后退，不知道为什么，心绪忽然有些慌乱，江书黎却没有给她反应的机会，问题径直再度朝她抛来：“不想玩了？”

他的气息是如此具有侵略性，霸道占据了她周身的每一处空间，女生几乎已经厌倦了解释，她真的无从得知自己做的这一系列事情究竟触及了他的何种底线。

来历不明。

但她无心争斗。

“不如说是你一开始就自以为是地以为我的目的是要跟你‘玩’更为合适。”

江书黎笑了：“那我换个直白的问法，你在帮助别人从平庸到瞩目的这个过程中收获到你想要的东西了吗？”

这个问题宛如平地惊雷，向蒲然猛然抬头看他，男生的目光深不见底，里面像是藏着一片深海。

她上钩了。

9

“对不起，你所拨打的用户已关机。”

已经拨打了数遍，许箫终于接受了这个事实。他愤愤地将手机往床上一扔，开始暗咒王学凡的不靠谱。

不知怎么回事，今天没一件事是顺心的。

原本还心情尚好，结果一回到学生会就发现低气压盘旋在每一个人的胸口，眼见侯寅正靠着椅背，双脚都翘到了桌上，一双眼睛自许箫进门便牢牢盯了过来，目光里带着冷意，许箫被他看得有些发怵：“侯哥，出什么事了？”

“你小子胆子还真是大。”

侯寅的声音泛凉，许箫听不明白。侯寅“唰”一下扔给他一张纸，“这是科技部拉出来的投票记录，好啊许箫，我现在才知道我们学生会养了一只白眼狼。怪不得我想了那么多办法却始终连个人影都捞不着，原来都是你在跟向蒲然通风报信！”

许箫被侯寅掷来的一片杀气惊到，连呼冤枉：“侯哥你要相信我，我真的不认识向蒲然！”

“你还装？你要是不认识她，怎么会去给她投票。”

“这不可能啊……”许箫泫然欲泣，他捧着那张纸，纸上清清楚楚写着他的名字，他的学生证号码，许箫一拍脑袋，“我知道了，是王学凡投的！”像是找到了证据，他拿着那张纸走到侯寅面前，指着和自己名字并在一起的王学凡的名字，一鼓作气将投票当天发生的事儿全吐了出来。

“就为了一点装备和夜宵？”

“那不是一点……”

侯寅打断他，他细细审视许箫的眼神让他不寒而栗。默了会儿，侯寅容色稍缓，他站起来理了理袖子：“这件事我们会去核实的，你近阶段就不用来学生会了。”说完朝门外走，不给许箫任何辩解和求情的机会。

过了好久，会议室的人都走光了，许箫还没从方才的情境里缓过神来。

太过分了！侯寅明摆着就是自己在向蒲然那儿受了气没处撒才来找自己当出气筒，而且也太窝囊了，安静下来的许箫觉得自己仿佛受了莫大的委屈。

可是当他想联系王学凡和自己对下台词时，王学凡的手机就一直没有开机。“只能自己去吃饭了。”许箫打开钱夹，钱已经所剩无几，他只得收拾东西朝许笛住的地方而去。

隔着老远就听见楼道里的吵闹声，夹杂着扔东西和他姐姐不甘示弱的争执声。

“你到底还要拖欠几个月的房租？没钱付房租就赶紧从我这儿搬走！”

许箫顿住步子，听见许笛尖厉的声音：“谁说老娘没钱了！你别狗眼看人低！”

“那你赶紧交给我啊！我今天还就把你东西放这儿了，你要不把过去三个月的房租一起交出来，就拿着你的行李赶紧滚！找你的男人去！天天晚上带男人回家我都没说你什么，女孩子家不自爱也就算了，现在还拖着不交钱简直道德败坏！”

“你胡说八道什么！”

许笛气急，朝房东扑上去扭打，奈何哪里是男人的对手，被对方一把推倒在地。

“姐。”

许箫背着书包，站在楼道拐弯处，愣愣看着眼前灰头土脸头发衣服凌乱的许笛。

房东见来人了，最后警告了一番许笛，让她尽快补交房租便走了。

……

许箫帮着许笛收拾完屋子已经是一个小时以后了，许笛沉默地在厨房忙碌，许箫也不好意思开口要钱，许笛问他：“今天怎么有空过来了，期中考考完了？”许箫点点头。“还没吃饭吧，姐给你煮饭啊。”许箫靠在厨房边看许笛的背影，这几年，姐姐在这个城市打拼得很辛苦，面容变得黯淡无光，如果房东口里提到的那个她带回家的男人真的对她好的话，自己也是可以接受的。

“姐。”许箫开口，“那个男人对你好吗？要结婚了吗？”

许笛炒菜的手一停，默了会儿才答道：“什么好不好的，就是你杨树哥。”

“他？”许箫立刻急了，“他没钱啊姐姐，当初你和他分手不就是因为他不靠谱吗，怎么现在又在一起了？”

“行了行了，别提这事了，你姐自有分寸。”

许笛不愿多谈，可是许箫死活不依：“姐，除非杨树有房子又有钱，否则我是说什么都不同意你和他在一起的！”

10

许箫联系不上王学凡，是因为他在受到向蒲然的打击后又一次躲回家了。

王雄眼见着儿子的症状比去裴燕生那里看诊之前还要严重，终于忍不住冲到裴燕生的诊所，本想大闹一场，却被裴燕生几句拦了回来。

“王学凡本身有对我的治疗提出任何异议，或者他有任何直接的话语指出，是因为在我这里看诊而导致情绪低落的吗？”

王董默默回忆，似乎是真没有。

“一般医学上认为，人体大脑的边缘系统，即大边缘叶结构对人的情绪和行为是占有主导影响作用的。”见王雄表情已经懵了，裴燕生换了个说法，“也就是说，一个人的情绪低落更直接是受制于自己的大脑控制，他是通过这样的行为来发泄一些压抑已久的情绪，或者可以认为是想通一些事情的前兆，这是转好的现象。”

秘书刚刚低头，耳边又传来高跟鞋声。

“纪小姐？”秘书连忙站起身。

纪和歌今日穿了一身浅黄色连衣裙，外搭米色开衫，长发慵懒地搭在肩头，很文静，气色也不错。看见秘书的表情，她犹疑着停下步子：“我改约的时间不是今天？”

“是今天，可是现在里面有人。”

纪和歌稍稍蹙眉，“裴医生现在越来越没有脾气了哦？”

从起先复杂严苛的筛选病人排序，到现在可以随意看诊，纪和歌对里面的病人身份有了好奇，秘书递给她一杯伯爵茶：“纪小姐今天气色很好。”和歌笑，眼眸里的光彩都比先前要亮上几分：“是啊，我休假了。”

“公司的事情都办妥了？”秘书零星知道裴燕生先前去日本是帮她处理事情，虽说从前裴医生为了治疗病患也曾有过非比寻常的举动，可光从程度上而言，至今为止无人能比得过眼前的纪和歌。纪和歌不知道她在想什么，神色很放松地点点头，日本的任务完成得很顺利，回国后王雄非但没有为难她，反而待她客气有加，渠道商的经销权合作也谈得很顺利，陈总开心，于琳也开心，便大笔一挥，同意纪和歌请了一周的年假。

……

办公室里，裴燕生不欲与王雄多说，低头看行程安排：“王董事长没其他疑问的话，我就不送了。”

坏了坏了，王雄以为自己方才的冲撞惹得裴燕生生气，忙堆起笑脸赔礼道歉：“裴医生，不好意思啊，请你谅在我关心则乱的份上，不要和我计较。”

“客气了，我不计较。”

“那就好那就好。”王雄搽搽手掌，一副欲言又止的模样。裴燕生依旧不看他，王雄只得拉下脸放低了姿态说：“我还有一事相求。”

“请说。”

“能不能麻烦裴医生给我儿子开个病假条？”

王学凡这次考试成绩不好，先前平时分又被扣光，再这样下去期末总评肯定会挂科，故而王雄希望能要到裴燕生的病假单拿去跟系主任解释看看平时分可否拿回一些。

裴燕生停下笔，抬眸看他，半晌，他忽然笑了，“我建议王董还是先回家征询一下您儿子的意见，看看他本人是否希望来我这里看诊的事情传到学校里去。您儿子虽然表面话不多，但心里的主意，您还是不要擅自替他拿为好。”

王雄被他说得心里一惊。

他对这个儿子从小到大都宝贝得紧，小凡想要天上的星星，他也恨不得为他摘下来。但这件事他还是决定听裴燕生的，“裴医生，那我就先走了。”裴燕生点点头，只是这厢一开门，纪和歌刚巧转过身，眼前裴燕生和王雄站在一起的景象，让她皱眉。

王雄立刻朝纪和歌熟稔打招呼：“原来和歌小姐今天也来了，太巧了，你们聊。”

纪和歌的脸色变得非常不好看。

“结婚？”裴燕生关上门，纪和歌点头。

裴燕生沉声道：“看来你对我的建议完全没有听进去。”

不提还好，一提这事纪和歌就毫不客气地反击道：“我对裴医生的治疗方式确实持有保留意见，我谢谢您为了我还特地和王董去周旋，我也谢谢您为了我的工作如此费心，不过这些并不是我所需要的。”刚刚惊鸿一瞥，她已弄清楚了王雄会对自己转变态度的真正原因。

——都是交易。

——而自己也是交易的一部分。

纪和歌霎时觉得好心情荡然无存，原本身体里好像还在弹奏着欢快的协奏曲，音调和旋律在方才那一刻，统统转为灰暗。

“和你男朋友结婚就真的是你需要的？”

“是的，我觉得这是解决我们目前矛盾的唯一方式。”和歌咬牙瞪他，回答带了些故意的赌气。

“笑话。”

裴燕生坐下来，连水都没有帮她倒。

秘书敲门，试图进来收拾王雄喝过的茶盏，被裴燕生举手制止，示意她出去。

默了半晌，裴燕生再度沉沉开口，声音里带着毫不客气的压迫感，“那个男人，他不可能同意和你结婚。”

纪和歌宛如从这句话里受到了巨大的羞辱，“你知道自己在说什么吗？”

“那你知道自己在做什么吗？”

纪和歌气到失笑，她站在他面前，胸口因为激动而起伏，她整个人的面容都因愤怒而染上了一丝红晕。纪和歌不断拨着头发试图缓解焦躁，裴燕生的目光这才注意到她的指甲——淡紫色的甲油，上面零星贴了几颗平整的小星星，这让他容色稍缓，可还没开口，纪和歌的声音便像是裹挟着风暴立刻朝他席卷而来："裴燕生，我要提前终止治疗！"

第三章

银 河

你知道的，欠缺是一个名词，就像亿万年前湖泊慢慢干涸，再长出铺满青草的群山。或许是我们的生命黑暗，所以能突如其来地见到银河。沿着它，可以找到十字形的天鹅，它正又一次掠过沉默明亮的织女，让我想起无边的细雨，以及细雨之上汹涌燃烧的冰雪。一个人该怎样才能够不再胆怯，该怎样理解有关幸福的发生，一个人该怎样在盛宴前，放慢脚步，在结束时保持清醒。怀抱无限的怜悯，虚构出地狱的完整。

——张定浩《在萨拉乌苏》

1

空气很潮湿，屋外已经接连下了好久的雨。

上了年纪的老房子墙身一到这种天气就变得又凉又灰，于是一整颗心也像泡在潮水里快要发胀的酸梅，纪和歌沉默地站在阳台上晾衣服，杨树在屋内打游戏。

“啪嗒”一声，半腐朽的晾衣杆忽然砸下来，正中她的右肩，和歌忍住疼却避之不及，头顶失去支撑的衣架霎时松散——外套裙子内衣袜子稀里哗啦一瞬间全掉到了黏答答的地上。

抱在怀里的衣服算是幸运地从这场噩运里逃出，但躺在地上的却是更大片的范围，都脏了、都得重洗，还得先站在凳子上去修好这该死的晾衣杆。这个房子的生命力便是在这样一点一滴的小细节里呈现出灰颓的迹象，纪和歌忽然烦躁。

“阿树。”

喊声稍默，和歌先将手里的衣服放在沙发上，折返身去收拾地面，意识到身后没有动静，她转身再度朝里探了身子：“你能来一下吗阿树？”

声波投到潮湿的空气里后像是立刻被稀释，无法传到屋内，纪和歌停下动作，看见那扇门仍然是半开着，地面上的光影却没有一丝一毫的波动。她下意识就要去找他理论，“啪嗒啪嗒”的拖鞋声打在瓷砖上，却在几步后停了下来——他戴着耳机打游戏本身就是对她不出声的抗拒，她怎会不知？

可是不该是这样的，她原本是想等到杨树出来，自己可以朝他撒撒娇的。他会接过自己手上的衣服，她同他一起进屋，也许在她的抱怨下他也会接口对这个老房子对这块廉价居民区抱怨一番，从门口的河聊到附近的邻居，像以前一样。可是从什么时候开始，“像以前一样”这五个字才成了最大的奢侈。

终于接受他不会出现的事实，和歌三下五除二用头绳扎起头发束在脑后，她挽起袖子蹲下来收拾阳台的残局，飞扬跋扈的秋天阵雨溅在她的衣服和侧脸，冰冰凉凉的触感，她恍若未觉。

洗衣机又开始“嗡嗡嗡”地工作了。

“砰”一声惊动空气，和歌发颤，她回眸，是杨树将房门关上了。

他原来还是听得见声音的？是的，洗衣机很吵，她也知道。等搬家后，这个洗衣机她也不会再要了。

纪和歌抹了把脸，走进厨房。

胸腔里的闷气在见到眼前乱糟糟的景象时终于郁积到了顶峰——水槽里的碗碟没有洗，油渍经过了几个小时的发酵已经变得触目惊心，饭菜没有收进冰箱，仍是随意搁在灶台上，而这一切她明明在午饭结束的时候就让杨树去整理了。

他是故意的。

呼——

需要大口呼吸才能控制情绪，纪和歌双手叉腰，无力感就像是屋外的连绵阵雨试图将她淹没。虽然挑明一切后的状态与自己预想过的无数种可能都相距甚远，也不得不承认这个样子的他实在是太恶劣了。

2

从日本回国后，纪和歌首先去的地方是公司，于琳打量她的眼神充满了意味不明的深意，最后也只丢给她一句：“王董那儿你不用拿着稿子亲自去道歉了，事情已经解决了。”纪和歌还没反应过来，于琳见她仍旧六神无主，挑眉又说道：“我没动用什么关系帮你，你知道的，我的能力也够不上帮你，不管怎样，结果是好的，你接受了便是。”

纪和歌点点头。

“还不走？”

“那个……”

见她捏着包带一副纠结的模样，于琳停下看稿件的动作，眼神毫不客气地扫向她：“闯祸的时候可没见你这么吞吐，邀功的时候反倒不好意思了？”

“我想休假。”

这倒是在于琳的意料之中，纪和歌虽然强撑着不说，同为女人，她还是能敏锐地捕捉到情侣之间感情生变的气息。于琳身子朝后靠了靠，眼前的纪和歌头埋得很低，整个人早已不复初见时的神采奕奕，是灰色的、压抑的，仿佛盛满了很多负面的心事。

“行，给你放一周假。”

纪和歌不可置信，抬头看向老板，于琳神色淡淡重新埋入工作之中。

缓了好一会儿，纪和歌才声色激动地连连道谢：“老板，我爱你，我爱死你了！”说完将在日本机场里顺道买的 ROYCE 抹茶味生巧轻轻递到于琳桌沿，然后一路小心地退出了她的办公室，走远了才舒出长长一口气。而办公室里，于琳的目光从稿件里抽出，移到巧克力盒面上，那上面还有纪和歌用记号笔画的讨好她的笑脸。于琳拿起来看了一圈，唇角稍勾，眼神里也添了一丝暖意：“这个死丫头。”

当晚。

折腾一整天回到家时已近凌晨，纪和歌拖着行李箱磨蹭在家门口，一直在犹豫如何同杨树解释。相隔这么久的冷战，没有讯息也没有电话，还一言不发就跑去了日本，她自知理亏。她告诫自己也不要过多质问他这几日的行踪，就像她需要侑子的安慰，杨树也理应得到朋友们的陪伴。

想通了这些，纪和歌对着门缘瓷砖里模糊的自己比了个“加油”的姿势。

可是等她进家门后才发现刚才的内心戏都是一场笑话，杨树不在家。

所有的担忧和预演顷刻泄了气，绷紧的神经派不上用处，立刻退居二线停止思考，纪和歌任由自己砸进了偌大的布艺沙发里。

幸而一夜有良风助眠，醒来后却发现屋外下起了雨。

门锁处传来转动的声音是在上午十一点。

彼时和歌刚好端了一盘番茄炒蛋出来，一眼就瞧见杨树直愣愣待在玄关处，和歌将菜放在桌子上，朝他笑一笑：“回来了？”

“和歌你……”

“饭吃过了吗？你是不是又通宵了？很累吧，快洗洗手，马上就可以吃饭啦。”

她笑容明艳，神色欢快而平静，说完转身又进了厨房。客厅里，杨树仍然杵着，虽然弄不懂和歌的目的，但看上去不像是刻意掩饰情绪说着反话。他走到厨房门口，看着和歌忙碌的背影，一颗心疾速下沉。

就在刚刚，他的第一反应是“纪和歌回来了他很害怕”而不是“和歌终于回来了他很想她”，那时他便意识到，他和她之间的感情已经有了质的变化，不管这种变化有没有许笛的介入。

和歌做了四菜一汤，全是杨树爱吃的口味。他们相顾而坐，纪和歌似乎心情很不错，不时为他添菜，他总是低着头沉默地咀嚼，罪恶感从胸腔里蔓延开来：“谢谢。”

桌上只余碗筷相撞的声音，见他没有开口的打算，纪和歌咬唇，试图让声音和电视机里主持人的播报声找到平衡：“所以，有什么要说的吗？”

“说什么？”

“随便什么都可以啊。”和歌笑，“我休假了，你想不想去哪里玩？我可以陪你。”

杨树的面色写满了意外，震惊之后依旧无法接受，“你是说，休假？”

“对啊，一周。”说起这个假期，和歌可是盼了好久，以前在看到微信订阅号推送的旅游度假胜地时虽然脑袋里第一反应都是“软文和广告”，毕竟她自己的工作也是写这样的稿子，但可能是同行的缘故，在带着批判的眼光扫过大部分推送后总还能选出几个怦然心动的地方，当她侃侃而谈好几处风景之后，杨树终于皱眉打断道：“等等。”

“你不想去？”

“不是，”杨树摆手，“只是不习惯不用工作的你。”

这话没有讽刺的意味，但和歌只觉得刺耳，“我一年到头没日没夜地工作，休一周假没什么说不过去的吧？”

“我不是这个意思。”知道触了她的礁区，杨树急忙解释，眼神却有些游离不安，“不是说好要一起存钱的吗？我们最近的开销有点多，能省的还是省下来吧，出去玩的话，机票和酒店也是一笔不小的开支。不如就租个车我们兜兜风，或者去近海岸也行，笛城附近不是有个海岛？据说风景很不错。”

纪和歌站起来。

杨树住了嘴。

他在她的目光里变得瑟缩而软弱，肩际忽然僵硬。意识到差点发脾气，和歌抚了抚额头，逼迫自己平息：“你觉得开心那就依你的吧，我去洗衣服。”她拉开椅子，走出几步回身，指了指桌子上的饭菜：“你吃完了的话简单收拾下，饭菜收进冰箱，碗筷洗一下，麻烦了。”

纪和歌没再回头看他，将自己关进了狭小的盥洗室里。

四面都是瓷砖，在这种天气里，潮意无孔不入，渗透她的身心。

洗衣机声音大作，若搁在平时，她是一分钟都待不下去的，可是现在不一样，她宁愿待在里面也不想出去见到杨树那张漠不关心的面容。她明明在努力跟他示好，他当真看不出来？她好不容易请出假来陪他，他竟然如此敷衍应付？纪和歌越想越委屈烦闷。

再出来的时候，饭桌已经收拾过了，她刚想叫他，却听见房里隐约传来打电话的声音。

“是的，她回来了。”

“别逼我了，这件事情我们不是聊过了吗？”

“钱不是给你了吗？”

“阿树？”

杨树猛然回头，望向不知何时出现在门口的纪和歌，他第一反应就是掐断了电话。

纪和歌望着他惨白的脸色：“是谁的电话？”

“……老板的。”

“噢。”她低下头看着人字拖裸露的脚趾，犹豫着如何开口同他讲那件事，那个准备在他生日当天告诉他的惊喜已经拖了那么久；现在讲出来，他应该会感受到她的决心吧？然而她的这种沉默却让杨树更加紧张：“和歌你不信我？”

“啊？”

杨树的呼吸开始变得急促：“刚刚是我老板在催我干活，前几天你不在的时候他接了个大案子，对方的佣金已经预付了百分之三十过来，所以老板让我们得赶紧拟个草案出来……”然而纪和歌并没有听进去，她犹自沉浸在自己的情绪里整理着措辞，像是终于找到了一个很好的切入点，她尝试着问道：“阿树，你有没有觉得，我们的关系需要一些改变。我是说，我们要不要考虑换一种相处状态？”

说完她小心翼翼地抬头看他，目光里有罕见的晶莹和期待。

杨树浑然未觉她面上的小女儿态，他的额际开始冒汗，大脑疾速闪回这几日的日常——他从未带过许笛回家，每次从许笛那里回家前也都会洗去身上所有的痕迹。不可能的，她不可能看出蛛丝马迹的。

“阿树，你有没有在听我说话？”

“和歌，你听我解释。”

“解释？”和歌笑了，“你误会我啦。”

“我刚刚的电话不是你想的那样。”

“阿树我是想说——”

“你千万不要多想——”

“我们结婚吧。”

她终于不耐打断他的干扰，一口气说完酝酿已久的话。然而，他的话匣子像是忽然画上了难听的休止符。和歌以为他是激动，她笑了笑，仍然笃定道：“没错，我指的换一种相处状态就是结婚啦，是不是很意外很惊喜？”

她说完就朝他走去，杨树却下意识频频后退。

“阿树？”

她看着他的反抗，表示不理解。

杨树的眼睛依旧瞪得很大，未从震惊里走出来。刚刚就像是脑海里“嗡”一声同时震断了无数根弦，太诧异了，太突然了，他不可思议地看向眼前的纪和歌，“为什么忽然提起结婚的事？”

同样是不可置信，但不是“天啦”“好啊”“这事情应该由我来做”……诸如此类激动的表示，而是质问，是不甘心情愿的退缩。

“你没有想过？”

“不是，我是觉得太快了。”

“快？”

杨树抿了抿唇：“我们房子也没有，车子也没有，而且也没有商量过，就这样结婚的话，我担心你。”

“所以，你还没有做好准备和我结婚？”

纪和歌没有发现，自己的声音已经彻底冷了下来，杨树还想反驳，抬头对上她的目光，闭了嘴。

客厅里的气流像搅翻了尴尬瓶，所有的热情在这一刻被尽数浇灭。默了半晌，纪和歌难堪地别开脸："我知道了，请你当我没有说过。"

头很痛。

从厨房门口到水池边不过几步路的距离，却像经历了一场大起大落。

"啪嗒、啪嗒"声息不绝，和歌回神，眼前视线模糊，一整天都强撑着的眼泪在此时统统夺眶而出，一滴一滴掉进水池里，她想抬手抹去，却发现手背手心早就沾满了油渍，无所适从，像是找不到合适位置的她。

为什么和杨树的关系会走到现如今的境地，是她不够努力吗？

纪和歌拼了命地刷碗，可是她越想逃，脑海里杨树拒绝她的那张面容就越是清晰无比。和歌再也顾不上手上的泡沫和油渍，她捂住耳朵，开始失控尖叫。

厨房是半敞开式的，杨树正巧来客厅倒水，所以听见了她的崩溃叫声，他三步并两步快速朝厨房而来，"和歌？"

走得太快，经过沙发的时候没注意步伐带倒了她摆在沙发沿的包，包掉在地上，里面的东西零星掉出，落了一地。

杨树的视线不经意一瞥，步伐就停住了。他蹲下身子捡起那串崭新的钥匙，以及钥匙旁边那份合同，视线匆匆扫过一行行文字，最后停在右下方的签名——纪和歌。

和歌走出厨房，满脸狼狈，一低眉就对上杨树望过来的深深目光，以及他手上拿着的那两样东西。

夜风从纱窗吹进来，又凉又寂静，杨树的背影被头顶的灯光照得摇摇晃晃，和歌的手垂在身体两侧，默默看着他："你都知道了。"

不是疑问，而是肯定。她的语气带着万籁归寂卸下包袱的轻松，却发觉表情隐于夜色里的杨树背忽然挺得僵直——他慢慢站起身，不可置信地看向她。

3

“所以，即便杨树拒绝了你的求婚，你依旧会把房子拱手送到他面前，然后独自承担房贷？”于琳望着眼前一副了无生机的女生，嘲笑道：“纪和歌，你以为你还活在能在云团上建城堡的年纪吗？真把自己当小言女主角了，以为这样就可以换得浪子回头？我告诉你，不能对男人太心慈手软，否则你吃亏的日子在后头。”

纪和歌皱了皱眉，对于琳的直言直语她早有心理准备，但关于感情的事，她的开解仍旧让自己不是滋味。

于琳搅拌着面前已经快见底的Mojito，薄荷叶懒懒地贴在杯壁，像极了无精打采的纪和歌——一席浅黄色的连衣裙配米色开衫，明明是很清爽明艳的搭配，却被她穿出了死气沉沉的味道。于琳叹一口气：“纪和歌，要是放假让你这么不开心，不如明天就回来给我上班吧？”

“我不要。”纪和歌立刻绷直了背。

于琳冷笑一声，“没出息。”

“叮咚——”

手机微博提醒，于琳划开来看。

纪和歌还想问她一些事，于琳举起手示意她不要说话，一副严正以待的模样，她低着头：“等会儿再说，先让我看完这些。”

“喂！”

纪和歌以为她是故意气自己，让她别闹了，谁料于琳根本不是开玩笑，纪和歌一气之下直接从她那里将手机抢了回来，“你到底有没有在听我说话？”

“听听听。”于琳妥协，依依不舍地看了一眼正握在纪和歌手里的手机，她扁扁嘴，刚想搅鸡尾酒，杯子里只传来吸管搅动冰块的声音，“酒没了，我去吧台重新要一杯，你喝什么？”

“我还要蓝莓果汁，谢谢。”

于琳掀起眼皮看她一眼：“从前也没见你这么爱喝蓝莓汁。”

纪和歌没回她，于琳起身朝吧台走。

和歌刚想将她的手机放回桌面，又响起了提示音，她下意识去看，这才发现于琳刚刚看的是微博热门，可是里面照片的主角，竟然是裴燕生。

纪和歌险些打翻桌上的玻璃杯。

“著名教授裴燕生莅临圣蒂亚大学举办首场心理医学分享交流讲座，场面火爆。”

“请跟笛城新晋留美著名研究学者裴燕生一起走进心理学的殿堂，看裴教授花样收割少女心。”

……

满屏都是对裴燕生的溢美之词，纪和歌匆匆扫过，热门微博的评论区都是女生们的留言，言语极尽崇拜。

不得不说，只要裴燕生身处人群，他便永远都是最耀目的存在。照片里的他身形颀长，眉眼不动不笑却有让人移不开眼的魔力，尤其是他那双漆黑的瞳仁，像是纳尽了人间悲喜，却又将万千情绪敛于其中，最后都化为不动声色的温柔。纪和歌看到失神，却觉得心里没来由地感到空落落的。那些照片是很好看，可就像是有无法逾越的距离隔开了彼此，都失真了。

头又毫无症状地开始疼痛，纪和歌痛苦地捂住脑袋。

太阳穴两侧的神经相互拉扯，痛感一直蔓延到眼睛，和歌将手插进头发里，闭眼的时间里，脑海里又有大片的记忆碎片开始以拼图的形式交换位置、排列组合——好像，她以为她是先去找裴燕生寻求结婚建议的，其实，她是被杨树拒绝后才去到裴燕生那里看诊，又因为和裴燕生闹得不欢而散，才约于琳在诊所附近的咖啡吧见面。

可是方才，她甚至还想要和于琳说，是因为裴燕生预言了杨树不可能答应和自己结婚，才导致她畏手畏脚最后弄砸了一切。她不是故意企图歪曲事实，而是她的记忆完全将那段求婚的前后片段屏蔽了，直到现在才顺联完毕，这让和歌觉得无比骇人。

——她真的，有些分不清楚事情发生的先后顺序了！

“知不知道偷看别人的手机是一种非常不礼貌的行为？”

不知何时，于琳的声音在头顶响起。

纪和歌一动不动。

于琳坐下来，将果汁递给她的时候，才发现和歌脸色惨白，额角已经渗出大片的汗意，呼吸也不平稳。

“你怎么了？”于琳抚上她冰凉的手，纪和歌勉力摇头：“我没事，手机还你。”

于琳看见她点开了一个女生的照片，女生的五官非常出众，气质也很出挑，她挑挑眉，目光被吸引了过去。

“向蒲然……”她开始念起微博里对这个赢得裴燕生频繁青睐的女生资料，默了会儿，于琳点点头：“是很优秀，就是太有想法了。不过我刚刚还说这照片怎么这么眼熟呢，我在王董那里见到过，听说是他儿子新交的女朋友。哎，他儿子叫什么名字来着？哦，对了，叫王学凡。”

……

剩下的，纪和歌都听不进去了。

窗外的日光已近薄暮，可为何她还觉得分外刺眼，令她眼眶发涩，有流泪的冲动。

纪和歌侧目的那一瞬间，她的目光穿过宽大洁净的落地窗，虚空地落于空气中的某一处，没有聚焦，也没有探寻。但隔着数米的距离，正巧因为红灯停在这家店门口的银灰色轿车里，裴燕生也恰好朝她所在的位置，望了过来。

只是一眼，他便认出了人群之中的她。

那是与方才从自己办公室夺门而出的状态完全不一样的纪和歌，隔着这么远的距离，他依旧可以明显感受到她身上无法抑制的颤意。

车载音乐舒缓流淌，裴燕生沉默地以指尖敲击着方向盘。

——因为无法获得安定，才需要一个又一个地频繁更换安慰者，试图从他们身上探寻到自己想要的支持。

如同现在正坐在她对面的于琳，便是纪和歌找来的另一个施救者。

无比肯定的是，纪和歌最新接受的刺激又进一步激化了她大脑颞叶内侧的神经元，有可能是“顺行性遗忘”和“逆行性遗忘”交织的症状——这是裴燕生在纪和歌离开后，在电脑里写下的今日诊疗结论。

纪和歌在提及结婚时，她的目光里没有期待，而是尘埃落定的迷茫，说明她已经擅自冒险做了那个决定，但是失败了。而后她选择将这段记忆尘封，她来问他“我不能和我男朋友结婚吗”？其实是想问“我如何才能让男朋友答应与我结婚”？可惜这个答案，裴燕生永远都不会给。所以和歌最后失控了，因为她潜意识里将裴燕生视作了首选的施救者，就好像快要溺亡的人，手边忽然出现的那根救命稻草。

红灯转绿，前方的车流已经开始缓慢移动。

纪和歌依旧维持着望向窗外的方向，她对面的于琳撑着下巴在看手机，两人之间维持着奇异的平衡。有时候，旁观者总是要比当事人更清醒一些。看样子，裴燕生不会给的，于琳也同样不会给。

裴燕生心底忽然浮起一阵淡淡的心疼，好像从纪和歌以 Waka 的身份走进自己办公室的那一天起，每一分每一秒，她都用尽了力气在强撑，但她忘记了，她其实可以不用这样一味强撑的。

日光透过车窗直入，甚至可以看见光线周围浮动的细小透明尘埃，裴燕生收回目光，踩下油门，车迅速没入了一片车海之中。

“喂，纪和歌。”

和歌移回目光，看她。

于琳关了手机，闲闲道：“要不要考虑下次做个人物专访？你也写了挺久的旅游类稿件了，换个题材吧。”

“向蒲然？”

刚刚于琳一直在看和这个女生有关的新闻，对于那个女生的印象，纪和歌只停留在漂亮和特别上，她也不明白现在网民的猎奇心理，明明只是一名学生，就因为在裴燕生的讲座上出彩了便被曝光在公众视野中，现在连领导都感兴趣了，纪和歌本能摇头：“挖人隐私的事情，我不干。”

“我又没说向蒲然，她的新闻价值全在圣蒂亚大学，那里又不是我们的目标市场，对我们价值不大。”于琳话语稍顿，望向纪和歌的目光转深，她的身子朝前探来，让纪和歌真切瞧见了她眼睛里一闪而过的戏谑，“我说的人物专访是裴医生，是大名鼎鼎的裴燕生！”

4

失眠了。

桌上的电脑发出荧黄的微弱光线，摇晃在黑夜里。

纪和歌瞪大了眼。

书房里支起的这张单人床原本是为了工作熬夜需要，现在却成了长居地。素兰花色的床单与薄毯覆盖住和歌的身躯，她只穿了一件吊带睡裙，手肘也露在外面，明明已近秋深却依旧觉得空气燥热郁苦。翻来覆去，和歌坐起身，晚风从大开的窗户吹进来，窗帘呼呼作响，一声复一声的节奏，在无边的黑夜里拉成漫长而缓慢的声息。

也许是因为今夜的大风吹却了遮天的云，露出了那轮许久不见的弯月，裴燕生站在宽大的落地窗前，仿佛是站在一片银白皎洁的月色之下。

他穿着最简单的白衬衣和笔直黑色长裤，即便是在自己的家里，也依然保持着一丝不苟的状态。刚刚在地下室健身房运动了两个钟头，洗漱完毕的他浑身上下都流淌着一股清爽的气息。裴燕生望着窗外的浓稠夜色，手里握着银角细柄玻璃杯，晃一晃，玻璃杯里的醇厚红酒便跟着摇一摇，像是潺潺流动的红色丝绸。

红酒入喉，有寡淡的涩意，他的喉结跟着小幅滑动，裴燕生眯了眯眸。

身后敞开的门动了动，裴燕生听见细沙被风连绵不绝吹起的零碎声，他回身，目光看向已经很久没有使用过的那处沙盘。

四角红木半高的小方桌是经过刻意设计的模样，内里比外沿要低一些，盛满了细沙。裴燕生走过去，他将酒杯放在桌角，伸手握起一片沙，稍稍张开手缝，沙从指间簌簌落下，在空气中形成一道疾速的直线型沙流，最后重新归入方才陷落的那个坑里。

这个沙盘里曾经摆放过无数的沙具模型，呈现过无数形态的画面，有人偶、动物、植物、房屋等，现在它们都被整齐收纳在方桌旁侧的红木架上，每一排都根据沙具模型的特点摆放，从东方文明到西方文明，达数百种之多。

裴燕生的目光停在第三排，半晌，他抬手，取下了小鹿模型。

高高的鹿角摸入指尖仿佛能感受到一阵温柔的战栗，栩栩如生的小鹿不过他一只手的大小，神态却灵动逼真，尤其是那双圆瞪的黑色大眼睛，让他无端就想到她。

夜色浓郁，身后的月光映上他的背影，给予他极致的柔软和神秘。

拖鞋声淹没在厚重的羊绒地毯里，没过多久，裴燕生离开了。

房间门轻轻合上，窗帘依旧敞开着，月色凝练，直直照进沙盘中央，小鹿孤零零的四脚踩在绵软的细沙中间，身子一半莹白一半陷入黑暗，仰着头，仿佛在等待某种将近未远的未来。

纪和歌终于忍受不住，蜷着双腿重新坐在了桌前，她掀开笔记本，输入密码，屏幕亮。

壁纸是在南野先生家拍的日本桥相片，纪和歌忽然怔忡。记忆重游了一遍日本，脑海里全是无限扩大的裴燕生好看的笑容和无奈的叹息。平心而论，她对裴燕生的感情里，感激比愤怒更多，所以白天在诊所里发生的那一幕幕争吵，是她过分了。

当时裴燕生靠着宽大椅背，右腿抬起放在左腿上，双手交叠放于膝上，听见她毫不客气地喊出要提前终止治疗时，他的薄唇抿成一条僵硬直线，目光里掠过一场疾风骤雨。那一刻，纪和歌心里浮起报复的快感，不过那快感非常短暂，几乎可以忽略。当她后悔了想要弥补，裴燕生却没有给她机会，而是将审视的目光从她脸上移开，淡淡开了口：“纪小姐应该是很累了，今天的诊疗就到这里吧。”说完他按了内线电话，让秘书进来接她出去。他自己没有送她，起身去了沏茶处，留给和歌一抹干脆利落的背影，仿佛那个在日本对她无限照顾的人，不是他。

虽然从前他也会称呼她“纪小姐”，但这一声“纪小姐”却让和歌忽然害怕。

原来当他收起所有温热的时候，也会让人觉得冰冷疏离到难以接近。

纪和歌插上耳机，试图缓解焦躁不安的情绪。她无意识地刷新邮箱界面，生怕瞧见裴燕生秘书发来的诊疗提前终止合约。耳机里慵懒的女声一帧一帧击打着她的耳膜，所以她听不见数墙之隔的卧室里，杨树正打电话的声音——

“我们，就这样吧。”

“杨树你到底什么意思？你是想让我送上新婚祝福？我对你有耐

心是因为我确定你更需要的是我，与你更匹配的是我，可你现在竟然告诉我你打算和纪和歌结婚了？杨树，在你心里，我到底算什么？我们这么多年的感情，你真的舍得？”许笛的声音已经透出疲惫和无望，无可否认，在这段时间里，许笛真的给予了他莫可名状的陪伴和关怀，杨树沉默了，感觉整个人被两边势均力敌的力量来回拉扯。

“许笛，总之是我对不起你……”

许笛笑了，像是在无情嘲笑自己的天真：“如果这是你的选择，我会支持你的。”

“谢谢你。”杨树感动于她的理解。

“所以，你打算陪她去看房了吗？”

“嗯。”

电话那端沉默了。

“许笛？”

听见他叫自己，许笛赶忙应了一声，尽量换上了轻松的语气，“你先去看看再决定是否结婚吧，毕竟房是纪和歌买的，我也了解她的脾气很难改了；结婚后也许你会承担更大的压力，希望你能坚持下去，也希望你知道，我永远都会在你身后等着你。”许笛的言下之意是，如果争吵了，只要纪和歌一句“房子都是我买的，你为这个家出过什么力”，杨树就必须缴械投降。那种彻底受制于人的生活，比起现在，有过之而无不及。

这句话恰好点出了杨树的心结，他又犹豫了。

许笛也不说话了，已经迈错轨道的步伐能够如此轻易就互道珍重然后回到正轨吗？她无法接受。沉默在黑夜中流转，他与她谁也没有挂断电话，仿佛隔着时空在想着各自的应对方式。

对隔壁的这一切，纪和歌都全然未觉。“叮咚”一声，她的邮箱忽然冒出了新提醒，纪和歌紧张了，心想不会真的印证了墨菲定律吧，她赶紧点开了看。

是一封匿名邮件。

这本没有什么奇怪，在她们这个圈子里，邮箱地址经常被泄密，常常有不知名的稿件和照片发过来，已经司空见惯。但是纪和歌点开内容一行行扫过之后，却是越看越神思清明。这是一篇对几年前高中校园里发生的故事综述还原的文章，从行文风格来看，文章应该是出于女生之手。这个故事本身简单，但这段故事引发的种种后遗症却让纪和歌感到新鲜，以及担忧。直觉告诉和歌，给她发这封匿名邮件的女生绝非出于善意，她皱紧了眉，再次看向文章最下方附上的主角照片。

神色冰冷，五官精致，不是旁人，正是仅在微博里有一面之缘的，向蒲然。

她摘下耳机，这才听见客厅里传来声音，纪和歌看一眼表，起身拉开门。

杨树穿了一件 T 恤，正坐在沙发上看电视。

“你怎么还不睡？”

见她问了，杨树朝她招招手，示意她过去，“我仔细想过了，你的提议。”

和歌皱眉等他的下文。

杨树舔了舔嘴唇，吃力地说道：“我觉得，我也需要为我们的关系做出更进一步的努力。”

“比如？”

“我们去看房子吧，你以前不是存了很多未来房屋设计的图片样稿吗？你工作那么忙，而我也想出一份力，不如装修的事情由我全程跟进吧，你安心工作，我一定会送你一份满意的成品。”

和歌愣在原地，整个客厅里只有电视机发出的光源，她一半隐于阴影一半陷入光明，整个人浮现出奇异的状态。杨树假装将目光和注意力全神投入到电视的画面中，却把电视声音关小了一些，像是很在意她接下来的话。

“你是认真的吗？”

“是。”

“原因呢？”

“我希望可以给到你更多的安全感。”

纪和歌沉默了，隔了半晌，让杨树觉得甚至有一个世纪那样久远，他才听见她的声音飘进空气里，淡淡的，像冰冻的青柠水——“好啊。”

两个字，带着尘埃落定的味道，如同他一瞬降落至地面的心。“早点睡。”纪和歌转身合上了门，杨树大口呼出一口气，这才发现自己的T恤背面早已被汗水濡湿透了。

5

纪和歌新买的房子是小户型loft。

“我想在客厅这里铺大片的灰色羊绒地毯，要有很浓密的毛绒，形状最好是不规则的。我喜欢纯白的主色调，沙发一定要又柔软又舒服，一躺下就完全陷进去的那种。还有背面的这片墙，除了相片，我想在中央挂一个木制的麋鹿，长长的鹿角朝两边延伸。这里放一排书架，然后用一些藤蔓的植物来装点。总体而言，就是要有很森系的感觉。”

纪和歌站在阳光中心的空空房子里，不断说着自己的美好愿景，杨树四下打量着房子，一一记着。

纪和歌小步跑上楼梯，回身朝他招手：“阿树，你快上来看。”

阳光照进她的眼睛里，光色跳跃，让她整个人都变得明媚。

两人从房子里出来，纪和歌将钥匙交给了他：“目前还只配了一把，你先拿着吧。”

杨树低着头看钥匙，辨别不清面上的表情，纪和歌又说道：“我明天就要上班了，这段时间就辛苦你啦！”杨树朝她笑一笑，“没关系。”

“嗯，那我还有事，你等会儿先回家？”

“我也约了装修公司，正好顺道过去谈谈。”

纪和歌点头：“那晚上见。”

“晚上见。”

杨树一直盯着纪和歌进入电梯、电梯门合上、直线下降，直到电梯的数字停在 1 上久久不动，他才终于回过神来。

公交车靠站，广播里响起“请到玄安寺的乘客做好准备从后门下车”的报站声，纪和歌下车。

雨后初晴的日光鼎盛，周身人流攒动，全是热闹的气息。

玄安寺不同于一般的寺庙，坐落于城市的中心，颇有一种大隐隐于市的感觉。纪和歌排队买完票，从古朴的铜门走进去。

森严和庄重感立刻扑面而来，刚刚身侧还是鼎沸的喧嚣，明明只是一门之隔，里面却像是上演着一场安静的默剧。取香的架子下方是功德箱，敞开的开口可以看见里面躺着各种面值的人民币。空旷的四方院子正中央是一尊五米高的佛像，两侧是供人上香的方形香炉，和歌虔诚闭眼，默默在心底许下愿望，朝四个方向分别祭拜后，将香插进了香炉之中。

抬眸时眼前晃过一道漂亮身影，淡紫色的开衫毛衣搭配黑色连衣裙和黑色短靴，一头黑色长发安静地垂在肩上，令女生整个人显得清丽秀婉。

八进的院落，纪和歌装作看风景的模样，目光却一直追随着这个女生的背影，刚刚惊鸿一瞥似乎是看到了女生的侧脸，只是一眼，纪和歌觉得莫名的熟悉，却不知这种熟悉从何而来。

不只是纪和歌，女生走过的地方，几乎都会吸引住路人的短暂驻足，或许是因为她的外表，或许是因为她的气质。女生从长廊阶梯朝下走，从日光下一直步入阴影中，忽然，她的步伐转急，一个转身，她拐进了院落东南侧的小巷。

纪和歌下意识就加快脚步，也跟着转身。

只是这一转身，却转出了意外。

小巷位于阳光背面，原本就阴凉，但让人更觉冰凉的感受来自于眼前闲闲靠墙，双手环胸，抬起一条腿抵着墙的女生。见到和歌追随而来，女生终于抬头，望向她。

纪和歌这才看清她的长相，第一反应是完全惊艳的美丽，左右不过二十岁的青涩年纪，可是那一双翦水双眸里藏着非同龄人能有的成熟和冷傲。

第二反应才是，竟然出来逛一圈寺庙也能碰上她。

纪和歌认出来了，眼前这个女生就是向蒲然。

微博热门里的向蒲然，以及她邮箱故事里的向蒲然。

“你跟踪我？”

女生率先打破沉默，直起身子，正面对向纪和歌，走过来。

黑色短靴敲击在鹅卵石步道上，带出一股奇妙的节奏感。纪和歌答道：“你好，我是旅行杂志编辑，纪和歌。”她伸出手，示好。

向蒲然望向她伸过来的手，目光重新抬起，笑了：“为什么跟着我？”

女生的用词平缓了一些，态度却依旧，纪和歌无法解释那篇稿子，尴尬间张口：“刚刚只是好奇你是不是裴燕生那个热门微博的女主角，所以就跟过来了，冒犯你了，请不要见怪。”

“裴燕生。”向蒲然回味着她方才说起这三个字时的语气，敏锐捕捉到了一丝不一样的情绪，她问纪和歌：“你认识裴燕生？”

纪和歌轻蹙眉峰，“认识。”

向蒲然了然，又朝她走近，这回她们只隔了半米的距离，向蒲然伸出手，姗姗回应纪和歌的问好：“你好，我叫向蒲然。”

双手相握，仿佛立刻生出一种奇异的磁场在她和她之间来回流动，她们打量对方的眼神里是一样的好奇，虽然与向蒲然仍然陌生，和歌却并不排斥这种相遇。她看见向蒲然唇际浮起一丝淡淡的笑，仿似也与自己是如出一辙的感受。

“你没什么事的话，我先走了。”路人的声音遥遥传来，已经有人影同样拐进了小巷，向蒲然对她点头示意后，打算离开。擦肩而过时女生的毛衣碰到自己的风衣外套，让和歌心底浮起异样的温柔，联想到那篇稿子的用词，担心眼前的女生可能会在以后碰到一些麻烦，和歌本能转身叫住她，“等等。”

向蒲然侧目的眼神里打着问号。

“你最近有没有碰到麻烦的事情？”

向蒲然眼底的问号立刻转为陌生的戒备。

纪和歌解释道：“我是指，像你这么优秀的女生，防人之心总归是要随时带在身上。”

“比如现在和你的对话我也得打个折扣来听？也许你并不是你说的旅行杂志编辑。”向蒲然此时的唇角仍然挂着笑，却是与方才完全不一样的疏离。

恰是这样前后的态度自然切换，让纪和歌真的对她起了兴趣。

“所以，你现在能告诉我，你为什么会对我有偏见吗？”

纪和歌讶异。

向蒲然耸耸肩，“不像是因为微博，你认识我？”

“并不。”

“是的，我们并不相识，圈子除了裴医生以外也理应没有其他交集，而我相信以裴医生的专业性，并不会和你提起我。所以我才好奇，你对我的偏见从何而来，除非，你了解过什么关于我的事情。是这样吗？”

这语气、这分析、这逻辑，竟然让纪和歌下意识就想到了裴燕生。该死的，这两天为何总会无端想到他。

见纪和歌似乎是走神了，向蒲然并不打算等她的回答，因为那不可能是真相，女生于是挑挑眉：“谢谢你，我很好。”算是结束了这一场突如其来的相遇。

淡紫色的身影渐行渐远，逐渐远成视线不可及的一个圆点，纪和歌方才如梦初醒。周围璀璨的阳光和热闹的人声仿似这才分一点到她的身上，哪里像一直自如穿梭于各类艳羡眼神之中的那个女孩子。纪和歌拿出包里的镜子，仔仔细细打量了一番淡妆下自己的面容，好像真的很久没见过那种名曰“热闹”的气息了。

这大约就是年龄对一个女生在外形和内在日以继夜造成的影响——就好像，19岁的向蒲然，一直处于人群中央，而27岁的纪和歌，可能真的偶尔需要融入人群。

6

时光在波澜不惊中逐日逝去。

纪和歌恢复了没日没夜加班赶稿四处奔波的常态，杨树每日都会向她汇报装修进度，一来二去她也懒得看了。唯一的遗憾是手机里始终没有收到来自裴燕生秘书的邀约，纪和歌把玩着手机，喃喃道：“那么大的教授，不会真的这么小气吧。”

身侧传来阵阵拉动座椅的声音，纪和歌回神，这才发现于琳已经戴着墨镜踩着高跟鞋一路乘风地由近而远了，纪和歌立刻坐得端正极了。

于琳朝大家挥挥手：“大家都下班吧。”

她的窈窕身影很快消失在玻璃门外，眼见电梯门合上，偌大的办公室这才爆发出一阵欢天喜地的声音，“耶，终于不用加班了！谢天谢地老板终于大发了一次慈悲！”然后才是此起彼伏收拾东西的声音。

有同事凑过来捅了一下纪和歌，“喂纪和歌，难得不用加班，你怎么还愁眉苦脸？”

“哈哈……你别提她的伤心事了，她刚刚点完外卖，现在还没来呢。”

纪和歌苦恼地点点头。

同事们相继给她一个遗憾的安慰眼神，道了别约好一起去吃大餐，纪和歌只能将下巴搁在竖起的文件夹上，她死死地盯着黑色的手机屏幕，心里叫苦道，怎么连等个外卖的电话都这么不顺啊。

无聊间，纪和歌想起杨树一定还在房子里忙装修，应该没吃晚饭，她划开手机屏幕，打算打个电话。

“嘟嘟嘟——”

忙音。

纪和歌再拨一次，确定不是信号问题，“奇怪了，这个时候了还在和谁打电话？”

她倒也没放在心上，一个人站起来举起双臂左晃晃右摇摇，还对着偌大的落地窗做起了高抬腿动作，身后的手机安静地躺在桌面上，搁着纪和歌和杨树甜甜合照的屏幕逐渐由亮转暗。

杨树接到许笛电话的时候，刚和装修工人检查完卫生间下水道的情况，他没看来电姓名就接通了，许笛的声音立刻欢快地蹦进了他的耳朵：“杨树你好几天没找我了！”杨树皱眉，他以为那天晚上已经和她说清楚了，思量间他并没有急着回话，反倒是身边的装修工人各个都了然于心，“女朋友打电话来了？”

这段时间的装修，杨树每每提要求的时候，都会带上“不能这样，我女朋友不喜欢这种摆设”、“对对对，她喜欢这种”……诸如此类的语句，装修工人们一来二去听得多了，都会感慨“小伙子真疼女朋友”，这会儿一听见电话里娇俏的女声，于是也就懂了。

许笛在那边问：“你在哪儿？饭吃过了吗？”

“还没吃，我在房子这里。”

“是吗？正巧我也没吃，我今晚买了生煎包、牛肉卷和酸辣笋尖粉，都好香啊，可惜太多了，要不我带过来你和我一起吃？”

“不用了，你早点回家吧。”

“没事啊，你在哪？要是不顺路的话我也就不来了。”

杨树没办法，报了路名，谁料许笛一听完就尖叫出来：“天啦我就在一个路口之外，过去就十分钟，你等我，我快到了再给你打电话！”不等杨树拒绝，她就挂了电话。

杨树茫然地捏着手机，不知道事情怎么会演变成这样。他抬眸对上装修工人们了然于心的笑容，这才开始紧张。他想解释，却担心越解释越乱，只得对他们说道：“要么，今天就到这里？明天继续。”

装修工人们都客气地说“好”，然后开始收拾东西，离开前还有人说了句，“你女朋友真幸福啊！”

杨树面色尴尬，也只能任由他们误会去了。

另一边，纪和歌收好了外卖，也不打算再和杨树说了，反正从公司到新房子的距离也不远，她收拾好东西关掉灯，也准备下班了。

纪和歌一路心情还算愉悦，这个中高档小区的绿化很好，她一直觉得两个人刚刚结婚住小户型就够了，在一起打拼几年，等宝宝出生了再换到学区房，一辈子也就这样按部就班下去了，很寻常，却也很稳定。她也曾有过惊心动魄的梦想，但有时候，遇见的另一半状况会决定她是继续做梦还是回归现实。

电梯里散发着油漆的味道，地面满是屑沫，手里的外卖还热着，她对着脏兮兮的镜子拨好被晚风吹乱的头发，比了个明媚的笑容。

电梯停，和歌朝外走。

她以为自己听错了，屋子里怎么会有女人的声音？和歌的步子生生停在了门外，不待更进一步反应，大门在此刻打开，许笛捧着吃完的外卖盒大大方方地出现在了她的面前。

砰——

纪和歌手里的外卖盒摔落在地，汤汁四溅，染脏了她的丝袜和淡金色细高跟。

许笛面上的笑容也彻底消失，不过很快她就恢复了镇定，她的面上完全没有被捉奸在场的尴尬，反而打量纪和歌的眼神里布满了不屑一顾的轻蔑。

是，就是这种不屑一顾让纪和歌立刻发狂。

许笛有什么资格站在自己的房子里，还用这种眼神看自己？纪和歌感觉胸腔里压抑已久的坏情绪又开始层层翻涌，就快要冲出防线，她努力克制，一字一句质问道："你怎么会在这里？"

明知故问，自然是跟杨树有关，否则怎么可能纪和歌刚刚给杨树新房的钥匙，她下一秒就刚好出现？！

太恶心了，太过分了，欺人太甚了！

"怎么了？"

杨树姗姗来迟，一见到纪和歌满面怒色地站在电梯间，他的反应倒是真实得很，"和歌！"

纪和歌终于迈开步子。

杨树和许笛下意识就后退。

"和歌，你听我说。"

"啪！"纪和歌一巴掌就朝许笛扇过去。

明明上一秒还是对着杨树的方向，下一秒却转了身直指许笛，愣了几秒，许笛才捂着脸站起来朝纪和歌吼："你凭什么打人？"

"凭什么？就凭你没经过我同意就站在了我家！"

更难听的话纪和歌没有说出口，她维持着自己最后的体面，可是她再极力克制，一对上许笛这副恬不知耻的神态，她就忍不住全身发抖。尤其刚刚杨树站在她身后的那幅画面，当真让纪和歌觉得刺眼极了。

“你刚刚是在和她打电话？”她的声音像淬了毒的箭，划伤他，杨树难过地点点头，“可是我们之间，不是和歌你想的那样。”

“杨树！”许笛大叫，“怎么不是她想的那样？纪和歌我告诉你，从你去日本之前杨树就和我在一起了！他告诉我他烦透你了！结婚？你别做梦了！”

纪和歌感觉自己的脑袋忽然被重物砸中，晕晕的，许笛说了什么？明明每一个字都是她再熟悉无比的汉字，可拼在一起却成了她找寻不到出口的拼图。

“许笛你够了！”杨树朝许笛大吼，许笛却不甘示弱：“敢做为什么不敢认？你要我向纪和歌把你说的每一个字都复述一遍吗？还有你纪和歌，你以为杨树和你结婚是因为真心爱你？我告诉你，要不是因为房子，他根本不会选择你！他爱的从来都是我，你除了动辄骂他吼他，何曾给过他一丝一毫的关心？杨树他怕你！他根本不爱你！”

“你闭嘴！”

纪和歌眼眶里蓄起热泪，随着许笛尖锐的声音划破黑夜，也将她伤到体无完肤。她想起于琳对她说的，“你自己和杨树的问题，别往第三个人身上扯。”那时她只是脑海里有一晃而过的细节，却没有多想，于是那些东西她便没有抓住。可是一切都在此刻由点及线串了起来——杨树的每一次晚归和举棋不定，他莫名增多的电话和毫无逻辑的解释……纪和歌失笑了，她怎么就这么后知后觉呢？

“是我这个女朋友失职了。”纪和歌笑着摇头，“我告诉自己多给你一丝信任，可是信任和真心就是这么卑贱地被你踩在脚下吗？”

杨树看见纪和歌已经泪眼模糊，伸手就去拉她，被纪和歌一把挥开：“别碰我！”

“和歌你别冲动。”

“冲动？”到了这个时候，杨树也不是向自己道歉，而是觉得自己会因为脾气暴躁做出什么伤害性的行为。“怎么，你怕我伤害到她？”纪和歌的眼神忽然冷凝结冰，半眯起的眼睛里精光一闪一闪，锁向许笛。屋子里灯光很亮，但她身后是漆黑无比的过道间，极致的对比在此刻汇集于她的身上，令纪和歌显得无比鬼魅。

许笛有些害怕，牢牢关注着纪和歌的每一丝表情变化，“你、你想干什么……”杨树显然也受了惊，担心她情绪过度激动无法控制自己。

纪和歌冷笑：“我想干什么？你试一试不就知道了？”

“啊——”

许笛大骇，躬了身子就朝门外跑，被纪和歌眼疾手快抓住：“你想跑？做了这么肮脏的事情非但不认错还想要跑？”

许笛死命掐纪和歌的手，“你放手啊！放开我！”纪和歌死活不肯，许笛一步一步艰难往外挪，她死死扶着门框，高跟鞋都险些崴掉。和歌涨得满脸通红，眼神里迸出凶光，她越来越明显地感觉到自己的情绪即将濒临崩溃，杨树上前来抱住她，却惊觉纪和歌的力气大到惊人！被禁锢住的纪和歌张嘴就咬杨树的手，杨树吃痛闷哼了一声，许笛感受到腰间的力量减弱了，然而她没控制好，身体朝前一倾，“砰”一声——整个人朝楼梯下方摔了下去！

“许笛！”

杨树立刻挣脱开纪和歌，三步并两步跑下了楼梯，许笛嘤嘤的哭声从黑暗里传来，“疼，我好疼。”

纪和歌被陡然转变的情势击到猝不及防。

“纪和歌你疯了！还愣着干什么，叫救护车啊！”

杨树毫不客气朝她吼了过来，纪和歌险些连手机都拿不稳，发生这样的事情并非她本意。她慌乱拨通了120的电话，一直到对方挂断电话后，她整个人仍在发抖，不记得自己说了些什么，思绪像断了层的大峡谷，唯独适应了黑暗的那双眼睛一直盯着几阶楼梯下方正躺在地上不断哭泣的许笛，以及正抱着那个女人的杨树。那是她的男友，杨树。

……

医院长廊。

突如其来的一阵脚步声打碎了深夜的寂静。

“姐！”

许笛的弟弟许箫一听到消息，就从圣蒂亚大学赶了过来。

见到正靠着墙的杨树，许箫就上前拽住了他的领子：“杨树我警告你，你要是保护不了我姐，你就离她远一点！我姐为你吃了多少苦，你全忘记了吗？”话还没说完就被许笛呵止。

“姐，你还护着他？”许箫愤愤不平，许笛脸色惨白地躺在病床上，示意弟弟看向另一侧坐在椅子上的纪和歌，“是你杨树哥救了我，不然你姐姐我还不知道被人家欺负成什么样子。”

听见许笛悠悠的讽刺，纪和歌的长睫簌簌眨了眨，在眼睛下方投下淡淡阴影，却没有说话。

许箫便当她是默认了，“你是谁？”他看一眼她，又看一眼杨树，忽然领悟般叫道：“看你长得这么正经，竟然干出破坏人家感情的事情！真是太不要脸了！”

纪和歌又恍惚了，他在说什么？

可许箫认为自己推测的没错，那个躺在病床上的人是他姐姐！这个人就是破坏他姐姐和杨树感情的第三者！他被气愤冲昏了头，下意识就撸起袖子，打算教训纪和歌。

然而还不待他靠近，一双宽大有力的手凭空出现挡住了他。

许箫这厢火气没处撒，刚想继续开骂，谁料一抬头就傻在了原地：“裴、裴医生……”

站在眼前的不是旁人，裴燕生正一脸风暴地看着他。

纪和歌觉得眼前的光被挡住，动作迟缓地抬头看去。不知为何，一看见裴燕生熟悉的高大背影，仿佛就有股力量凭空注入了她的胸间，让整晚都压迫在她肩际的沉重顷刻消散。

“裴……”和歌张了张口，却发现嗓子沙哑，她喊不出他的名字，声音也已染上了艰涩的哭腔。

感受到她的手在拉扯自己的衣角，裴燕生回眸，纪和歌仰着惨白的小脸，求助地看着他。她凌乱的头发胡乱垂在脸颊两侧，那双眼睛里的万千情绪让他只消看了一眼，就满是心疼。

裴燕生立刻半蹲了身子，宽大手臂扶上她的肩膀，企图吸走她连绵不绝的颤意，他脱下外套替她罩上，大力将她扶起。

男人低沉隐忍的声音从她的头顶飘下来，宛如对在场的每一个人都郑重宣告着不容侵犯的疆土，一字一句里都带上了不容抵抗的坚决——

“和歌，我带你走。”

7

滴答——滴答——

身在二楼也能听见楼下客厅里摆钟沉闷的走动声。

这里是裴燕生的家，很大，很整洁，也很空旷。

他们待着的房间里没有绵软沙发，但有蔓延无边的厚重羊绒地毯，和歌的双脚陷入其中，绒毛包裹和亲吻着她，即便已经深秋，也不会觉得凉；相反，她很喜欢这种从脚底肌肤逐渐渗透开来的微刺感，这让她觉得安全。

“想喝酒。”

——这是纪和歌被裴燕生带回家后一个小时里开口说的第一

句话。

嗓音涩涩的，像深秋断裂的碎叶。

裴燕生看了一眼缩在墙边小小瘦瘦的和歌，转身下楼。

片刻后，他回来了。他手里拿着一个红木盘，上面盛着两个玻璃高脚杯、一瓶红酒插在冰桶里，以及……纪和歌歪头看着那个红色的器具。

“它叫塔斯卡，是用来试酒的器具。”接收到了她的眼神探寻，裴燕生淡淡解释道。

“噢。”

又不作声了。

见她恢复低头玩地毯绒毛的模样，头架在膝盖上，肩际紧张，脊背仍旧笔直而僵硬。裴燕生也不说话，不动声色地拧开瓶盖，软木塞轻微发出“嘭”的一声，纪和歌眨眨眼，她忽然想起来，自己有一段时间最喜欢听这种声音了。

小的时候，爸爸也收集了很多的酒，她总喜欢偷偷打开壁橱柜门，然后一个一个费力旋开酒盖，将它们彼此之间互换瓶塞位置，最后再用力塞回去，常常乐此不疲。有时候她也会不小心打翻酒瓶，然后就会撞见爸爸无可奈何地气急而跳，纪和歌就会咯咯直笑……可是，后来呢？

和歌抓住脑袋，又疼了。

空气里传来搅动冰块的声音，她抬眸，裴燕生已经倒好了两杯冰镇的红酒，他一手举着一杯，由远而近朝她而来。因和歌是蹲低了身子，所以眼前的裴燕生显得比往日里还要高大了几分，却并不让她感到压迫。

他也蹲下来，忽然变矮的影子投映在地毯间，包裹住她的，它们彼此交错，像相互依偎攀缘生长的植物，柔软而温和。

“给你。”

纪和歌接过。

冰冰的凉意袭上了指尖，带来一阵瑟麻。

“冰镇能够隐藏涩味，淡红酒冰镇比室温的要更好喝一些。”

他似乎是在给她解释，音调低沉而醇厚，像是大提琴缓慢拉出的音调，有治愈的力量。和歌抬眸，对上他直直望来的目光，深不见底，却仿佛能穿透一切雾霭和阴霾。

纪和歌仰脖，一口灌下了整杯红酒。

裴燕生立刻蹙紧了眉。

果然，太凉又太猛，纪和歌刚吞完酒就开始咳嗽，声声不停，一直咳到双颊通红，仿佛要将心肺都咳出来才肯罢休。

“我还要！”她偏倔道。

裴燕生起身，折返身继续去给她倒酒。

纪和歌也站起来，蹲得太久所以腿脚发麻，险些就要摔倒——“你当心。”裴燕生停下倒酒的动作，和歌摆摆手，表示自己没事。她走到裴燕生身侧，目光打量着他自在好看的侧脸，一路往下最后停在那个奇怪的红木沙盘上。

偌大的沙盘空空荡荡，像一望无际的绝望沙漠。

纪和歌伸出手，“这是什么？”

她拿起了那只小鹿，他刚好也倒完了酒。

裴燕生仔细甄别她每一寸的表情变化。

好奇、诧异、怜悯、悲伤，而后是陡然失控的暴躁——

“嘭”一声！纪和歌用力一扔，那只小鹿模型被生生砸向墙壁，最后跌到了地上，立刻被地毯吞没。

她在发抖，指尖蜷缩，牢牢扣着桌沿，好像有木刺钻进了指甲里，所以才疼，手疼，心也疼。

裴燕生终于靠近了她，连半米都不及的距离，像是一个即将开始的拥抱。他开了口，语声清缓而心疼：“和歌，你醉了。”

她低着头看向脚尖，像是知道做错了事的小孩，静静等待预想中的苛责，然而只等到他的气息由近而远，和歌转身就看见裴燕生正蹲在地上不断以手摸索着，“啊，找到了。”他侧身从壁橱后方将和歌砸毁的小鹿模型捡了起来。鹿角已经断了一半，变得残缺，可他的面色仍旧如常，将小鹿重新归入了红木架的第三排。

纪和歌这才朝红木架上的模型们望过来。

裴燕生说：“这里的一切都可以供你发泄。”

她不懂。

“都可以砸。”

可是纪和歌望过来的眼神像是在说，这个笑话不好笑。裴燕生于是才正色道：“这些模型和你身后的沙盘是一个整体，你可以从这里面取下任何你想要的模型，在沙盘里构建出任何你想要的画面。”

“任何？”

“是的，只要你想象得出来。”

纪和歌一步一步靠近红木架，抬头，目光从第一排开始逡巡。

默了会儿，她刚想抬手去拿，又猛然抽回，她警惕地回身看向站在沙盘旁侧的裴燕生，他了然地点点头：“我先离开了。”很多人在进行创作的时候，是不喜欢被人观看的，哪怕他们最终创作的成果是用以示人，这个过程也想要保持最大程度的隐私性。

“酒留下。”纪和歌抿了抿唇。

裴燕生依了她。

“等等。”

他回身，眼神问她怎么了。

“你真的不生气吗？”

那个断了鹿角的模型藏在一整排干净整齐的模型之中，更显突兀。

“不生气。”

“那我要是统统都不喜欢呢？”

“也无妨，随你高兴。”

“整个红木架都可以毁？”

“可以。”

“可是……”

“你也不会的，不是吗？”

纪和歌不说话了。

裴燕生笑一笑，这些东西本就是用来帮助她疏导情绪，能够发泄即代表有效，但她并没有那样多的泛滥情绪需要导出，不出意外的话，过一会儿她就平静了。

黑夜像一场盛大的戏剧，在楼上楼下两个演出厅里各自演出。裴燕生回到一楼清洗完酒杯和器具后一应收妥，他准备去看会儿书，目光却停在了门边纪和歌的那双细跟淡金色凉鞋。

他走近，灯光映照下，凉鞋边沿染上了星星点点的油渍——他给她买的鞋竟被弄成这样？裴燕生的胸口忽然闷闷的。

盥洗室水流声哗哗，他正挽着袖子沉默着给她刷鞋。

每一下，都在与负隅顽抗的油渍做斗争。

终于，凉鞋恢复了原本的光泽，裴燕生洗完手，拿出干毛巾擦拭完毕放回了原处。他上楼，推开房间门，纪和歌已经趴在沙盘桌沿睡着了。裴燕生再走近一些，却忍不住倒吸了一口冷气。他当真是低估了她的破坏力，虽没再毁掉他一星半点的模型，可她竟然将红酒倒进了绵绵细沙之中，那里已经形成了一条蜿蜒的红色小河。看这形状，纪和歌当时应该是将酒泼洒出去的。

倒是真舍得。

裴燕生捻了捻盘里的细沙，叹气声惊动了和歌。她眯了眯眼，头从手肘中抬起，笑了：“你来了啊。”

裴燕生蹙眉，“怎么喝了这么多。”

“嘘——”

她凑近他，一股酒气迎面扑来，他却没有躲开。纪和歌忽然一把攥住了他的衬衫领，裴燕生有些意外，眼角余光瞧见她弄出了一条条难看的褶皱，莹白双手上的青色血管也因大力而清晰可见。他扶上她双肩："你需要休息了。"

"我不！"她仰起头，"裴燕生，你是不是也在生我的气？"

"没有。"他嗓音低沉。

"骗人。"

"不会骗你。"

"可你明明就是生气了！不然，不然你为什么都不替我看病了。你这么小气，我一点都不喜欢你了。"

不知道她在意的竟然是这件事，让裴燕生又好笑又意外。纪和歌已经开始东摇西晃，被他稳住："好了好了，都是我的错，我明天就替你看病，今晚先去休息好不好？"

"偏不！"其实不管他说什么，她都会说"不好"，就是为了故意折腾他，这让裴燕生哭笑不得。让裴燕生治疗人还可以，让他哄人，却有些为难了。好在很快，纪和歌又意识模糊，脑袋一歪，倒在了他的肩头。

她的呼吸一下又一下喷在他的脖颈间，温热而均匀，像是有一根羽毛正在那里来回轻挠，裴燕生的右手堪堪举在半空中，隔了许久才缓慢落在她的发间，轻轻拍着。

她安静了，他这才有空去看纪和歌刚刚构建的沙盘印画。

一栋简单的房屋，用篱笆隔开外界，院落里种满了植物和花，爸爸正躺在摇椅上看报纸，妈妈在院子里晾衣服，最右侧是正在荡秋千的女孩，她的身侧还有一只狗和一只猫。只不过是最寻常可见的普通家庭的一天日常。

——难道，这就是根植于她思想深处求而不得的渴望吗？

裴燕生为纪和歌准备的是箱庭疗法，在纪和歌处于充分自由和安全的空间里，利用细沙和模型，完全由她自己做主，创建出她喜欢的沙盘意象。一般而言，这是她与自己内心深处潜意识持续性对话的结果，她所呈现的往往也是她所欠缺的。纪和歌还愿意表达出来而非将自己尘封密闭，代表她还是渴望被治愈的。在她选择这些模型的同时，这一排排看似沉默不语没有生命力的模型也恰恰在冥冥之中挑选了她，这种“感而遂通”的双向选择对于正处于创伤边缘极度缺乏自信的患者而言，实在是太过重要了。

裴燕生看一眼已经靠着自己肩膀呼呼大睡的女生，他无奈只得放轻了动作将她打横抱起，一路走至客房。其间纪和歌动了动，他以为她醒了，下意识就低头看，谁知怀里的她只是发出了浅浅的一声“嗯”，朝他温热的胸膛处蹭一蹭，寻了个舒服的姿势就又睡过去了，像只撒娇的猫儿。

她细密柔软的头发蹭过来，让他的心脏忽然猛烈跳动。

半晌，身体才恢复意识，他将她放下来，借着微弱壁灯，看见她的小脸因为酒醉而显得酡红，她精致的五官上覆满了深深的倦意，仿佛连睡眠中也无法安生。

他坐在床沿，伸出手抚上她的侧脸，冰冰凉凉，好像沾满了数月之久的雨汽。感受到了他手心的温度，纪和歌朝他宽大的手掌移来，于是侧脸与他的肌肤离得更近了一些，她以他的手臂为抱枕，枕上他的手心，一并陷入高高的枕头里。裴燕生静静看着她紧皱的眉心逐渐平整，感受她的呼吸一下一下吹进他的手心里，酥麻又痒，他竟然生出一丝贪恋，一丝不舍，他不敢动，也不想动，生怕惊扰了她。

隔了很久很久，他才抽出酸麻不已的手，替她盖好毛毯。

接到裴燕生电话的时候，秘书以为自己看错了，她揉了揉睡眼惺忪的眼睛，忙答道：“裴医生？”

“明天一早替我打电话给于琳，帮纪和歌请假。”

“好的。”

不管什么情况什么时间，只要裴燕生说的命令，她都会执行，可能是刚刚从睡梦中被叫醒，秘书的反应有些迟钝，答应完了才恍悟道：“您是说纪小姐？”

“是的。”

“纪小姐又发病了？可是已经这么晚了怎么还会……”秘书想不通，猛然间眼神一亮，她险些从床上摔了下来，“裴医生，您不要告诉我，纪小姐现在就在您身边？”

裴燕生淡笑着挂断了电话。

今夜月色很好，他回身看一眼床上笼于一片薄而透明光晕之中的纪和歌，内心泛起一阵柔软。又隔了会儿，见她翻了个身，他也才扣上门，离开了。

8

房屋空旷，阳光才能不被阻隔照耀到每一个角落。

纪和歌被晒得暖洋洋的，睁眼后短暂迷糊了几分钟她立刻清醒——“手机，手机在哪里？几点钟了是不是要迟到了？完了完了老板要杀人了！”她连鞋也顾不上穿，匆匆拉开房门。

呼——啦——

眼前风声大作。

右侧是敞开的窗，秋日的凉风吹进来，将洁白窗帘吹成了此起彼伏的连绵海浪。长廊空旷，每隔一米搁置着一盆青花瓷器盛放的木工艺干花，空气中流动着淡淡的薄荷香，和歌走到长廊尽头，面前宽大墙上垂挂着四幅春夏秋冬的水墨中国画，极尽写意。

“Waka？”

裴燕生的声音从楼下传来，在空旷房子里响起回声：“洗漱完就下楼来。”

“哦。”正恍神的和歌应了一声，这才开始满屋子找洗手间。

二楼客房的盥洗台上连一丝水渍都遍寻不得，镜面干净清透，和歌忍不住就想起自家里坑坑洼洼沾满灰的镜子——她过的生活是如此粗糙而不修边幅，连裴燕生的千分之一都不及。

拾掇干净后依旧没找到手机，纪和歌准备下楼的脚步刚迈下第一级台阶就又陡停在了半空中。

天啦谁来告诉她，裴燕生房子的设计师究竟是哪位神人！

圆弧形的楼梯右侧，是陷入白墙之中的巨大书架，古旧红木隔开一个一个独立的格子间，古今中外的名著遍布其间，和歌背靠着扶梯把手，仰脖一排排扫过。

“纪和歌。”

她立刻回身，裴燕生一席白色宽版卫衣出现在楼梯下方，他的目光看向纪和歌踩在地板上的裸露双脚，皱了皱眉：“下来吃饭了。”

纪和歌缩了缩脚尖，默默地给自己找了双绒拖鞋。她走到餐桌边时再一次受到了惊吓：“裴燕生，这些都是你做的？”

法式香肠搭配培根，看上去不油也不腻。烘烤的三明治上已经涂好了黄油，温泉蛋的形状很好看，主餐碟旁还搁着一小盘新鲜的草莓和火龙果。每一件餐具虽形态各异，却共同具有清淡的禅意。裴燕生端了两碗牛奶冲麦片从厨房出来，见她盯着食物满目不可思议，他将其中一碗放在她面前，拉开椅子，一脸风轻云淡地对她说：“坐吧。”

纪和歌仍旧在神游，“太可怕了。”

裴燕生正在切香肠的动作停下：“你不喜欢？”

“哦，不是，我只是……我只是没想到因为看病不仅住进了医生的家，还能吃到医生亲手煮的早餐。”

“是啊，确实是个麻烦的病人。”

原本纪和歌只是想客气一下，却没想到他一点都不绅士，眼睁睁看着她跳进自己挖的坑里。纪和歌瞪他一眼，裴燕生挑眉，唇角勾起浅淡弧度。她看见他半挽起的卫衣袖，露出一小截麦色的肌肤，腕表是低调的黑色经典款，他切下一小块三明治，将包卷好培根香肠的蔬菜放在三明治上，银叉插入，他的咀嚼轻微而缓慢，优雅仿佛是被他带进了骨子里的气质，每一帧动作都像是在渐序推进的一种仪式。

纪和歌终于动作迟缓地拉开椅子加入早餐阵营。

“你的手机。”他递过来。

纪和歌立刻放下刀叉，划开屏幕点开通讯录。

“不用着急，已经帮你请好假了。”他仿佛说着再正常不过的决定，却令纪和歌吓到崩溃：“我的天！你给于琳打电话了？她是不是生气了？啊啊啊裴燕生你凭什么决定我——”吼声还未完就被裴燕生淡淡打断，“吃饭的时候大声喧哗，是对食物的不尊重。”

纪和歌感觉嘴巴忽然就被贴上了封条，火气也被生生压了下去。她只得点开朋友圈和微博，仔仔细细观察了一番，确认老板并没有任何心情不好的迹象，这才勉强放下心来。

裴燕生看她一眼：“睡得如何？”

“还不错。”

“那应该有精神解决掉昨晚发生的事情了。”

纪和歌的指尖抖了抖。

裴燕生仿若未见，继续道：“拖延除了拉长你痛苦的时间轴，并不会带来任何一种好处。”

——这一大早就上演的令人讨厌的说教！所以如果有选择，纪和歌根本不会愿意和医生同处一室。她愤愤地咬着三明治：“裴燕生，你一早就知道他们的事情？”

“不知道。”

“那你为什么笃定杨树不愿意与我结婚？”

因为无法直面当事人发泄心底压抑的情绪，便将情绪转嫁到没有攻击性令自己感到安全的第三方身上，这是移情反应。纪和歌终于还是问出来了。裴燕生短暂蹙了蹙眉，以退为进："见你的第一面，我的结论就是你们应该分手了。"

"哎你——"

他叹一口气："可惜你没有听进去我的建议，在之后的这段时间里面，你们之间的根本问题仍然没有得到解决，彼此都在逃避。"

纪和歌的逃避方式是将工作视为避风港，而杨树则是到另一个异性那里寻求安慰。

"结婚应该是慎重和神圣的决定，而非成为你妄图拯救一段破碎不堪关系的砝码。这种时候，你们不适合更进一步，而应退后至安全距离以外，给到彼此足够的空间。"

纪和歌的面色越来越难看："医生也要充当情感专家？"

裴燕生笑了："那我不说了。"

"明明该说的都说完了。"她小声嘟囔，不肯承认自己其实是认同他的。

一想到自己辛苦打拼下来的新房子被他们肆意玷污，就有股无法抹去的耻辱感充斥在胸中。那是她的地方，凭什么要容下他们的欢笑？昨天一夜，她更多感受到的不是背叛和心碎，而是付出与回报不对等的计量。这才是成年人的思维方式吗？感情永远要退而求其次，出了事首先分析的是如何将损害降到最低，所以好像之前拖拖拉拉不肯从这段感情里走出来的原因，也是觉得可惜多于爱。

大脑千回百转，纪和歌仿佛泄了气的皮球，一瞬瘫软靠向了椅背："我觉得自己很失败。"

"想通了？"

"我白白浪费了难得一周的休假，竟然连海岛都没去成。"

感情影响了生活和工作，所有都变得一团糟。

纪和歌烦躁地揉了揉头发，对面的裴燕生没有再说话，却忽然开始利落收拾一应餐具，他端着它们去到厨房，而后又去整理东西。

“你要外出？”

他停下动作，“你不是想要弥补休假？”

“我？”她没弄明白。

“不过你说的海岛没有什么意思，我知道笛城附近有个好地方，你收拾一下。”说完他略显嫌弃地将她从上到下打量一番，“还是先送你去解决昨晚的事情吧，然后换一身衣服。”

临出门前，裴燕生打开冰箱门，纪和歌的目光原本还停在干净整洁的凉鞋上，刚想问他这是怎么回事，一抬头看见冰箱里的果汁就给忘了，她变得越来越不客气：“我要喝蓝莓汁。”

裴燕生关上冰箱门，拿给她的却是一瓶纯净水。

“我要的不是这个。”

可他恍若未闻她的控诉，率先推开门走了出去，整理完毕后他定定地看着她，仿佛在说，“还不出来？”纪和歌赶紧穿好鞋出来让他锁门。

“不是你让我喝蓝莓汁的吗？”他的变化让她感到莫名其妙。

“对任何东西都不应该太过依赖。”

他锁好门头也不回就朝外走，不远处的轿车发出“叮”的一声，他走得那样快，风将他的声音吹过来——对物品，或者是对人，都不能太过依赖。

她的心忽然漏跳一拍，所以，这句话对裴燕生也是同样适用的吗？

9

接到纪和歌电话的时候，杨树如蒙大赦：“和歌，和我聊一聊好吗？”

从昨晚开始，她的手机就一直关机，他一夜无眠，整个人陷在医院灰白的空间里，想了很多很多，唯一确定的是，他不想要同她分手。

“你是疯了吧！”许笛气到嘴唇发抖，“这段恋爱关系里，你在纪和歌面前一点尊严都没有，到头来你竟然还不想分手？你太让我失望了。”

“失望了正好，你忘了我吧。”

“杨树！”

许笛红着眼睛，拿起病床上的枕头就朝他砸去！

……

纪和歌甫一推开家门，杨树立刻从沙发上弹了起来。

她瞧见他满脸的憔悴和青色胡茬，犹豫了片刻，她指了指房间：“我去收拾东西。”

“能不搬吗？”

只要不搬走，杨树就觉得还有挽回的可能。

纪和歌将之前搬家准备的纸箱子挨个拿出，边装东西边说：“我先打包，回头会让搬家公司来取。”

“和歌，我错了。你原谅我好不好？别赌气了好吗？”

“这不是赌气。”纪和歌回身，她正色道，“杨树，我们真的结束了。”

话说出来的那一刻，纪和歌听见自己胸中大石稳稳落地的声音——激起了阵阵尘土，却也终于是落定了。这让她忽然有些惆怅。

杨树抓狂：“我承认我对不起你，但是我们的关系走到这一步难道你没有一丁点的责任吗？就看在以前每一次争吵都是我迁就你的份上，这次我们各退一步好不好？你都27岁了难道你不想结婚了吗？”他一字一句地追问，每个音节都喊到爆破，纪和歌从他拧紧的眉毛里读到了他的恐惧。

见她手中动作不停，杨树失控，上前来试图夺下她的东西。

纪和歌站起身，退远了一些，“如果你执意这样，这些东西我都不要了，你丢掉就好。”

“纪和歌！”

“钥匙还给我。”她伸出手。

杨树没有动作。

纪和歌也不催他，她看向这个租了几年的房子，实在是太小了，小到已经容不下她和他的感情了。从什么时候开始，这个房子里面关于恋爱的味道越来越稀薄了？好像连空气里都蔓延着对未来的不确定性。她望着杨树还没来得及放松的肩膀，声音里也染上了一点遗憾：“你知道的，我一旦做了决定，就不可能更改了。”

杨树像是沉默了一个世纪那样长久，然后才传出一声有气无力的问话：“你从什么时候就不爱我了？”

而一直到最后，纪和歌也没有回答这个问题。

虽是晴天，光线却蒙蒙，空气里依旧残存着潮湿的雨汽。裴燕生一直坐在车里看新闻，他偶尔看一眼腕表，纪和歌上去已经一个小时了。那里是她的战场，不需要他的插手。

纪和歌回来的时候，似乎有些疲惫。

他打量了她一眼，什么也没有问，将车开出了她的小区。

以后，这里都只会是一段记忆了。

“裴燕生。”车已经开出很远了，她才终于悠悠开了口。

他的目光仍然直视着前方，“怎么了？”

“能借我点钱吗？”

“好。”

本来是开着玩笑的，没想到他的答复如此爽快。纪和歌侧目：“你不问问我用来干什么？”

“提前还清房贷，然后转手卖了那房子。”

“你怎么会知道？”

裴燕生勾唇，他怎么可能不知道。即便拿回了新房装修的主动权，那天晚上的记忆也会令她留下阴影。在她不可控的岁月里面，有阴影的事情已经足够多了，现在她能够逐渐掌控生活，根本不会再给这样的负面情绪侵袭自己的机会。

“只是借你打个圆场，相信你卖了房子就立刻会把钱还给我，说不定这几个月里的房价大涨，你还能赚一笔当作是分手费。”

纪和歌冷笑了几声。

坐在自己身边的这个男人，一个人住着令人发指的豪华别墅，有数不清的资产，现在竟然和她开着玩笑，指望着一栋小户型的loft公寓涨价挣得的钱来宽慰她。这样想一想，纪和歌觉得自己和他真的不是一个世界的人。

不过也恰恰是这几句话，她忽然又有了那种裴燕生从云端回到了人间的感觉，不再是那种可望不可及的存在，仿佛恢复了一丝真实。

裴燕生左手在方向盘上滑了半个圈儿，像弹奏了一串行云流水的音符，他加速，拐上城郊高速。纪和歌诧异：“要去哪儿？”

裴燕生淡笑不语，纪和歌追问，他无奈只得说：“你眯一会儿吧，到了我叫你。”

说完他旋开了车载电台，好听的钢琴声顷刻流转了出来，车外的风景一路飞逝，天空逐渐从高楼遮掩的块状变成了连绵起伏的宽阔画卷。

风吹进来，指尖微凉。

不记得睡了多久，醒转时裴燕生已经下车了。他没有叫醒她，西装外套披在了她的身上，还残留着他的气息。纪和歌揉揉眼，推开门下车。

空气很干净，眼前是辽阔的平原郊野，一望无际的绿意起伏纵深，仿佛要一直蔓延到极目之处与天相接。和歌没有穿丝袜，青草地上微凉露珠浸湿她的双脚，裴燕生站在远处，像是一株独立而挺拔的树。

她的长发被风吹乱再拨开："这是哪儿？"

"笛城城郊。"

"我怎么从来不知道有这个地方？"

"这里是被保护起来的，不对公众开放。"

裴燕生朝前走了几步，示意她跟上："再过一段时间，青草也会褪去，到了秋冬，这里又是不一样的壮阔。"

因他们站在高处，可以俯瞰到甚远河川之外的地方，纪和歌指着远处的缤纷色彩，感慨道："那些五颜六色的屋顶真漂亮。"

"初秋的时候，这里会有热气球。"

"我以为只能在中东见到热气球。"

裴燕生笑了。

纪和歌吸了吸鼻子，"真好闻啊。"

她说的是蔓延在空气里的青草味，远处有正在工作的人工割草机，嗡嗡的声音在身边来回往复。

纪和歌忽然有些惆怅，"我以前一直很喜欢闻青草的味道，直到后来知道，这其实是它们的呼救声。"

她说的没错，青草的味道是一种挥发性的氧化烃有机物，这种绿叶挥发物GLV（green leaf volatiles）常在被收割的时候挥发出来。就像她一样，永远只能沉默地呼救，不被人注意和发觉，内里无限崩溃，表象看上去依旧光彩鲜亮地在和这个世界交手。

心情再次由晴转阴，纪和歌觉得索然无味，掉头往回走。

她的身影逆光，发丝在风中飞舞，裙摆被吹成蝴蝶的翅膀，孤单而落寞。

裴燕生不同意现在就回去，他执意要留到晚上："这里晚上的风景不容错过。"说完他竟然从后备厢里挨个拿出一应俱全的天文观测装备。

他扛着一应设备，朝东走走，朝西探探，似乎在找寻观测位置。

“裴燕生，你竟然还玩这个？”

他不答，正在树立杆。

见立稳了，他旋开镜头盖，开始调整焦距。

纪和歌干脆跳到了镜头前，裴燕生移开眼睛：“你挡住光了。”

见他的面上有罕见的执着，纪和歌耸耸肩移开。

天色欲晚，风声呼啸，裴燕生静默坐在支起的三脚架一侧，带给和歌一种凝练的温柔。他看一眼她，起身朝车走，再回来的时候递给她毛毯，和歌接过：“谢谢。”

裴燕生干脆双手支起搁在脑袋后，整个人平躺了下来望着天。陪着他在郊外的深秋晚风里受冻，一坐就坐了这么久，如果搁在以前，和歌一定觉得自己疯了。

“生活好像已经很久没有这样慢节奏过了。我在微信朋友圈里看见朋友们不管去到哪里都会留下浓墨重彩的痕迹，好像每一秒钟都被拉长，她们在下午茶的时候我在工作，她们在喝酒的时候我在工作，她们在旅游的时候我也在工作，就连上次去日本也成了一场行色匆忙的奔波。”

所以，能静静坐在这儿坐这么久，真好。

“饿了吗？”

她摇摇头。

“再等一会儿，就好了。”

空气流动，风仿佛独自走过了一万种的来回往复。

星云终于姗姗来迟，那是成片的墨蓝色，像丰富的水墨画，从远处缓缓推进，层峦起伏。星光如炼点缀其中，像银粉洒在了丝绸般的缎带上，波光粼粼。裴燕生站起身来，走到镜头前。

“出现了。”他的语气里有脉脉的激动，裴燕生从镜头前移开眼睛，招手示意她也过来看。

纪和歌模仿着他的样子，双手握住镜身，透过镜头，她竟然看见了无数斑驳而模糊的光点，纪和歌失语：“这，这是……”

裴燕生对上她惊异的目光，笑了：“你亲眼见过银河吗？”

——浩瀚银河。

——辽阔宇宙。

它们是如此猝不及防地到来，静悄悄的，却又声势浩大，就像每一段光明的到来都要经历一段漫长的蛰伏。

回国之后虽然没有老套的道歉，与杨树的和局从彼此开始说了第一句话，重新坐在一张桌子上共吃一顿饭后就达成了，然而莫名其妙的和好只是表面，就像暴风雨来临前最后的安宁，纪和歌告诉自己要按捺住性子，多给他一丝信任和包容，可是最后也只换得他在很久之前就预谋了这一场感情的叛变。

是啊，在很早很早以前，她和他的关系就已经岌岌可危，像摇摇欲坠的风筝，只差一场忽起的风暴。只是他们一直佯装成视而不见的参演者，以为剧本永远是按部就班的起承转合，并不需要演员本身的感情投放。

可是，这怎么可能呢？

纪和歌忽然克制不住地战栗，她觉得胸口涌上来一股难以忍受的委屈、愤恨、崩溃……所有的情绪都在此刻被无限放大。这是生而为人在面对比自己开阔无数倍的自然景象面前的真实反应，心怀敬畏，继而对自己产生无限的悲悯，就好像压抑了很久的情绪终于寻得了解脱的出口，无望到了极点，才可能滋生希望。

裴燕生始终站在她半米远的地方，不动不问，他在风中等她哭完。

心中的腐烂情绪仿佛在一丝一毫被洗涤干净，她感受到他的手掌覆盖上她肩膀，于是抬起双手紧紧捂住脑袋，哽咽问道：“我还可以吗？”

知道她担心什么，裴燕生坚定地点头：“你一直都可以的。”

她有多优秀，他从第一眼见到时候就知道了，如同被蒙尘的珍珠，是被放在了不合适位置的发光体。

“你回忆一下你的学生时代，应该会有很多让人缅怀的过往吧。”

纪和歌抬起被泪水氤湿的睫毛，她的学生时代？

那确实是一段缤纷的岁月。她做过主持人，给广播剧配过音，因为语言能力优秀经常出入各种同声传译的场合，每年也会去参加马拉松，当然还有图书馆里拼了命学习的自己，还有散落在操场上各个角落的大声欢笑……记忆走过了这些年的春夏秋冬，那些久远到尘封的热血曾经，若非他提及，她真的很少会想起了。

“东西一旦坏了便要舍掉，虽然会觉得可惜，但一直守着坏掉的东西并不能对现实有任何裨益，只会弄得心情越来越糟糕。无论是青草地的呼救声还是你自己的，你感受到呼救的时候，就说明隐藏在你内心深处的情感需求已经到了需要付出勇气改变的时候，不管这改变有多难，你都要去坚持。”

她站起身，对上裴燕生的深深目光，他的漆黑瞳仁仿佛可以解析掉她这么多年里积郁的烦忧，她看见身后银河星光落在裴燕生的肩际，生出七色光度，让她恍惚觉得见到了神明。

“没有他，你才可以回到你本来的位置。”

——告别，有时候是另一种放生。

回去的路上，窗外又开始飘起了细雨，风声伴着雨声涌进车里，微凉。纪和歌觉得自己像是刚刚从千斤废墟之下爬出的生者，疲惫的情绪层叠涌来，她缓慢闭上了眼，希望梦里能出现一场久违的好眠。

10

很快，纪和歌就又变回了那个执行力一级棒的自己。

她在公司附近最高级的酒店定下了一间顶层公寓，有漂亮的风景、崭新的空气和大大的落地窗，按照她的话来说就是“深夜里有一抬头就能看见的星光陪伴，连加班都变成了一种幸福。”

于琳对此的批复仅两个字：“奢侈！”她问纪和歌贷款新买的房子呢？纪和歌淡淡回了一句：“提前办完了还贷手续，已经在挂牌出售阶段了。”差点没让于琳吐血。

搬家公司将她的行李搬进了裴燕生的地下仓库，纪和歌事先同他商量过，毕竟他的房子那么大，可裴燕生的眉毛紧紧拧起，仿佛无法想象出纪和歌粗枝大叶的行李逐渐侵占满他一丝不苟房子的画面。最终勉强同意将地下仓库的杂物间腾出，收留她的行李。为此纪和歌没少翻白眼。

“哎放这里！”

“这里面有易碎物，轻点。”

……

裴燕生抱胸站在高处看着她盘起头发挽起袖子一副利落进出的样子，看上去已经完全恢复了正常，可裴燕生的心却没有完全放下来。

纪和歌解决问题的途径里自始至终没有包含那个插足他们感情的女人，就像是刻意屏蔽掉了，她不敢正视，便代表未能放下，便代表在未来还有反扑的可能。

“喂！想什么呢！”

不知何时，纪和歌已经跳到了裴燕生跟前，她举起手在他眼前晃一晃，将他从担忧里拉回。裴燕生看一眼她，眼神清澈，双颊微红，因为踮脚显得有些俏皮，他瞧见她额际渗出的细密汗珠，问她：“累了？”

她点点头：“全搬好了，我不累但是我饿了，裴燕生你要不要再勉为其难展现一次超高的厨艺？”

“你也知道上次是勉为其难，那怎么可能还会有这次？”

“医生不是应该对病人绝对顺从吗？”

“真正的病人从来不会自称有病。”

“喂裴燕生——”

她和他一边拌嘴一边朝屋内走。

自从那晚被裴燕生勾起对学校的缅怀，纪和歌就一直想要来圣蒂亚大学扎根几日。圣蒂亚大学每学期都会定期开一些公开课程，成年人通过校方办好身份卡后也可以自由出入图书馆和一些阅览室、教室。

对此，于琳嗤之以鼻：“你不是言辞灼灼坚决不肯挖人隐私，现在怎么又想要去写向蒲然的稿子？”

“被美色所诱！”纪和歌一脸正色。

“可我想要看裴燕生的专访。”于琳看向纪和歌的目光里都带上几分“你们之间一定有猫腻”的探寻。

在纪和歌解释了无数遍后，于琳才懒懒丢来一句，“随便你吧，反正我要高质量有所突破的稿件。你知道吧纪和歌，你的读者们已经不再满足于你固定的文章风格和内容了，所以你得拿着更新更好的东西去投喂她们，懂吗？”

纪和歌点头如捣蒜，“懂，我懂。”

她已经将向蒲然的稿件整理出了雏形，还余留一些细节需要和本人沟通确认。

圣蒂亚大学占地面积实在太大，校园公交车成了大家最爱的交通工具。

纪和歌拿着办好的卡从教务处走出来，迎面就开来一辆校园公交，她上车。后座的向蒲然刚巧朝她望过来。

那个女生永远是人群里的一道靓丽风景，有成谜的气质，总能令和歌想起不争不扰的清雅花朵。

见她走过来，向蒲然摘下耳机。

车上人不多，她俩座位一前一后，纪和歌语气轻松："又见面了，你最近还好吗？"

"你不会告诉我，这次相遇也是巧合？"

和歌大方坦白："算是，也不算是。"

向蒲然便笑了："你究竟在担心什么？"

纪和歌稍稍侧了头，阳光散落在她漂亮的侧脸上，神色里却添了几分严肃，"可以为你做一个专访吗？"

向蒲然合上了手边的教辅书。

二人在同一站下了车，纪和歌邀请向蒲然去附近的咖啡屋喝东西。

"美式咖啡？"

"可以。"

向蒲然穿着短外套，高腰细脚牛仔裤衬出一双大长腿，她正坐在纪和歌的对面，双肩包放在身侧，教辅书摆在桌上，和歌朝里丢下去一整块糖，又给她递过来糖，向蒲然摇头拒绝，"我从不喝甜咖啡。"

纪和歌自顾搅拌面前的咖啡。

向蒲然看着她的动作，不急不缓，没有先开口的打算。她不打算绕弯子，眼神里便带上了一丝压迫："说吧，你真正的目的。"

纪和歌停下动作，神色复杂地看向她，停了半晌才从包里拿出一沓打印好的稿件。

向蒲然接过。

纪和歌仔细观察着向蒲然面上的每一丝表情变化，从一脸漠然到冰色初显，再到不可置信乃至尴尬愤怒。纪和歌想起自己曾和裴燕生提起过这个女生，裴燕生当时对她的敏感问题觉得奇怪，却什么也不肯多说，只是一再强调向蒲然并不是自己的病人，相反，他觉得她未来可能会成为很优秀的学者。

她很年轻，也很有思想，只是她的情绪也需要长时间的疏导。

——疏导。

裴燕生用的确实这个词。

向蒲然刻意压低的质问声飘过来，五分愤怒五分颤抖："这些东西你是从哪里得来的！"

她手里捏着的三页纸，匆匆翻过，每一个字都像是充满了攻击性。

纪和歌微微讶异，这份稿件出自于她手，遣词造句已经尽力恢复了客观，即便这样，女生也已仿佛被戳中了痛处，如果让她看见自己邮箱里的原稿，恐怕会不可收场。这件事对向蒲然的影响比和歌想象中要大，纪和歌神色凝重，伸手覆上了向蒲然的手："我来找你，便是希望能够帮助到你。请你放心，所有关于你的事情，我不会泄露半个字。我想要着手起草的关于你的稿件主题和方向，也与这件事无关。"

向蒲然半信半疑地看着她，和歌眼光温和明亮，几乎以起誓的语气继续说道："请你相信我，我是一名文字工作者，什么该做什么不该做，我的心中自有准则。"

秋风混杂着咖啡香在两个女生之间来回穿梭，她们相顾无言，就像两株遥遥相望的木棉。

一样的柔软，也一样的坚强。

终于，向蒲然的面色有了一丝松动。

"所以，是谁告诉你这些的？"

“是匿名邮件。”

“你是因为这件事，才在庙里与我制造偶遇？”

纪和歌摇摇头，“那次是真的偶遇。”

向蒲然侧目望向窗外，笑了。

很漂亮的笑容，却没有一丝温度，像揉杂了失望透顶的心情。

这样的心情，和歌的成长岁月里也常常经历，每一次都被她挺过来了。她以为她也要同这个即将到来的冬天一样，进入休憩期，却没有想到这么快就又收到了命运开的另一个恶意玩笑——令纪和歌完全意外的事情，再一次毫不客气地发生了。

风 吹

第四章

因此，真正的美从不是直接打动我们。落日之所以美，是因为它表达了所有它使我们失去的东西。

——翁托南·阿铎《剧场及其复象》

1

圣蒂亚大学图书馆。

洗手间里有沉闷流动的水声，也有一墙之隔后抑扬顿挫的女生八卦声。

“好可怜哦，原来现在的这种性格是因为曾发生过那样的事情。”

“说不定就是因为性格坏才分手的呀。”

“怪不得前一阵子要和学生会作对，听说一直将平凡的人当作研究对象，好可怕哦。”

……

向蒲然沉默地挤出洗手液，在左手手背上顺时针打旋揉出泡沫，面色波澜不惊，捕风捉影的事情她很少会去在意，哪怕这一次的校内谣言已经甚嚣尘上。

“我看到照片了，那个男孩子高高帅帅的，听说高中时候是校草，叫席佑南。”

洗手液瓶子没拿稳，掉到盥洗台上，发出清脆的一声。

向蒲然猛地抬头，直直撞见镜子里神色陡异的自己。

呼吸里开始泛出“生气”的气泡，下一秒，她用力关掉水龙头，摔门而出。

砰——

洗手间大门摇摇晃晃，许久不能静息。

“刚刚外面有人？”

相继走出的女生面面相觑，有人走到镜前补妆，笑意隔着玻璃传过来：“你们怕什么，又不会是当事人。”

“也是哦。不管了不管了，哎你的这件衣服真的很漂亮，在哪里买的？”

女生们的话题很快又扯到别的事情上去了。

在每一场不需要体力只要动动嘴巴就能造成杀伤力无穷大的“谣言战争”里，这世上绝大多数的人都会断层式地选择遗忘掉道德约束，非常踊跃地加入传播大军，仿佛她们才是站在制高点、拥有对别人生活随便置喙权利的主导者。

可这简直是太可笑了。

书摊在桌上，向蒲然在转笔。

原本以为那些过往已经足够遥远，现在才相信这世上根本不存在绝对的远和近，就好像，两年的时光可短可长。在不被人知晓并提及的时候，记忆就乖巧躲在远方。可一旦以燎原之势汹涌复归，一切又都显得这么近。最近各类非善意的目光打量和剑锋偏冷的言语指点弥漫在整个圣蒂亚的过道间、教室里、食堂厅以及图书馆，无孔不入，企图侵占她的每一寸神经。那些零碎话语里拼接出的过往在她身体中掀起的波澜，至今依旧能够让她一听到流言蜚语就彻底失控，关于她最不想重逢的那两个名字——席佑南，米优。

“啪嗒。”

钢笔掉到桌上，开始滚落，她没拦住，钢笔垂直摔落到地上，向蒲然捡起来，笔尖断了。

烦！

情绪受到了打扰，看不进去书，她开始收拾东西，起身离开。

短靴踩在楼梯间，发出空旷寂寥的声音。女生抬头，漠漠地看了一眼“电子阅览室”几个大字，她从包里掏出那几张纸，推门走进去。

女生站在角落的背光处，低着头，长发垂落下来，遮住她不辨表情的侧脸。

一张一张的纸被她送进面前的碎纸机里，纸张发出“嗡嗡”声，那些字里行间记录着纪和歌关于她的专访，在这一刻尽数被折断、被粉碎、被吞噬。

所以，那个郑重承诺会帮她保守秘密的人，最终欺骗了她。

“学……学姐？”

颤巍巍的声音从身后传来，向蒲然回头。

谢雨萌自从见到她，心跳的频率就开始不正常，她仔细观察着向蒲然的漂亮面容，女生的眉间仿佛笼着一层愁晕，这让谢雨萌忽然轻舒出一口气。

“学姐最近还好吗？”

向蒲然掀起眼皮，看了谢雨萌一眼，兴趣缺缺。

“那个，我听说了一些……”

女生的“关怀声”夹杂着“碎纸声”在空气中相互交织，果然，刚刚的问题只是个引子，现在才是正题。终于等到最后一张纸粉碎完，向蒲然拍了拍指尖的碎纸屑沫，拉上包拉链：“借过。”

谢雨萌眼睁睁看着向蒲然像一阵凛冽的风掠过身侧，半步、三步、五步，她越来越远。其间连一个眼神都吝啬给予，整个过程不仅快速，而且非常沉闷和压迫。一直到向蒲然的身影走远了，眼前的空气才恢复了一丝温和，谢雨萌开始猜疑，莫非向蒲然是知道了些什么，她怎么可能从头至尾都完全不在意？

从辩论赛一败涂地之后，她就开始策划这一场对向蒲然的反击了，对向蒲然的情感早就从嫉妒走到了厌恶，看见她出入裴医生的诊所仅仅是开端，一不小心认识了向蒲然高中的同学，没想到顺藤摸瓜就得知了这样一段劲爆的往事。

再后来，她不过是顺理成章地将这段往事整理成文，发送给了很有名的那个杂志社编辑。

一口气敲下了几千字的心情，像是已经初尝了胜利果实的雀跃。

至少现在，整件事的效果已经好到让她觉得连上天都在帮她。

谢雨萌转身，马尾在空中甩出漂亮弧度，她嘴角上扬，抬头。

下一秒，她的笑容陡然僵硬。

不知道江书黎站在那里多久了，看见了什么，几米开外的圆弧形镂空楼梯上，他的马球衫衣领半竖起，在下颚处打出淡淡的阴影。他右手拿着一本书，左手闲闲插在兜里，寒气扑打在他的脸上，似蒙上了一层白霜。他眯眸打量过来的眼神实在太过锐利，让谢雨萌立刻支起身体里的警戒线，刚刚自己背对着他同向蒲然絮叨说话的模样，一定像极了无处安放妥善表演的小丑。

终于，男生动了动，下楼了。

谢雨萌原本试图追上他的脚步，不为了解释什么，哪怕能听到一句来自于他的简短音节，也是好的。可是他走得那样快，甚至未曾走至她的身边，颀长身影不带任何温度，让她感受到了一丝深藏在夜色阴影里的决绝。

走远了，江书黎才掏出手机，修长指尖在宽大屏幕上划过，选中电话号码。

关于最近向蒲然的风言风语，他当然有耳闻，谣言对一个人的攻击力有多强，他虽未身处其中，大概也可想见。总觉得以向蒲然那样清高冷傲的性子，耽搁于这些魑魅魍魉的注脚里，有些晦气了。

而现在，他也大概懂得了，晦气的根源地所在。

谢雨萌吃过晚饭回到了辩论队，“我来了——”她一进门就感受到了不同寻常的气氛，所有打量她的目光都很奇特，像是厌恶里又带着一丝隐忍不发的幸灾乐祸。

有人开了口，声音冷冷的：“老师刚刚发来了通知，说你不适合继续待在校辩论队发展，已经解除你队长的职务了。从现在起，你不再是我们校辩论队的一员，我们的讨论你也没有必要再参加了。”

——什么？！

太意外了，谢雨萌抿了抿唇，“通知？”

同学见她不信，将笔记本电脑转了个方向，正对上她。

邮件的屏幕闪闪发亮，每一个字都烫到她眼眶发热。

谢雨萌半张开的嘴巴像支起的帐篷顷刻倒地，明明还想说些什么，却觉得喉咙干涩，一个音节都发不出来，就像是被人从高空推落，摔断了翅膀，连飞翔的机会都从根源上被剥夺。那些人宣读完决定后便也将她视作透明人不再理睬，重新捡起方才中断的话题。

有风瑟起，从窗外吹进来，她感觉自己像一尾被连根拔起的植物，等待枯亡。

永远不被重视，随时可以丢弃。

可是，她却连一声拒绝都说不出来。

2

对于杂志社而言从来就没有一个季节是淡季，她们永远是提前的。比如在冬天来临之前，她们除了要完成一整个秋天的工作，还要将冬天的工作提上日程，工作效率大打折扣的冬天以及暖洋洋晒太阳眯眼打个盹儿的冬天，那都是别人家的，在于琳这里的冬天，依旧是喝不完的咖啡、排不完的稿子、开不完的会，以及加不完的班。

尤其是今年的冬天里，又发生了一件“杀伤力五星级”的事件。

毋庸置疑，这样轰动事件的主角依然是纪和歌。

好不容易刚刚解决完日本桥的事情，现在又冒出来新的事故，并且非常“幸运”地再一次惊动了陈总。

“我告诉你于琳，这已经是写作事故了。如果纪和歌不能继续胜任此份工作，你要及时做出裁断，而我希望能看到你身为部门领导的决策力。”——刚刚从陈总的办公室汇报完出来，已经数不清这是这么多天里挨的第几顿骂了，奈何事故主角现在还在玩失踪，于琳的心情可谓极度糟糕，所以，不管现在来电话的是谁，毫无疑问都撞上了枪口。

“姐姐我没时间陪你玩，有话快说！给你一秒钟！好了，时间到！”

“姐。”

对方等她暴躁的情绪发泄完，才懒洋洋喊了一声。

于琳揉着额角，“我的小祖宗，你又来给我添什么乱啊。”刚说完，她的丹凤眼陡然一亮，宛如看到了救星，她的音调也跟着起伏，“我说江同学，要不要看在你姐姐我以前多方照顾你的份上，让你老爹出面帮我美言几句，保佑我顺利度过这次事业危机，不然你姐姐可能无法看见明年春天的太阳了！”

江书黎的笑声更大了一些：“我正巧在你楼下，买了你最喜欢吃的Dunkin’ Donuts，那么请问我能上来看一眼我亲爱的于琳姐姐吗？”

“当然可以！必须可以！请你立刻、马上、迅速地给我上来！”

江书黎挂了电话。

……

“你说什么？”

别人可能不知道江书黎的背景，但公司中层以上的领导们却是各个清楚得很，做文化出版传媒这一行的，都必须和国家的文化部门打好交道，而江书黎的父亲，恰恰在文化部占有着举足轻重的地位。

秘书唯唯诺诺地点头：“前台刚刚看见江书黎拿着吃的东西，直接去于琳办公室了。”

陈总重重地往椅背上一靠，疲惫地遮住前额，挥挥手，“知道了，你出去吧。”

另一边，江书黎擅自拉开于琳办公室的厚重窗帘，被晒进来的阳光照得眯了眯眸：“你的办公室里一派死气沉沉，应该多晒晒太阳杀杀菌。”

“你也来给姐姐说教了？”

江书黎回眸，于琳灰头土脸地靠在椅子上，面色憔悴，桌子上的信封和文件零星散落，可以想见她这几日的兵荒马乱。江书黎默默替她将堆得到处都是的文件归类齐整，理出一小块干净的地域，将甜点袋推到她跟前。见她无动于衷，似乎仍在神游，江书黎的嗓音淡淡的："挨骂了？"

于琳回神，毫不客气地接过他递来的甜甜圈，"你来了，估计我可以过几天稍微安稳的日子了。"

"那你更应该对我客气一些。"

"我还不够客气？姐姐我可是看在你江大少爷的面子上，才允许这些脂肪进入我的身体，你不知道我得为这一个甜甜圈，多做多少个小时的运动。"

她说归说，吃得却挺欢。江书黎十指交扣，坐在她对面。于琳的办公室另一侧是半透明玻璃，已经有员工听到风声凑在外面偷瞄这个传说里的风云人物了。于琳仔仔细细打量他几眼，一段时间不见，疏朗的眉目似乎成熟了不少，五官立体，眼神深邃，明明还很年轻，却已足够风度翩翩。

"所以，今天来找我，到底是为了什么？"

江书黎倒也坦白，双手架到了桌上，身子朝前探一探："于琳姐，你们杂志社发生这么大的事情，资深编辑稿件未刊登就先流出，其中还包括言语攻击力极强的初稿，这事已经在我们学校引起了轩然大波。"

于琳这才想起，他可不就是圣蒂亚大学的。

"难不成，你是代表你们学校来找我们要赔偿的？不过我敢保证，这事肯定不是纪和歌主动泄露的，她没那个胆子。" 于琳神色严肃，这几天不管谁来问，不管纪和歌有没有出现和回应，于琳都相信她做不出这种事情。

江书黎觉得她的想法很好笑，他摇摇头，"谁说我是来找你们要赔偿的？我是为她的稿件主角来的，那个女生叫向蒲然。”

“我知道。”于琳点点头，“听说过她，据说是政霖实业王董儿子王学凡的女朋友。”

江书黎面上的笑容立刻消失，半晌，他眯了眯眸，声线转为薄凉，似凭空生出了一丝压迫：“是吗？我倒不知道她还有个男朋友。原来，我还有这么个情敌。”

于琳刚开始没反应过来，“噢”了一声后继续咬下一大口甜甜圈，可是没多久，她回味过来他的话，仿佛受到了莫大的惊吓，甜甜圈卡在喉咙里，她被呛到，开始咳嗽，咳到脸颊通红。

“我的祖宗啊——”

见她不可置信欲哭无泪的目光扫过来，江书黎的笑容逐渐转深，“没错，就是你说的向蒲然。”

好不容易止息咳嗽，于琳朝他发问，“你是认真的？”

江书黎挑了挑眉，依旧是似笑非笑半真半假，却像含了几分淡淡的委屈：“我哪一点像是不认真了？”刚说完他又想起了什么，“还有，王学凡不是她的男朋友。”

“好好好，他不是。”于琳举起双手表示妥协，眼前这位从小可就是破坏力一级棒的祖宗，着实没有同他逞强的必要，只是她真的无法理解：“你为什么喜欢向蒲然？”如果纪和歌的稿件内容属实，这个女生的想法实在是有些让人匪夷所思了，“你爸爸会同意吗？”

她问他为什么喜欢向蒲然？可是，喜欢一个人需要理由吗？

况且，那份稿件的抹黑意味太重了，那并不是真实的向蒲然。

真正的向蒲然是什么样子的，即便只是曾经短暂地遇见，也足够让他坚信不疑此后所有人前人后的她，都势必穿上了厚厚的铠甲和伪装。有了距离才更显得曾经的那一瞬靠近是如此的弥足珍贵——就像只有在深夜苦等才能偶然邂逅的那一现昙花。

“不需要任何原因，我就是喜欢她。”

江书黎稍稍扬起了下巴，一字一字听上去似乎是漫不经心的，却又像带着举重若轻的分量。

于琳耸耸肩，像是在说“随便你吧”，但仍旧是有些不甘心，似乎还有几分惋惜，“如果纪和歌早点听我的话，交一篇跟裴燕生有关的稿子，就什么事情都没有了，她啊，总是不肯让我省心。”

“裴燕生？”

一提到裴燕生，于琳的叹气转瞬就消失了，“对，就是那个很有名的心理医生，又帅又多金！”

江书黎佯装正色道：“看样子我是白担心姐姐你了，你看上去光彩照人，一点都不像正在忍受办公室暴力的人。”

“别别别，我还是非常感谢江同学你今日的鼎力相助。”

江书黎看着她笑，神思在她刚刚提到裴燕生的时候有短暂的游离，于琳的目光这才又放在了眼前出色的男孩子身上，不由地又感到可惜：“虽然数学是很好的专业啦，可是你当时为什么不去报心理学专业呢？这样即便以后我接近不了裴燕生，好歹我还能勾搭上你啊——”

江书黎面上的笑意忽然更加意味深长了，他朝后靠了靠，右手稍抬碰了碰鼻尖，移开目光，于琳竟然看见他的神色里出现了一抹罕见的害羞，连忙解释道：“哎江书黎你别误会，你姐姐我对你没有半分想法，而且要是让你爸知道我和你——”剩下的半句还没机会说出口，就被江书黎清清淡淡的嗓音打断了：“心理学专业，家里有一个就够了。”

“你家里有？”

刚问完就领悟了他的意有所指，于琳扔过来一句“受不了你”。江书黎不以为意，这才提出今天的正题，“姐，我知道你很保护你手下的纪和歌，可是我只是想和她聊一聊，保证不会对她造成任何人身伤害。所以，能不能麻烦你帮我约一下她？”

非常诚恳的语气，配上标准的求人动作，一切都完美到挑不出错误，可是为什么就让于琳忍不住打了个寒战呢？

这一切都很正常，但是这一切发生在江书黎的身上，就绝对不正常。

眼前的男生笑得像只漂亮的狐狸，一直笑到于琳头皮发麻。她在心里默默替纪和歌捏了把汗，就冲着江书黎对向蒲然的重视程度，纪和歌的下场恐怕用一个“惨”字也不够形容了。

3

自从知道自己可能有一个潜在情敌之后，向蒲然的日常生活便像一幅画卷，日渐被摊开在江书黎的面前。

她今天去了哪里、做了些什么事、参加了几场讨论、有没有受到来自于谁的针对——这些事情，江书黎都若有似无地关注着。

“老大你好像有点……”

接下来的话，侯寅不敢说。

江书黎看他一眼，仍旧只是笑。

偏偏就是这种高深莫测不知道打着什么算盘的暧昧笑容，让侯寅踮起来的脚尖一直在犹豫，不知道究竟是该落到“向蒲然友方”还是“向蒲然敌方”的格子里。

其实如果真让他自己选，那势必会选“向蒲然敌方”那一栏。

“就因为上次的事？”

“才不是！”

“那是为什么？”

侯寅张了张口，却说不出更好的原因。心思被江书黎一语拆穿，他忍不住小声嘟囔道：“以前被老大你一个人欺负也就算了，要是再来一个向蒲然，欺负我的人就成了双，我难道不是自己找虐？”饶是侯寅不想面对，也不得不承认，放眼整个圣蒂亚大学，除了江书黎外，能让学生会这群人顷刻偃旗息鼓毫无气势可言的人，大概也只有向蒲然了。

对这种解释，江书黎似乎更开心了。

他站起身，穿外套。

“老大你要去哪？”

默了默，他说：“琴房。”

“去那儿干吗呀？不是说要去击剑社的吗！”

“高兴。”

说完他就挥挥手，走了。

江书黎知道向蒲然有固定时间练琴的习惯，音乐学院的老师很欣赏她的天赋以及勤奋，所以会在向蒲然要来的时候替她留下独间琴房，一般不让任何人打扰她。只是今天，出现意外了。

“你怎么来了？”

“嘘。”

男生比了个手势，又指了指紧闭的房门。

老师笑了：“好好的怎么也突发奇想要来练琴了？”

她是学生会各类音乐活动的专业辅导老师，同江书黎私交颇深。江书黎双手都插在兜里，仰头耸了耸肩，默了会儿才说：“我这可不是突发奇想，应该叫作深思熟虑。”

老师明显不相信他所谓的“深思熟虑”，拿着手里的乐谱敲了下他的背，却没有多加阻拦：“我先走了，别打扰到人家姑娘。”

“好的，老师慢走。”

面上挂着笑，江书黎摆了个帅气的半鞠躬姿势。

琴房的空调开得很足，屋内最角落的黑色钢琴像是暗夜的精灵，向蒲然长发及腰，背对着门。她身穿姜黄色毛衣配黑色及踝长裙，安静地坐在琴侧。

江书黎靠着墙，他刚进来的时候向蒲然便知道了，可是女生眼皮不抬，琴音里都夹杂了不欢迎他的情绪。

江书黎也不恼，“贝多芬的《悲怆》第三章？”

他的声音伴着钢琴起音，跟着音符起伏跳跃，清越动听，女生却恍若未闻。她的十指纤细光洁，宛如芭蕾舞者以黑白键为幕布，又宛如蜻蜓点水随微风轻轻拂过一池碧水。她的指法十分了得，第一波横跨音阶的滑奏止息恰好是 30 秒。

恰在此刻，空气里陡然加入了另一种乐器的声音——比钢琴声更脆、更快，也更亮。

向蒲然的脸色忽然有些迟滞，她微微侧目，余光扫过来，江书黎在她身后靠墙演奏起了小提琴。

她不肯同他说话，他也不勉强她，但以他的性格，又势必要逼着她来搭理自己，所以几乎是信手拈来，他拉起了同样的曲子。

钢琴声沉静如她，小提琴音却似急促有序的鼓点，她若流水静谧他则似欢宴盛大，江书黎拉到欢快处还会辅以弓杆敲击琴弦。他走路、停顿、旋转的节奏都似与跳跃的节奏合二为一——《悲怆》这样严肃厚重的曲调却被他换了一种更为别致轻越的演奏方式，就连屋外的冬日暖阳都似穿透乌云，为他而来。

不得不承认，在乐曲的造诣上，自己似乎是被他压制了。尤其现在，他俊逸的侧颜、浓墨重彩的眉峰、似笑非笑的唇角，以及他身体若有似无的起伏……所有的一切都交织在这个空间里，一并朝她沉沉迫来。所以如何真的能做到心无旁骛？这个男生原本就是这样优秀的存在，从他进来的那一刻起，她的心绪便有了起伏，可是不想要随便认输，不想要后退，虽然有些困难，向蒲然心底也浮起了一股“一定要战胜他”的念头。

斗琴。

火花四溅。

她进他也进，她攻他便防，她用了狠力他更是回以更大的力量来反击，拼的就是心力和临场驾驭力。

指尖和脚尖的力气越来越大，如江书黎所料，她的钢琴音开始显露疲态，节奏也慢慢失了稳，第十六小节的尾音几近分岔，他听出了她指尖的犹豫和力不从心。然而他一个急转，小提琴的琴弦再度被施了力，提琴音渐入佳境，上下之风已经非常明显。

只是，女生仍旧在坚持。

两分钟后，只听见曲音愈发转急，江书黎再度猛一拉杆——然而，钢琴音陡停。

向蒲然干脆决绝地抽离出来，空气都仿佛受了惊，音符消失得太疾速，就好像原本饱满的色彩忽然变得干涸，又宛如相互搀扶的舞者忽然撤走一方，另一方只能跌落地面。向蒲然大口喘着气，脸颊已经绯红，她看一眼依旧颤抖着的钢琴琴键，似乎有些惋惜，但很快又收拢情绪合上了琴盖，她起身取下外套和围巾后，径自走向大门。

可是——

砰！

门被男生用力合上。

“你要干什么？”惊诧的话音未落，女生眼前的大片光线已被男生高大的身躯悉数挡住。一切发生得太快，回过神时，她背部已经紧紧靠着墙，如此帅气的他几乎与自己鼻尖相抵，距离近到令女生大惊失色，向蒲然下意识就伸手推他。

江书黎一手握着小提琴自然下垂，另一只手撑在她的头侧，他唇角稍提，目光锁定她的眼睛。

“为什么出了事情就想要躲？”

向蒲然觉得又莫名又好笑，明明和他只算陌路相逢，可他却将每一次的不按常理出牌都视作理所应当，她反问他：“你呢？了解我吗？又是以什么样的立场来同我说这些？”

江书黎挑眉，“我不可以关心同学？”

“那学生会主席恐怕需要关心的人太多了。”

他点点头，像是思考了一下，然后说道：“目前只想要关心你一个。”

向蒲然双眸睁大，“什么？”她以为出现了幻听，可是对上男生淡而深邃的眼神，不像是玩笑。

维持着这样的动作，距离太近，更惊觉她出类拔萃的美丽，还可以闻到她身上极淡的清甜香气，像是好闻的青柠。男生的声音不由变得温柔，以及添了一丝丝的无奈：“所以，王学凡是你的前男友？”

“啊哈？！”

原本一直受他压制已经让她不爽，现在又听到那个讨厌的男生在背后这样说自己，脸色立刻变得相当难看。可是，江书黎却笑得更灿烂了一些：“我就知道你的眼光没有这么差，不过这样看来，这个学校里面关于你的流言蜚语好像真的太多了。”

“这与你又有什么关系，让开。”

她不欲多谈，江书黎低头看见她重新恢复了沉静和严肃，像一丝不苟寻不到错处且高高在上的女王，江书黎觉得乏味，不由想起刚刚方寸大乱的那个她，他叹一口气：“原来你这么容易就认输。”

“我和你之间从前不会有、以后更不会有任何形式的比赛，所以我不会向你认输。而且我也已经解释过那么多遍了，我不笨你也很聪明，你应该知道我要帮她们，并不是为了引起你的注意。”

他点头，似乎想起来什么，他的声音含笑，却没有恶意：“我的确知道，而且我知道的比你想象的还要多。”

一句话又令向蒲然松了的口气瞬间郁堵于胸，呼吸也有些失控，来不及细思他的话中有话，再多待一秒钟下去也许真的会有不可逆转的事情在他与她之间上演，身体里所有的细胞都在不约而同叫嚣着“快离开这里。”这样想着，动作便用了力，向蒲然用尽全力推开他，转身就跑，长发甩在他的脸上，他用手去抓，最后依旧从指间流泻。

“向蒲然。”他眼眸凝起，忽然喊道，“我要开始追你了。”

女生的脚步陡停，不可思议地回头看他。

江书黎目光定定，他的神色有罕见的温柔，以及一闪而逝的认真。

女生很冷淡：“这个玩笑一点都不好笑。”

“这并不是玩笑。”

“原因？”

这个问题江书黎却不急着回答，他的笑容里带上了莫测的深意：“等你答应我的那一天，你就知道了。”

空气安静了。

他和她相互对视着。

默了会儿，女生打破了平衡——“无聊。”

说完这句话，她就拉开门，离开了。

江书黎走到窗前，低头看去，向蒲然的一袭红色大衣越来越远，最后在沉默的夜里跳跃成了一抹遥远的火光。

——她总是这样，遇见再多的事情也不肯还击，喜欢自己撑着，喜欢折磨自己，宁愿寻求其他的情绪宣泄方式，也不去管这样的方式会在遥远的未来为自己带来什么样的负面后果。

可是这世界的恶意太多，退一步也不一定会换得别人的优待。她不好意思主动回击的那些恶意，没有关系，都让他来。

他不仅要还击，还要一针见血地还击，要漂漂亮亮地还击。

他要让那些所有欺负过她的人，全部都退无可退。

4

“叮咚——”

门铃一直在响。

屋子里是沉默蔓延的黑暗，听不见人声。

纪和歌不记得自己睡了多久，好像只是一闭眼的时辰，白天便骤然逝去。

她不敢出门，不敢下楼买东西，不敢接电话，也不敢看信息。明明这里没有多少人认识自己，依旧会觉得众人看过来的目光是一种压迫，逼仄且困乏。

手机关着，灯也关着。眼睛适应了黑暗，才可以看见玄关外，有光线在一闪一闪。

哦，是有人在敲门。

“请坐。”

裴燕生今日泡的是冬茶，向蒲然吸了吸鼻子，感慨道：“裴医生这一批的茶叶质量很好。”

他笑了笑，面色像白日里和煦的暖阳。

向蒲然的味蕾偏于清淡，不喜甜，可以忍受清苦，她喝红茶时不愿意加奶，顶多用柠檬冲掉一些涩意。这是裴燕生特地随她的喜好挑选的茶叶，看样子的确引起了她的兴趣。

“这批冬茶来自台湾，性甘且温，等沸水一过，收着的清香会全部散开。”他走过来，这才开始打量她。女生今日将头发高高盘起，露出光洁额头，她的肌肤被冬风吹得泛红。灰、白、红三色拼接的羊绒大衣搭配白色绒线围巾，黑色马丁短靴衬出一双腿笔直而纤细。

“让裴医生破费了。”女生道谢。她不是他的病人，临时造访还被他以上等冬茶招待，对于这份平易近人的赏识，向蒲然其实早在心底将他视为了老师。

“听说最近有困扰？”

“还好。”

裴燕生了然地看她一眼，“那为何这么晚了突然来找我？”

女生开门见山："我想见纪和歌。"

裴燕生笑了："为什么见她要通过我？"

"她是你的病人。"

裴燕生定定地看着她，女生同样回视着他。停了半分钟，裴燕生才回复她的话里有话："我想你误会了，纪和歌的病没有这么严重。"

"是吗？"向蒲然也笑了，可是笑意不及眼底，"她骗了我。"

"纪和歌不会骗你。"

"盲目地信任病人不该是一名优秀医生做出来的事情。"

"并不。"裴燕生拒绝得干脆利落，"我们的每一次治疗首先基于的就是相互信任，在这个过程中，病人对于医生的信任一般都不会很深，所以付出更多信任的一方大部分是医生。身为一名医生，你要比任何人都更相信你的病人能变好，要相信她只是有情感需求需要被满足。"顿了顿，他继续说道："更何况这次事情，受伤害的并不只有你。只是，你比她要坚强一些。"

"如果你指的是杂志社给予的困扰，我觉得那不算伤害，而是一个成年人应该为自己的决定做出的承担。"

裴燕生的指尖轻轻点了点桌子，"有心之器，其无文欤。纪和歌是我的病人，但她首先更是一位文字从业者，我不清楚你有没有了解过她的过去，或是看过她的文章。我只能说，她对文章的追求绝对不亚于你对学业的追求。"

向蒲然并不懂他此话从何说起。

裴燕生起身朝书架走，片刻后他回来带给她一份装订成册的纪和歌的文章节选。

向蒲然开始翻动书页，裴燕生的声音从她上方飘了过来："换言之，文字是纪和歌顶礼膜拜的方向，她绝对不可能拿它们来作为为恶的工具。所以发生了这样的事情，她与你一样，也是真实的受害者之一。"

门外似乎是安静了。

纪和歌垂着眼睛，眼睛下方映着睫毛的影子，她有些恍惚。在她身侧，桌子腿和椅子腿都穿着米色系的袜套，像是也害怕冬日的寒冷。

纪和歌移一移酸麻的腿，终于起身走到门前。她将眼睛搁在猫眼处，看见外面站在薄薄灯光里的男孩子高高瘦瘦，穿着深蓝色的卫衣和棕色运动裤，配棕色运动鞋，他的五官很帅气，带给人月朗风清的感受。

“你是谁？”

面对突然开门的纪和歌，江书黎有些讶异。

与照片里相距不大的五官，可是神色憔悴不已，嗓音也偏干涩，她身后的屋子没有打开一盏灯，整个人顶着乱糟糟的头发，她穿着淡粉色的宽松及膝毛衣，像是从黑暗里爬上来的求生者。

“你好，我叫江书黎，来自于圣蒂亚大学。”男生伸出手。

纪和歌却退回一步，打算关上门。

江书黎伸手抵住了门，“不用害怕，我是替于琳而来，她很关心你，也相信你。所以纪和歌小姐，看在于琳这几天没少因为你挨骂的份上，你至少得让她安心才是。”

“你认识于琳？”

江书黎点点头。

打量他半晌，纪和歌终于打开灯，侧身让他进来。

屋子里空气冰凉，江书黎很难相信她在这里待了一整天。

“说吧，找我有什么事。”

纪和歌忽然回眸，目光笔直地朝他投射而来。

“白纸症？”

向蒲然见到裴燕生递过来的白纸，上面空空荡荡写着这三个字，她皱了眉，“这是什么病症？”

“也是情绪疾病的一种。据说以前有位名作家在写出一本大热的书之后，面对万人空巷的追捧和陡然变化的外界形势，他忽然陷入了一段空白期，就好像是丧失了写稿的能力，不管是对着电脑还是对着稿纸，都是一筹莫展，连一个满意的字都写不出来。白纸症对于写作者而言毫无疑问是致命的，只有依靠极其强大的念力才可能被成功治愈走出来。”

“所以你的意思是，这次的事情伤害到了她对于文字的热爱。”

裴燕生为向蒲然的领悟力感到满意：“最热爱的事物，往往具有最强大的杀伤力。”

向蒲然的面色忽然有些沉郁，眉目间有一闪而过的遗憾，好像原本想要寻得的出路忽然被堵上了，胸口闷闷的，却不知道该怎样来发泄。

“你是说，我也是受害者？”

“当然。”

江书黎给纪和歌递过来一杯水，杯壁有滚烫的热度。

进来不过短短几分钟，他觉得自己比起她，更像是个主人。

纪和歌双手接过，冰凉的温度终于开始接受了暖热。

“我并不明白你的意思，据我所知，圣蒂亚大学里面应该不会有人对我做这些事……”她低眉陷入了思索。

“那你身边的人呢？”

“我身边似乎也没有什么异常。”

是冬天的缘故吧，所以思考跟不上正常的频率，如果是在以前，她一定可以迅速串起所有事情之间的关联，她最擅长从细微之处寻找关联了，于琳总夸她有一双可以看见藏在表象下方本质的眼睛，独到又一针见血。可是该死的，为什么到需要这种能力的时候，它就忽然极速退化了？

“你说我的电脑被人动过，可是这不太可能，即便是我在圣蒂亚图书室的那段日子里发生的意外，可哪怕当时我离开了一段时间，再重新启动我自动休眠的电脑都是需要密码的。”

江书黎挑眉，笑了笑：“你太低估圣蒂亚学生们的破坏力了。”

“好吧，假使你说的这种情况解释得通，可是会是谁呢？我已经工作了这么久，怎么可能还和一个学生有扯不清的关系。”

她的神色已经有些焦虑，江书黎恢复了正色，“放轻松，想不起来就不要想了。”

“没关系。”她喝一口水，试图滋润已经干涸的双唇。一定是因为房间里太闷了，才会让她心绪忽上忽下。真的很讨厌，为什么即便更换了房子，还是无法从中找到一丝一毫的安全感——等等，她刚刚在想什么？房子？纪和歌的眼睛亮了亮，原来是房子！

“我想起来了——”

纪和歌重新看向江书黎的眼神里，带上了一丝无法置信的震惊情绪。

车轮止息，向蒲然慢慢摇下了车窗，打量着眼前高档的酒店。

“她为什么住在这里？”

裴燕生摇摇头，有些无奈，自从得知“白纸症”的情况后，一整个晚上向蒲然关于纪和歌的问题都有些多。

“医生有权利保护自己病人的隐私。”

向蒲然扁扁嘴：“我又不会抢你的病人。”

两人一前一后朝电梯走。

“她可能不会愿意见你。”

裴燕生伸手，按下楼层按钮，电梯门缓缓合上，女生也终于发声，淡淡的，没有什么情绪：“我知道。”

电梯停。

门开。

眼前的光线有些被遮挡，裴燕生率先迈出的步伐稍停，向蒲然这才慢悠悠抬起视线——悬浮的记忆忽然就从那日的琴房碰撞穿越而来，又在此时和他再一次不避不退地对上。

“是你？”

“你？”

几乎同时的两道声音，一边是站在裴燕生身后的向蒲然，另一边是由纪和歌送出门来的江书黎，裴燕生看一眼女生，又看一眼男生，似乎有些了然。他朝纪和歌走去，站在了她的身侧：“怎么这样憔悴？”

和歌虚靠了靠墙，揉了揉额角：“裴燕生，我饿了。”

四个人，四道视线，在彼此身上和空气中来回交错，短短几瞬，便像是在空空的过道里滋生出万千道电流。

默了半晌，格局才被重新打破。

江书黎走到仍在犹豫的向蒲然身侧，他比她高了大半个头，低下来的时候便挡住了她大半的视线，他的嗓音很温和，却好像没有给向蒲然拒绝的余地：“纪小姐累了，她现在可能更需要裴医生，你和我走吧，如果你想知道什么，就来问我好了。”

向蒲然觉得脑袋晕晕的，还来不及反驳就听见他擅自做主回头朝纪和歌与裴燕生打招呼了：“我们走了。”

再然后，江书黎就拉着还没反应过来的她再度进入了电梯。

视线里最后的一抹关于裴燕生和纪和歌的身影被迅速收敛，电梯疾速下沉，依旧弄不清楚这一切是怎么发生的，反应过来的时候，已经站在了冬夜的冷风之中。

路灯昏黄，身侧是陌生的街道，以及不近不远的同行者。向蒲然抬眸看他一眼，男生的侧脸很好看，唇角还挂着极淡的笑意。明明与他不熟却一再被迫产生交联，可是，现在的她竟然生出一丝久违的异样感，不是反感，就像在熟悉的城市里找寻新的拼图，上演一场虚实交错的崭新逃亡。

她叫住她：“我还没有问你，难道你之前认识纪和歌？”

“我认识她的领导。”

“那你为什么会出现在这里？”

“因为我关心你。”

向蒲然脚步停，他又来了。

可是不知道为什么，每一次听见他若有似无说着这些话的时候，她的心跳都会怦怦加速。江书黎也停下步子，他和她正好走到了高架步道的楼梯前，他已经率先迈上了几级台阶，正半侧了身看她，她看见星光打在他宽阔的肩际和他的眉目发梢之间，仿佛连他的笑容都镀上了一层温和的光亮。

女生吸了吸鼻子，“江书黎，你正经一点。”

男生耸耸肩，很无奈，“你是第一个说我不正经的女生。”

“无聊。”向蒲然紧了紧包带，“我要回学校了。”

“好。”

男生一动不动，只是站在原地看她笑。他漂亮的眸子清凉如水，倒映出蒙蒙夜色，向蒲然感到自己的心跳忽然变得杂乱无章，不想承认这些慌乱来自于他，也不想承认自己不认识路，她尴尬地掩饰掉自己的异常：“到底要往哪边走啦？”

江书黎的笑容更甚了一些，他朝她招招手，“你上来。”

向蒲然不动。

江书黎有些无奈叹气：“你不相信我？”

她也不答。

“好吧，那我自己走了。”说完他当真就转身继续朝上爬楼梯，边爬边状若无意地说：“回学校的公交车在马路对面，必须要走高架步道。这么晚了也不知道末班车结束运营了没有，得赶紧过去看看才行。”

话还没说完，他就听见身后传来女生快速的奔跑声。

不一会儿，向蒲然走到了他身侧，面上还竭力装着云淡风轻的样子，可在看到江书黎步伐越来越慢的时候，终于忍不住问他：“喂，你不是说末班车要没有了？快一点啦！”

江书黎抬手碰了碰鼻尖，遮住脸上藏也藏不住的深深笑意。

可谁知，这一走就走了四十分钟，他一路拖着她，总以“快到了快到了”、“再过一条马路”诸如此类的间隔性话语，其他时候都在试图询问她的个人事情，根本无法知晓他的兴致从何而来，向蒲然走得气喘吁吁，到后面已经接近筋疲力尽。

“到底还要多久啊——”

“哦，快了。”

“喂！江书黎！”

“真的快到了，不信你看。”

女生顺着他指的方向望过去，终于看见了期待许久的公交站台，那一瞬，向蒲然真的险些喜极而泣，她再侧目瞪了他一眼，仿佛接了她生气的眼神暗示，江书黎站远了一些，满眼无辜：“是真的要走这么远，我又没有骗你。不过向同学你是不是需要锻炼了，如果你乐意，我可以每周陪你慢跑……”话还没说完就被向蒲然扔过来的单肩包砸中了背：“做梦吧你！”

“向蒲然你干吗！”

“打死你啊！”

女生拿着包敲他，她真的觉得每一次碰到他，都有一种力不从心的感觉，对所有事情都失去掌控的感觉实在是太让人不爽了，必须朝他发泄。男生虽然比她高，却不还手，他偶尔抬起头会对上她的目光，那里面仿佛可以看见不断跳跃的星星，她整个人也似乎因为生气而恢复了一丝真实，不再是被紧紧藏在伪装之下的那个她。

公交车缓慢进站，鸣笛声由轻到响。

“别闹了别闹了，车来了。”

男生嗓音淡淡，终于恢复了主导权，他一把握住她的纤细手腕，将她拉到自己身侧。距离忽然有些近，她的发髻碰到他的下巴，向蒲然立刻瞪大了眼，心跳一瞬加速，她无意识就安静了下来。而公交站台上的行人全都笑眯眯对着他们看，仿佛在看一对相爱的情侣嬉闹。

对女朋友无限包容的男生和漂亮大方有些小脾气的女生，是这个寻常黑夜里难得的一抹不寻常，所有正上演的一切是如此让人移不开眼，就像是让每个人都无比怀念的、完美温暖到刚刚好的——那段青春。

5

后来仔细想一想，那天晚上因为江书黎，自己白白吹了一个多小时的冷风，导致现在重感冒严重，而那个“罪魁祸首”的离开与出现全都轻飘飘不带走一片云彩，徒留向蒲然每天顶着又疼又胀的脑袋复习功课，包里也随时备着连抽纸巾和氨麻美敏片。

“听说最近流感又卷土重来了。”

“是啊，我们可得当心一些，毕竟马上就要期末考试了。”

最近的图书馆一直都是人满为患，连去走廊上的热水间里倒热水，也会排起三三两两的队伍。

向蒲然已经在空气不流通的图书馆待了一整天了，勉强复习完教育统计学和心理测量两门功课，接下来再刷掉一些题目就打算回寝室休息。这几天她平均都睡九个小时左右，依旧觉得困乏无比，不清楚原因，便统统归咎于感冒和他。一想到那个他，向蒲然又觉得有轻微的晕眩，头疼引发鼻塞，她忍不住打了个喷嚏。

恰是这一声喷嚏引得排在前方一直在聊天的两个女孩子回头看了她一眼，她们很快就认出了她，似乎还想要来搭讪。

向蒲然摆了摆手，神色恹恹却好意提醒道：“不好意思，我感冒了。”说完从口袋里掏出纸巾。那两个女生见状宛如受到了巨大的惊吓，立刻就朝前挪了两步，背过身去。

可能是感冒的原因，她明显感觉到排着的队伍速度快了很多，好像有人在小声传递着“后面有人感冒了，前面能快一点吗？”——竟然真的能收到好的效果。当向蒲然前面的两个女孩子进到热水室时，她自觉等在外面，等她们出来，向蒲然又退后了两步，可她们依旧低着头快步跑开了，其中有一个离她近一些的女生甚至捂住了鼻子。

对这一切的发生，向蒲然不免觉得无奈，面上却仍是淡到看不出起伏的表情。

“向蒲然？”

听见有人叫自己，女生的鼻音有些重，“嗯”了一声，抬眸。

有一段时间没见到王学凡了，男生穿着厚厚的军绿色滑雪衫，是今年冬天最流行的那种款式，他脸上的痘痘冒得有些厉害，恐怕自己的气色也是半斤八两，向蒲然没有力气同他过多周旋，“你有事吗？”

“我刚刚看到你，就想着来跟你打声招呼。”

刚刚？

那应该目睹了她被那两个女生“嫌弃”的全部过程吧，却没有上前来制止，也没有发出任何支持的言语。向蒲然在等他继续，王学凡挠挠头：“我最近听说了一些关于你的消息，我是想说，请你不要在意，那些都是对事实的故意歪曲，我相信你一直都很优秀。”

女生微微挑眉，重新打量起他。

王学凡今日与平时似乎不太一样，见到她没有像往常那样热络——都在背后说自己是他的女朋友了还能在人前装作没事样？向蒲然故意反问他：“那你呢，有没有帮我解释和澄清？毕竟，你认识‘真实’的我啊。”

音调若有若无地落在“真实”两个字上，向蒲然面上的笑意却有些冷淡凌厉，让王学凡忽然支吾：“我……当然有的。”

并不想点穿他，向蒲然扯了扯嘴角：“那就谢谢你了。”

要离开的步伐与男生站着的地方同属一个方向，见她走来，王学凡下意识地就后退了一步，将接近的距离再度拉大到一步以上。向蒲然愣了下，很快就懂了。她觉得有些好笑，王学凡也觉得尴尬，立刻解释道："我……不是，我只是……"被向蒲然懒懒打断："你快去排队吧。"

男生原本有很多的话想同她讲，但在看到女生没有血色的病容时又有些犹豫，他张了张口，最后也只是涨红着脸说了一句："你感冒了要多注意休息，身体要紧，千万不要太累了。"

向蒲然点点头，"我有记得多喝热水。"她举了举手中自己刚刚倒的水，堵住了男孩子其他想说的"表面关怀"。

"再见。"

王学凡失神怔忡在原地，忽然觉悟到这也许是自己人生里与这个名叫向蒲然的女生最后的一次有声交集了，虽比上一次不欢而散的争执要好，最终却还是止步不前。

他看着向蒲然不可能再回头的身影，就像一个逐渐飘远的风筝，也许这风筝会有垂坠的线，但却永远不会落入他的手中。

在这一刻，他才终于领悟到裴医生所言的"相配性"。

无关金钱，也无关地位，但确实是从一开始，他就没有参与进她的青春里，那些历史里的她，让他惧怕，也觉得遥远，便也注定了他与她，终究要各自度过不同层次的人生。

6

因为觉得继续待在公众场合只会引起更多人的隐忧和反感，向蒲然干脆收拾好东西，准备回寝室。

单肩包里装满了资料和书，很重，还剩下一部分装不下只得捧在手里，所以手机响起的时候没有办法接，头痛让她连最喜欢的手机铃声也讨厌起来，可打电话的那个人仿佛不知疲倦，一定要等到她接通。

向蒲然不得不腾开资料，单手在包里上下翻找手机，好不容易握到了手机准备拿出来，电话声却陡然停下——故意耍她吧？

左手里的资料和书在摇摇欲坠前幸好被人接走，向蒲然抬头，“怎么又是你？”

对于江书黎总会突然出现这件事，她已经免疫了。

男生听见她声音时皱了眉：“感冒了？”

“还不是拜你所赐。”

他笑着点点头，“对对对，所有不好的结果都是我造成的。”边说话边伸出手，修长指尖勾住她右肩的包带，拿走了包。

“这么重。”他掀起眼皮看她一眼，“生病了还给自己安排这么重的复习任务，不要命了？”

“感冒而已。”刚刚逞强完就忍不住打了个大大的喷嚏，向蒲然的声音里都带上了浓浓的鼻音，“包里的纸巾给我啦。”

江书黎递给她，同时还摸到了她露在外面的手机，他也顺带掏了出来递到她跟前示意她输入密码。

“你干吗？”

她按下指纹，江书黎抽回手机，然后快速点开未接来电，双击他刚刚打来的电话，在联系人那一栏里输入名字，保存。

“好了。”不过他像是不太满意，想了会儿又说，“好像还缺个头像。”男生于是打开前置摄像头，速度之快让向蒲然完全来不及拒绝，反应过来时已经被他的长臂一把勾住脖子拉到了他身侧。

“喂！江书黎你干吗，你放开我！”

可是男生浑然不顾向蒲然沙哑着喉咙的反抗，她冰凉的侧脸被迫撞上来，像是冰块撞上了温热胸膛，距离不远，也不至于过近让女生不舒服，男生连搭在女生肩膀上的左手也维持着“绅士”的距离，而后配上果断的“咔嚓”一声——

“拍好了。”

他的语气很高兴，似是很满意这张保存为来电头像的照片。江书黎拿出自己的手机，拨通了她的电话，做这一系列事情的时候，他始终没有松开她。

向蒲然觉得眩晕感更甚了些，不是第一次与他这么靠近了，明明是容易让路人误会的姿势，却浑身软绵绵的没有抵抗的力气。她听见自己的手机铃音再度响起，眼睛逡巡好久才重新聚焦，这一看几乎吓哭了：“好丑啊！”

男生拍下来的那张合照里她半眯着眼睛，头被他拉过去，身子却隔得很远，男生的唇角稍稍提起，面容帅气，可是她的表情无比纠结，头发也是乱糟糟的。所以——“快删掉啊江书黎！”

江书黎朝远处跑开，站在几步之外高举着她的手机朝她晃一晃，脸颊上挂着藏也藏不住的雀跃笑意，身影逆光，眉眼温柔。

向蒲然看见自己手机屏幕上一闪一闪的两人合照，哭笑不得。

周围已经有人开始对江书黎和她的行为指指点点，于是两人并肩的时候，向蒲然忍不住一直重复这句话：“离我远一点啦。”偏偏还要加上冠冕堂皇的理由，“我真的感冒了，你看别人都自动退避三舍的。”

“没关系，大不了一起感冒就是了。”

他抱着她的书，对她说：“明天开始不要去图书馆自修了，我的辩论队那边有教室，很空，临近学期末了不会再有讨论，你可以不用担心感冒影响到别人。”

向蒲然觉得这是个好办法，同意了。

“谢谢你啊。”

江书黎怪异地看她一眼：“第一次见你这么客气。”他又想起什么，问道，“我刚刚好像看到王学凡找你。”

向蒲然点点头，她想起刚刚王学凡那副满怀深意的目光窥探，觉得好笑。从前他对她是孤注一掷的热烈，现在不过是听了一些飞短流长，就好像被扔进过滤器里经历了洗涤、刷新的工序，只剩下惧怕和疏离。

“这样也挺好的，发现我其实和他想象里完全不一样，幻想破灭也就不会再来找我了，毕竟我可是有那样一段黑历史呢。”

江书黎听着她的自黑，也接口道：“我也觉得这是这次谣言最大的功效了。”

向蒲然瞪他一眼，男生仍然只是淡淡地笑着，快到她寝室楼下，江书黎将东西全都还回来，见她病恹恹的困乏样子，他忍不住要逗她，大胆地揉了一圈她被风吹乱的头发，将它们揉得更乱了一些，然后在女生面色古怪的震惊中，丢下一句“明天见”后就挥挥手走了。

向蒲然愣在原地，发丝将视线割裂成一条一条的竖状，怀里的书仿佛还残留他指尖的温度和他的干净气息，她的心里竟然浮起一丝暖洋洋的温度。

暖？

她赶紧甩了甩头，回身刷卡，上楼。

——如果对江书黎这样隔三差五地来寻自己开心还觉得温暖甚至期待，那只能说明自己确实是病得不轻了。

感冒的缘故，向蒲然吃了药早早就睡了，当夜就下起了雷雨，糟糕的天气一直持续到第二天。

辩论队的讨论自修室。

向蒲然正在思考解题思路，钢笔抵着下巴。自从他得知她的钢笔摔坏后，就强迫她用上了他送的笔。现在用习惯了，她很喜欢它出水的顺畅，以及转动起来的感觉，仿佛在眼前搅动出红白相间的光芒。所以说，对于江书黎一旦下定了决心的事情，他就总有方法达到目的。

眼前的书桌上摊满了她的一应复习资料，还有他的《拓扑学》书籍及演算稿纸，不得不承认，他的字真的很好看，向蒲然印象里，遇见的异性里面能让她觉得字写得好看的，只有两个人，一个是裴燕生，还有一个就是江书黎了。

裴燕生的字是沉静的，有一种年龄感敛于其中；江书黎的要更潇洒飘逸一些，但是笔锋刚遒有力。

向蒲然忍不住抬起头，正在书架边找书的江书黎正好抽下一本书，透过缝隙，也朝她望过来。

他好看的面容藏在书架的格子之间，被头顶上的灯光打出一条一条的阴影，他的眼角眉梢都是温柔的代名词，四目相对，像忽然被撞见隐秘心思的小女生，向蒲然立刻尴尬移开眼睛，她“唰唰”翻动着眼前的书页，长睫簌簌，江书黎看一眼，目光才移回到面前的书上，想着想着，他就轻轻笑出了声。

向蒲然一连翻动了好几页，可是那些字她一个都没有看进去。

铅字不断堆积，却全堆出了他的影子。

现在才开始后悔，答应与他一起自修这件事，好像是个非常错误的决定。

江书黎的手机响，在桌子上震动，向蒲然听见他拉动椅子坐下来的声音，属于他的气息再度回到了她的身边，明明没有看他，却能感觉他的目光始终萦绕在自己身上。向蒲然举起左手挡住视线，江书黎接通了电话，“有事？”

侯寅在那边压低了声音，“老大，你在哪里？我这里有急事！”

侯寅看一眼拐角处靠着墙的许箫，无法消化刚刚得知的消息，第一时间就躲开偷偷给江书黎打电话报告。

江书黎始终沉默地听着，不时发出“嗯”的回应，目光聚焦于对面向蒲然无动于衷佯装专注的漂亮侧脸。电话持续的时间有点久，向蒲然一直克制着好奇。似乎是讲完了，江书黎才淡淡道：“你说的事情，我已经知道了。”

对方似乎惊讶大叫出声，江书黎拉开椅子站远了一些，向蒲然停下写字的动作，抬头打量男生的背影。

“你在那里等我，我马上过来。”然后挂了电话。

他要出去？向蒲然侧目看了一眼外面的狂风骤雨。

江书黎这次坐回到她身侧，向蒲然忍不住僵直了背，男生笑了笑，应该是在向她解释，“侯寅的电话，我有些事情要去处理一下。”

“好。”

她竭力表现出无所谓的模样，他仍旧是看着她笑。

“想吃什么？等会回来的时候，我给你买来。”

向蒲然便报了一串小吃名，江书黎都记下了。

“那我走了。”

她点头，看着他的身影逐渐消散在光线中。她并不知道，黑云压城的外面即将上演什么，但是心底却浮起一丝几不可辨的不安。

7

“你说完了？”

侯寅的面前站着许箫，他们相顾而立，思绪却像大相径庭。

在接到许箫“有要事相商”的电话时虽然不清楚他的目的，侯寅依旧决定等他。其间他一直在刷校园贴吧，关于绯闻女神向蒲然与圣蒂亚男神江书黎在图书馆门口拉拉扯扯这件事已经在校园里传出了绘声绘色的各种版本。一时间，“江书黎在追向蒲然”这个谣言顺利取代了向蒲然先前的谣言，攻击值却猛增几万点。就连侯寅也觉得震惊，甚至有好多女生来问他，江学长是不是真的在追向蒲然，他也只能含糊其辞，毕竟，他自己对向蒲然的感情也非常复杂。

之前侯寅还感慨“风水轮流转”，他甚至边抖腿边敲下了一大串文字，几乎宣泄了从一开始寻找她、投票现场被羞辱、再到击剑场上惨败的各种不甘情绪。在网络这个虚拟的世界里落井下石，几乎不用为言语暴行承担任何责任。侯寅对自己文字里的充沛情感感到满意，可真的要按下那个发送键时，他的指尖却开始颤抖。

一想到老大，他就连贼胆都没了。

虽然平日打打闹闹看上去好像是自己阵地全失，但一直以来江书黎都发自内心给了他最彻底的信任，自己不仅是他和其他学生会成员之间不可或缺的桥梁，同时也是生活里会被他时刻关心着的朋友。

……

许箫的眼神里有很浓的探寻意味，离开学生会的这么多日子，他无时无刻不想着回来，知道侯寅曾在向蒲然的事情上屡屡受挫，所以以为这个消息会成为反转的砝码。

——那个编辑叫纪和歌，是伤害到自己姐姐的罪魁祸首。无意在圣蒂亚见到了她，当下就给姐姐打了电话。

许笛出院后就听说杨树和纪和歌分手了，一等数天，仍然没有等到杨树的主动关心，她打电话过去，却被杨树挂断了。所以听到许箫的声音时，她的兴致不高，“怎么了？”

“纪和歌在我们圣蒂亚写稿子！”许箫立刻一五一十打起了报告，许笛越听眼睛越亮，“弟弟，你要帮你姐姐这个忙。你能把她写的东西发给我吗？”

“可以的，破解开机密码这事情并不难。”

再后来，许笛刚看完她的稿子，就打电话给了许箫。

其实纪和歌那里有两篇稿子，一篇是她自己署名的专访，从新媒体时代的向蒲然微博热门效应衍深至心理学专业，纪和歌探讨了优秀的心理学家需要具备的一些基本素质，比如博闻强记、丰富阅历以及敏感的联想力等，继而研究了心理学家选择这条路作为职业方向的原因，其中也包括了向蒲然，猜测可能是与自身经历有关。但是这一篇只是断章取义选取了其间比较容易引起误会的片段，而谢雨萌发给纪和歌的那一篇，却是被全文恶意曝光，连席佑南与米优的名字都没有打马赛克。

所以，做出那种可以算是“盗窃”的事情的时候，许箫心里除了害怕被人发现的慌张，并没有太多的道德罪恶感。而现在，他将这件“艺术品”小心翼翼地送到了侯寅的眼前：“侯哥，我也知道你看不惯向蒲然，我做这件事情，也是为了帮你出口恶气。”

“谁说我讨厌向蒲然了？你们都说讨厌她，我反而要考虑一下了。而且，我相信我老大。”

果然，一提到老大，侯寅的目光立刻变得严肃正经了起来，但许箫没有深究，仍然继续道：“之前投票的时候，侯哥你不就是想请老大露个脸让妹子们挽着拍几张照片，他也不肯，最后害得我和你被骂得多惨啊，太不够义气了。”

侯寅挑挑眉，却被许箫解读为了鼓励，于是更加敞开了抱怨：“而且侯哥你每次这么辛苦还不都是为了他，我真替你不值。”

话语却没有得到想象中的附和，许箫抬头，眼前的侯寅表情莫测，目光穿过他，望向身后。

许箫回身。

这一回头，差点没被吓死。

江书黎单手插兜站在阴影里，另一只手撑着收起的长柄黑伞，伞尖抵着地面，他靠着墙，一双大长腿非常显眼，那样干净的男生此时此刻浑身散发出的气场，绝对不是友好。

侯寅立刻撒了欢地跑到了江书黎身侧，还举着手里的黑色笔邀功：“老大，他刚刚说的我都录下来了！”

江书黎接过，默了会儿，他稍抬眸，目光径直扫来。

许箫从来没有见过这样的眼神，不需要任何的言语辅助，却狠厉、压迫到了极点。许箫被他看得浑身发虚，想解释，却无从开口。

江书黎仍然只是看着他，不说话，侯寅扬了扬下巴，咳嗽道："好你个许箫，胆子倒是真不小。你想替我抱不平，可你也得先搞清楚我和我老大是什么关系吧，那是你们可以随便诋毁和挑拨的？何况我老大看上的人，你都敢在背后捅刀子，必须得道歉！"说完他就看向江书黎，一秒变成小跟班："对吧，老大？"

江书黎笑一笑，修长指尖仍是慢慢把玩着笔，沉默的时间仿佛被无限拉长，许箫的恐惧就在这样的沉默里，被一寸一寸地放大。

"所以，接下来打算做什么？"

许箫这才知道，自己真的太蠢了。在没有弄清楚侯寅真实想法的情况下就将这一切贸然说出，看来非但不会助益自己回归学生会，还会发生非常恐怖的后果。

江书黎步步而来，声音里仿佛夹带了透骨的冰霜："你的行为同时伤害了两个非常优秀的女生，不管出于什么原因，方式都是错的。你欠她们两位当事人一份致歉，而我希望这件事可以尽快得到解决。"

许箫的面色由青转红，再由红转白。

江书黎看他无动于衷，扬了扬眉："当然，如果你觉得有难度、不愿意，我也可以帮你。"

许箫看见他朝自己笑，可那笑意根本没有进到眼睛里，只让他觉得冷和害怕。

侯寅在他身后跟着晃了晃那支录音笔。

一直到许箫走远了，侯寅才扁着嘴巴看着眼前用来滥竽充数的钢笔，"根本没办法录音嘛。"

江书黎淡淡道："录音也是下下策，跟许箫的行为没什么差别，还是别用了。"

侯寅点头，目光里亦是无比嫌弃。他忽然想起什么，补充说道：

“对了老大，我刚刚刷了校园贴吧，那上面有好多你和向蒲然的照片。”

“哦。”

江书黎面上没什么特别的表情，拿起手中的伞打算走了，侯寅追问：“老大，你的粉丝们都在问你是不是和向蒲然在谈恋爱。”

“没有。”

侯寅大喜：“我就说嘛，我们老大怎么会忽然就喜欢上向蒲然了呢！”

“我在追她，可她还没有答应我。”

“什么？！”侯寅尖叫。

“哦，对了。”忽然江书黎停下脚步，侧身问侯寅，目光将他从上到下打量了一番，“你有没有匿名发帖抨击向蒲然？”

“没有！绝对没有！我发誓！”

江书黎没有说话，仍旧目光深深地锁定他，将他的每一寸表情都尽收眼底，仿佛在思考他话语的可信度。一分钟后，他才再次开口：“那你找科技部的人，去网上把那些说向蒲然不好的言论，都删除了。”

“……”

8

向蒲然从来没有登录过校内 BBS 和贴吧，这次心血来潮打开网页刚瞄了几眼就吓了一大跳。第一次登上热搜是因为裴燕生，后来谣言如日中天是因为席佑南，这次又是因为和江书黎被迫“同框”盘踞了热门，这么久了热度始终有增无减，她想一想都很心疼自己。

网上全是昨天图书馆外江书黎和自己的“路拍”照片，如果不是当事人，看到这些模样亲昵的照片，也肯定会误会的。向蒲然再看一眼自己的手机屏幕，忍不住感慨道：“明明别人拍得都蛮好看的嘛，怎么被你拍出来就这么丑了。”

等等？手机屏幕？

她立刻低头，因为静音她没有听到手机铃声，这才离开一会儿，江书黎竟然还给她打电话？那个合照正顽固地在她眼前晃来晃去，女生接通，声音闷闷的：“喂？”

窗外雷暴转重，他问她：“怕不怕？”

“不怕啊。”

……

看着眼前的照片，听着听筒里的声音，这种感觉有点微妙。江书黎问她在干什么，她照实回答说在刷帖子看留言，言语间有淡淡的惆怅，江书黎便安慰她：“反正这个学校里面关于你的流言蜚语已经这么多了，也不在乎再多这一些吧？”

“喂江书黎！我超在乎的好吗！”女生隔着手机叫嚣。

男生似乎是“哦”了一声，尾音上扬，仿佛带着笑意。他默了会儿继续说道：“你以前不都是天崩地裂于前，也能不动声色喝着茶，怎么现在定力这么差了？难不成是因为我？”

“江、书、黎！”

向蒲然将头埋进了左手手掌间。

男生似乎是在给她报备：“我在排队买吃的了。”

“哦。”

“我可能还要去趟老师那儿，要再晚一点再过来。”

“随便你。”

“不会很久。”

向蒲然挺直背义正词严地拒绝道：“我等会儿就走了。”

江书黎又在电话那端笑出声来了，“这么小气啊。”因笑容幅度有些大，他吸进了一丝凉气，低低咳嗽了两声，再开口时嗓音里都带上了一丝沙哑。向蒲然奇怪道：“你怎么了？”

男生这才对她终于关心到自己表示出淡淡的委屈，“我感冒一天了你现在才发觉，我都感冒了还在给你冒雨买吃的，你竟然都不等我就要回去了。”

……

那个声音，是江书黎。

离开辩论队原本就非谢雨萌本意，只是不得不走。在没人的时候，她经常会回到讨论室缅怀，万年漆黑上锁的房间反而让她觉得安全，可以独自站在不近不远的地方与回忆和幻想为伴。所以今天，看到这里有了光，也有了人声，走进来又看见穿大红色毛衣的向蒲然，她躲在书架后，然后就全程听见了这个电话。

胸口开始泛起苦涩的气泡，即便江书黎出面打碎自己的梦想，她也不会真正停下来思考是不是因为真的不适合走这一条路。谢雨萌的手指紧紧地抠着书架沿，从这个角度望过去，她可以清晰地看到向蒲然的眼睫毛扑闪扑闪，台灯的昏黄光亮照在她的大红毛衣上，那个正在同自己喜欢的男孩子打电话的女生，她的眼角眉梢都是清甜的笑意。

为什么呢？为什么发生了这么大的事情她依旧不受打扰？为什么她可以轻轻松松就拥有这世界上的一切美好？为什么就连这么好的江学长到最后也不闻不顾就站到了她的身侧？

……

紧张和愤怒所产生的热气，混杂着28摄氏度的空调暖风，以及寝室套间盥洗室里飘来的浑浊潮意，充斥着谢雨萌一个人待着的寝室房间。

不记得是怎样从向蒲然那边回来了，刚洗完澡的谢雨萌身体还在发烫，她将桌子上的镜子拿到跟前，仔仔细细看着镜子里自己的面容——皮肤粗糙发黄，还有林林总总的细斑，眼睛又细又小，她摸了摸刚洗完的头发，干枯得像稻草一样，没有一样让她感到满意。

谢雨萌甩掉鞋子蜷缩起双腿架在椅子上，略显粗鲁地将这些日子自己从网上、店里买来的一应化妆用品全部摊开。

她对镜侧了侧脸，决定从右边脸开始。

第一步要先用化妆棉打上粉底，可她一不小心挤多了粉底液，又不想浪费，只能拼命涂抹，于是左边脸和右边脸立刻有了色差。

然后是腮红，向蒲然的腮红好像是橙色系的比较多，店员也说橙色系比粉色系要显得更少女一些，是近年的大热单品，谢雨萌抿起唇，开始在尚未干透的粉底液表面大力涂抹橙色腮红。

腮帮两侧全变了色，再接下来，她拿出眉笔，企图盖住稀疏的眉毛。可是手腕不会用力，猛然一下，镜子里的眉毛变成了歪歪扭扭的模样，像漆黑的蚯蚓。

谢雨萌深呼吸，拿起化妆棉蘸卸妆液拭去，再重新补上粉底然后画眉，如此往复，直到终于可以描摹眼线。摘下眼镜的谢雨萌因为看不清楚，只能拼命瞪大眼睛凑近镜子，她企图在眼睑处画上眼线，又害怕戳到眼睛，在模糊的视野里，她的脑海里不断闪回向蒲然的眼睛，她的手腕也跟着战战兢兢。

最后，她给自己喷抹上柑橘味的香水，与向蒲然的清爽不同，她的过分甜腻了，空气里霎时间混杂了种种味道，令人呛到窒息。

谢雨萌呼出一口气，她重新戴上眼镜，打量镜子里终于完成化妆的自己——有些微异的面容，她看见厚厚的粉底已经覆盖到嘴唇上下，半粉半白的唇色，让她想起日本那些表演的艺妓，像浑身紧绷的弦，滑稽而可笑。

忽然之间，又热又苦的泪水涌上来，谢雨萌不想让刚画好的眼线晕开，猛地仰面朝天。

接到谢雨萌电话的时候，向蒲然原本是不打算理的，可是听见她在电话里都带了哭腔，好像比从前任何一次都要严重，向蒲然最终没能狠下心，下了楼。

她的头发披着，似乎是用了定型胶，还化了妆，妆容可能用力过猛了些，在她身上拉出了一丝不协调感。尤其她穿的那件外套是红、黄、蓝三色的拼接衣服，拼接色的衣服向蒲然也有一件，所以现在看着她，向蒲然心底浮起奇怪的感觉。

“你怎么了？”

沉默。

周围很安静，所以显得谢雨萌接下来的声音更加诡异，她轻轻地说，仿佛还在笑：“学姐，你是不是从来都看不起米优？”

饶是最近常常会看见这两个名字，但真真切切在自己跟前听见认识的人喊出“米优”这两个字，向蒲然立刻如临大敌，她的眼神里像忽然走过了一万种情绪，最后才重新恢复了现今的意识：“是你做的？”

谢雨萌笑：“是我。”

向蒲然的目光立刻变得厌恶，以及难以置信：“太过分了。”

被她这样指责，谢雨萌的眼眶忽然发红，她凭什么永远这样趾高气扬，用不屑一顾的眼神看自己？谢雨萌几乎是扑上前来，一把抓住她，死死拽住她的衣袖，“学姐，是你逼我的！”

向蒲然被她的反应吓了一跳，“我哪里有逼你？”

“你帮我难道不是为了你自己吗？你给了我希望，之后却让我自己去面对每一次的失望和委屈，你就是因为输给了米优所以才仇视像我们这样的人，是不是？”谢雨萌画的残缺不堪的眼线被雨水溅湿，竟有些狰狞和可怖，她的指甲狠狠抓住向蒲然，在向蒲然的外套上勒出一道道印痕，“你和书黎学长在一起了？你放过他吧！你根本配不上他！他那么完美那么好，可是你呢？你看看你都对我们这样的人做了些什么啊！”

“……”

虽然也曾被裴燕生万分严肃地指出不应该擅自开展对人的研究，却没有想见眼前的女生真的会因为自己而变成这个样子。向蒲然的心底浮起极大的不忍和自责，她张了张口，却觉得声音格外无力，“我……”

“向蒲然！你要记着，是你害我变成这样的！你这样随便将你自己的痛苦转嫁到别人身上，你是要遭到报应的！向蒲然我诅咒你！”

嗡嗡……向蒲然仿佛从很高的悬崖上摔了下来，四下的风冰冷沉寂，同寒冬的夜相互助虐，她的感冒并没有好，现下因为和谢雨萌的拉扯，她自己的伞早已经脱离手心被风吹远了，雨珠噼里啪啦落在自己的衣服上，连高高的头顶上冰凉的灯光也泛着惺忪，耳边传来的说话声含糊凛冽，她再也听不清楚。

直到身子忽然被拉入了一方晴空，思绪才重新拼接回正轨，“江学长……”谢雨萌惊到了，向蒲然顺着她的目光，抬眸望向正为自己撑伞的男生。

她看见他深藏在额发阴影里的冷冽，身后是一片狂风骤雨，他的生气是那样明显，直指谢雨萌：“你都跟她说了些什么？”

“没……没说什么。”谢雨萌否认，目光却在躲闪。

“那你告诉我。”

这几个字却忽然变得温柔，是问向蒲然的。这让谢雨萌忽然恍惚，是不是刚刚听到的那声质问都只是一场错觉。

“既然你不想说，那我们走吧。”

江书黎揽住有些散神的向蒲然，转身。谢雨萌慌了，“学长……”

她试图追上江书黎，却被他横扫过来的目光伤到，那里面只有冷淡和嫌恶，仿佛谢雨萌触了他的逆鳞，他一字一句道：“向蒲然帮助你备战辩论赛这件事没有错，可你挖出她的高中往事并且肆意传播抹黑这样的行为，却令人无法容忍。如果真的全部摊开到公众面前，每个人都会有自己正确的判断，到那时，恐怕圣蒂亚大学里再也没有你谢雨萌的容身之地，你去想一想，刚入学不满一年就发生这样严重的事情，你的家庭你的邻居会怎么想你？”

他从来没有跟她一次性说过这么多的话，这是第一次，恐怕也是最后一次。是因为那个女生，那个她永远成为不了的女生。

谢雨萌呆呆望着被江书黎揽在怀里的向蒲然，女生的发丝凌乱，浑身僵硬，却依旧有她望尘莫及的漂亮孤绝，几乎令她自惭形秽。

江书黎的声音隔着雨帘飘来，下了最后通牒：“谢雨萌，我希望你能聪明一点。不要再让我知道，你还有下一次。”

轰隆隆。

雷声划破天际，雨声大作，黑暗像是倒过来的潮水一直在蔓延。

直到坐在温暖的空调下，向蒲然的外套在滴着水，江书黎替她收拾完东西，“回去立刻洗个澡，知道吗？”她点点头。

校园道路的两侧，昏暗灯光里透着蒙蒙寒气，江书黎皱眉问她：“你还好吗？”

没有回声，她试图从他手里拿回包。

“向蒲然。”

“嗯……”

她这才应了一声。

像是思考了很久，她终于鼓起了勇气，抬头看他，目光不复之前对所有事情都漠不关心的模样，像是背负了千斤重的沉疴，“江书黎，这些事情你知道的时候有什么感受？”她抿了抿被雨水打湿的唇，声音里也染上了一丝潮意：“我是指，谢雨萌散播开来的那些事情，百分之八十是真的。”

“没什么特别的感觉。”他的语气寡淡，因为他知道剩下的百分之二十才是关键。

“怎么会呢？”她冷笑了下，“你不觉得我很可怕吗？”

“那些虫豸扑腾不起风浪，不过几句话而已，你为什么偏要受他们的影响？”

向蒲然从来没有见过这样严肃的他，她竟有些喘不过气。

“你不懂。”

她退后一步走出他的伞，他试图覆上她肩膀的手便空落落悬在了半空。

雨水裹挟住她，她也毫无畏惧，仿佛是借用这些雨水冲刷才能保持清醒，他下意识要走过来，被她推开，声音拔高：“你不要过来！”

隔着雨幕，他看见她眼睛里分外清明的痛苦，那么近也那么远，江书黎的笑容忽现一丝苦涩，“向蒲然，你还喜欢猫吗？”

“猫？”

“是啊，比如通体洁白的猫。”

向蒲然看着他，不明白他突然兴起的意图所指，她头很痛，放弃了思考，“不喜欢，一点都不喜欢。”

听见这个答案，江书黎一贯带笑的嘴角也抿成了一条直线。

向蒲然转身离开。

“向蒲然！”他叫住她，怎么可能放任这样的她在大雨天里独自回去，却被她又一次用尽全力推开，“你走啊，不要再跟过来了！”伞能遮住雨，可是湿了的心怎么立刻烘干。

江书黎有些生气了：“你看看你现在这个样子，哪一点像你了？”

“你真的不懂。”向蒲然摇摇头，“你总说，这不像我，那不像我，我不该躲避，不该怎样，可是江书黎，你想要看见的向蒲然，究竟是什么样的？那么多的向蒲然，又有哪一个是真的我？”

是哭了吗？

为什么声音里带了一丝沉闷的苦痛，仿佛受了极大的挫折精神也跟着恍惚，无法再继续维持高高在上的体面。向蒲然含泪的目光像一张残缺的网，困住他，也像带了刺的刀刃，在这个夜里来回切割着他的知觉。

该死的，谢雨萌完全打乱了他的每一步计划进展，他会让向蒲然正视这段历史，但绝不是通过这样暴躁而粗鲁的方式。今夜发生的一切都乱了套，这让江书黎忽然胸口发闷。

失神间，向蒲然拢了拢衣襟快步跑远了。所以她不会看见，身后的男生，仍然撑着黑色长柄伞，在雨幕中站成了一座雕塑。他举到半空的右手里还拎着依旧散发着热意的汤包，那些热意在这个透凉的雨夜里，逐渐远成了遥不可及的温暖。

9

漫无头绪的忧愁积少成多，应该是屋外黏稠雨天的缘故，没有想到期末考竟然比重感冒更早结束，失去了可供转移注意力的事情后才发现，一颗心都闷到发慌。

桌上的手机很久不曾响过了。

向蒲然坐在椅子上发呆，那个雨夜发生的事情给了她太大的触动，令她无法再直面江书黎。所以才会在他一再打来电话云淡风轻地说些琐碎日常时，打断了他。她跟他说，他们暂时不要再联系了。

听到她坚决仿佛不留余地的语气，江书黎的声音忽然变平静了，异样的气流在空气中涌动。半晌，他才答道："好。不过星期四在击剑社，我要做一场毕业表演，你来看吧。"

"我那时候可能已经回家了。"

"你要来。"

他重复，向蒲然却挂了电话。

之后，他果真依约没有再给她打过电话。

雨水敲打墙壁的声音，打碎了记忆，提醒着她所有再完美的伪装，到头来不过是一场虚晃的颓唐。

东西收拾到一半，一本古旧牛皮本掉到了地上，夹在里面的演算稿纸纷纷散落。她弯腰捡起来，扉页上是她很早以前写的那首余秀华的诗，字体都开始发散——我们都喜欢这光，虽然转瞬即逝，但你还是你，有我一喊就心颤的名字。

“是谁的名字？我的？还是席佑南的？”

那日自修，这本本子被江书黎一把抽走，他看到这句话后，玩笑地将自己的名字和席佑南的名字一并朝她抛来，仿佛大家都是认识很久的朋友，仿佛一定要她做出选择。

当时是怎么回应的？

……

忽然间，向蒲然感到一阵模糊的痛苦袭上胸口，她捂住了脑袋。那支 Pelikan 的钢笔仍旧乖巧地躺在笔盒里，安静而寂寥。

击剑社已经人满为患了。

向蒲然裹紧了黑色大衣，压低了帽檐，走到最后一排坐下来。今天的场下人山人海，空气里全是热闹在涌动。

“老大！”侯寅拨开众人，一路跳着来到江书黎身侧，他已经换好了衣服，侯寅激动道，“她来了。”

江书黎挑挑眉，似乎是笑了。

他怀里抱着击剑帽，一身洁白击剑服配红色运动鞋，仿佛也能发光，好看到让人晕眩。大门忽然拉开，江书黎一手拿剑，一手抱着帽子，波澜不惊地出现在候场区，他走路带风，唇角带笑，向蒲然明显听见场下此起彼伏响起了一阵喧嚣——“啊啊啊真的好帅！”

这个存在于女生们星星眼里的少年，前不久还在陪自己自修、压马路、挨自己的打、排队为自己买汤包、每天用电话炮轰自己……他是这个学校的神话，那样帅气，意气风发，可她却从来没有关注过。

江书黎走到场中央，和教练相互拥抱。

表演开始了。

花剑。

重剑。

佩剑。

曾带过他的三个教练，挨个上场。

近一个小时的表演，三种剑法酣畅淋漓，他挥剑的姿态那样自信，像他给人的感觉一样，带着与生俱来的王者气场。每一种剑法都炉火纯青，就连细节之处的差别也都拿捏得非常完美，无法想见他究竟在台下付出了多少年的努力，是不是手掌之中的厚茧以及脚踝上的旧伤都是每一次练习留下的痕迹？是不是也曾一个人独自品尝这些年岁里无限的盛大或者落寞？

今天一整场比赛，每一场击剑都没有绝对的胜负，但场上充斥着高手过招间的发光发热，江书黎和每一位教练都在结束后摘下帽子，彼此拥抱，致以问候和告别。

向蒲然想起自己曾经也是在这个地方，信心满满要和他挑战，最后应战的人却不是他，那么那时候，他又是坐在台下的哪一处看自己比赛呢？

原来不知不觉间已经同他产生了这么多的记忆关联，这让她又高兴，又难过。如果早知道现在会对他有这样的感觉，一开始的时候是不是就会对他多看一眼？

台下忽然响起经久不绝的掌声和尖叫声，拉回她的思绪。

向蒲然循声看去，似也感受到了他的目光，场中央的那个男孩子，也朝她的方向望过来。

她下一秒心跳的制高点却是在江书黎出人意料地绕过栏杆，向观众席大步走来那一刻。

江书黎边走边摘手套，在场所有学生都盯着他。向蒲然的心几乎悬到了喉间，场中的白炽灯太过刺眼了，忽然让她想起第一次在楼梯间的相遇，阳光炽烈，她与他擦肩而过，他叫住她，似笑非笑地同她讲她转那支钢笔的样子应该会很好看。

心跳越来越快，有那么一瞬，她甚至想要呼应他的，但也仅是短短一瞬，谢雨萌的脸出现在她的面前，声音凄厉地质问和哀求着她，这宛如一盆冷水忽然从头泼下，将她浇得浑身透凉。

向蒲然的视线开始闪躲，她用指关节扣着额头，无法再跟他视线相撞，面色通红一方面是心跳的速率过快，还有一方面是那段被压制太久的心魔现在让她陷入了极大的两难，甚至难以招架。可是再多的祈祷完全不中用，江书黎最终还是站到了她的面前，他朝她伸出手来，等她一个回应。

向蒲然直愣愣地看着他。

眼前的他，同曾经的另一个他，好像慢慢地，交叠重合了。

他眼神里藏也藏不住的山呼海啸和浓烈情绪她也曾见过，在布满星辰的晴日夜晚，或者是在任意一次结束自修的彼此同路，那样璀璨夺目，满满都是他的诚意。这让她想起他不断重复的安慰："那些事情与你无关，你无需过分自责。"可是怎么可能呢？已经确定对一个始终存在的人产生了那么大的影响，她没有办法完全排除自己的责任，如果一开始不帮她就好了，如果一开始不去逞强就好了。

所以，没有办法原谅自己。

所以，这么差劲的自己不该得到他的示好。

所以，哪怕再难过也只能这样子了。

向蒲然心里蔓延开一寸一寸的钝痛感，那痛感凛冽灼心，让她眼眶发烫，却一句话都说不出来。

在所有密不透风的眼神围剿中，女生终于抬头，重新对上他的目光。

他在笑，在期待，他的手落落大方，一直停在她的余光里。

向蒲然起身推开了他。

10

笛城飘雪了。

洁白的雪花从天而降，打着旋儿落到地面，过滤掉多余的情感，将欢笑、悲伤、喜庆、愤怒、委屈最后全都尘封在一片晶莹之下。在偌大的城市里，每一个角落每分每秒都正上演着不同的人生。

谢雨萌好不容易才从街坊邻居亲戚长辈们的对话中逃离，躲回了自己的小房间。她看着桌子上那堆从学校带回来的化妆品发呆，屋外是永远在相互攀比小孩的家长，屋内是恍惚到失神的渺小自己——经过了一个学期的竭尽全力，最后仍不得不接受，那些不适合她的梦想永远也不会落地为实。

刚刚查完成绩的王学凡什么好心情也没有了，网页上显示着一个刺眼的 49 分，系主任的课最后他还是挂了。饭桌上，王雄沉默地抽烟，王学凡沉默地吃饭，半小时的持续沉默，最后终于以他的一句“我下学期会好好重修”宣布结束。

另一边，侯寅却对这学期的绩点相当满意，第一时间就给江书黎报喜，江书黎没接他电话，侯寅想了想，编辑了一条短信，“谢谢老大整理的笔记”，点击发送。

桌上的手机一直在震动，正以桌为枕的白猫不由绷紧了神经，它四肢仍摊着，毛却直愣愣地立了起来，猫儿通体雪白，一双眸子颜色不一，一只碧蓝一只翡绿，但都非常亮而清透。它朝着江书黎的背影发出“喵呜”的一声，但插着耳机边听歌边运动的男生恍若未闻。

江书黎穿着简单白 T 恤，正在家里的跑步机上跑步，他的肩部、背部、手臂、腹部、腿部都带动出流畅又完美的线条，可他的眉心自始至终都没有得到放松。

跑步机的数字终于归零，他旋开盥洗室的水洒，洗澡前他拿起桌上的手机，猫儿跑过来蹭蹭他的手臂，毛茸茸的触感真实而柔软，男生一眼扫过未接来电和短信，很多条记录，却没有一条来自于她的。

江书黎放下手机，不再去看它。

洗完澡，江书黎一边擦头发一边去后院。

这里是笛城单个平方都接近天价的曼维尔庄园，庄园里的每栋独栋别墅间距都很大，给了主人充分自由发挥的空间。

几个月前，江书黎就开始找人在这里搭建一座晶莹剔透的玻璃房，已初步可以看出轮廓，玻璃房内铺满了鹅卵石步道，一路蜿蜒，两侧绿植攀缘，仿佛是这白雪皑皑之下的唯一一处绿意。

他绕一圈，出来顺路拿了邮箱里的信件和杂志书物，最新一期的《旅世界》到了，他翻开来匆匆扫过几眼，停住步伐。

原本属于纪和歌专栏位置的文章，写作者换成了别人。

夜色如墨，视角逐渐往上升，林立的大厦里，于琳站在陈总的办公桌前，陈总的身侧站着一个漂亮的小姑娘。

“于琳你要像培养纪和歌那样培养她。”陈总说完，他身侧的小姑娘就跟着怯生生地朝她打了招呼：“谢谢于琳老师。”

于琳点点头，算是应了。她没有因为是空降兵就对这个小姑娘有偏见，她仔细看了稿子，小姑娘的文笔尚可，灵气却差得远了，偏偏“勤能补拙”这个词对灵气而言也没有任何功效，所以这世上只会有一个纪和歌，怎么能随随便便找一个人就培养成她呢？只是可惜这个万中选一的纪和歌，最近连一个字都写不出了。

所有的高楼风景在此时都显得冷清，于琳沉默地抱胸看向窗外，地面上的车辆像会动的积木，在夜里缓慢地更换组合。

静物一路朝后飞逝，坐在出租车里的向蒲然也没有想到，寒假最后是以这样的方式开场。

握在手里的手机始终是黑屏，太安静了，她划开屏幕，像下定了决心般拨通了妈妈的电话。

相隔七个多小时时差的越洋长途，她这里华灯初上，妈妈那边仍然白昼明亮。

“所以，你真的决定了？”

妈妈的声音里仍然带着探寻的痕迹，向蒲然咬唇，点点头。意识到妈妈根本看不到，她开口道：“是的，我已经报名了出国考试。”

高中毕业前夕，妈妈就打算让她去英国念书，被她拒绝了。可是就在刚刚，她条分缕析地和妈妈说打算花多少时间准备雅思，何时写完文书，以及打算请哪些教授写推荐信等等，按部就班、一丝不苟，每一个步骤都完美到挑不出错，唯一的缺陷是漏放了感情。

妈妈似乎露出了很满意的笑容，“然然，你终于想通了。”

“是啊。”女生叹出长长一口气，将出租车的玻璃窗都氤氲出一道虚薄的光亮，而她似笑非笑的面容出现在光亮中，可是一点都不好看，甚至比那张合照里的她还要难看。

出租车停在超市门口，向蒲然下车。

与此同时的地下一层，裴燕生正在买食材。他认真比对着肉质的生产日期，以及蔬菜和酱料的新鲜程度，神色专注而温和。电话声响，他接通。然后，他的静默就在秘书急促的汇报声中被一寸一寸打碎，裴燕生感到自己胸口的担忧情绪愈演愈烈。

挂断电话，他装好挑拣好的食材，大步走去结账。

川流不息的车流，红色成了整座城市的代表色。

路口的信号灯是红色的，堵在前面的车尾灯也是红色的。

一向淡定沉稳的裴燕生，紧蹙的眉峰已经很久没有松动，他的指尖在方向盘上频繁敲击，好像每多浪费一秒，不确定的可能就会更大一些。

信号灯已经转绿，前方的车依旧不动，所有正在发生的一切都与窗外的冬夜一样，在倦怠地打着盹儿，裴燕生感到自己的耐心，像被钉了孔的沙盘里簌簌降落的沙，正以前所未有的速度在流逝。

酒店的最高层公寓里，是纪和歌不开灯的世界。

桌面上电脑在亮，文档却一片空白。

盥洗室里是极致的亮，与外面极致的暗形成了鲜明对比。纪和歌将暖气开到最高档，她穿着单薄睡裙躺在已经盛满大半缸水的浴缸里，一侧的肩带耷拉下来，她以手举起水朝空中抛，然后水流四溅、下落。

浴缸边沿摆满了各种颜色的颜料，纪和歌拿起画笔先蘸了最喜欢的绿色，然后在自己身上“嗖”地画下了一道痕迹，绒绒的画笔经过肌肤，激起身体里一阵战栗。

画笔在水里荡一荡，水立刻被染脏，她再拿着湿漉漉的笔去蘸另一种颜料，然后从脸到身体继续描画。如此往复，直到整个人和身下的水流浴缸全都变成乱糟糟的一片。

黏答答的颜料黏在皮肤上，她却觉察不到任何不适。

水龙头仍然在出水，水势蔓延过她的身体，“啪嗒”一声，浴缸边沿的颜料盘摔落在地。永无止息的水流继续蔓延，打湿了鞋子，浸润了瓷砖，一直在朝远处延伸。

纪和歌闭上眼睛，将整个人沉入了水底。

此刻门外传来一声重过一声的敲门声。

“纪和歌，开门！”

屋内，纪和歌的长裙在浑浊不堪的水流里摇晃飘荡、漂浮无依，她安静地待在颜色混杂的水底，像是一朵冬日池塘里孤单盛开且初显鬼魅的花。

远辰

第五章

将恋爱这个字，和猫这个字更换。（那个月夜里，从见过铁皮房顶上的一匹恋爱后，我完全对你做成猫。）我说。然后将白兰地倒进杯子里，恋爱立刻在旁边摇动起胡子。

——寺山修司《名词》

1

空气中漂着海潮的咸意，阳光炽烈，将沙路都晒到烫脚。穿过海滩沿岸成排的绿杨树后，眼前的风景立刻开阔，海鸥在蔚蓝色海天幕布里扑扇着翅膀，不远处的和缓海浪卷起浪花拍打着软沙，将灰色的沙子染成红糖色后再餍足地后退。

正呼喊着朝前奔跑的是一群七八岁大的孩子，一个肤色黝黑身穿格子衫的男孩停在隆起的沙包上，回头对落在后面的女孩高喊：“喂！纪和歌你还是不要跟过来了！赶紧回家吧！”

他刚喊完，一群人便跟着痞痞大笑。

被点名的瘦小女孩愣在原地，迎面对上格子男生不怀好意的眼神，她的脸开始涨红。

一般而言，每个孩子群里都会有一个孩子王，大家都以他马首是瞻，一旦被他讨厌的人，处境都会艰难。

纪和歌并不想搭理他，她低头快速地朝前跑，但那些目光始终芒刺在背。果然，格子男孩又朝她嚷了起来：“纪和歌你为什么老跟着我们？你爸爸都不要你了，你不在家里陪着你妈妈吗？”

女孩驻足，抬头，她是如此清晰地感受到来自于他的恶意。

——你爸爸连你的家长会都不去参加。

——学校的亲子运动会上所有的小朋友都是和父母一起出席，而你纪和歌的身后只有妈妈在。

这些话她已经听过无数次，全都来自于他。平日里，这个格子男孩就处处针对她，他总喜欢动手拽她的辫子，扯她的衣服，朝她打弹弓，还会在她上学放学的路上放出恶犬吓唬她。

眼下，纪和歌孤立无援地身处以他为首的嘲笑声中，浑身僵硬，她觉得很羞辱，也很困惑，明明是这么小年纪的孩子，为什么就可以活得这么世故，天天都企图以对别人的伤害来证明自己存在的价值？

“纪和歌你怎么不说话了？”格子男孩笑得更加志得意满，“纪和歌，我是为你考虑啊！怕你回家晚了又像以前一样挨你妈妈骂，你妈妈的脾气自从你爸爸走了后就差了好多，吓死人啦！”

明明想要竭力控制的，可是怒火与海潮一样叠涨得太快，与先前每一次都无疾而终的反抗不同，纪和歌忽然有了勇气，她咬牙直起腰，加速冲向那个隆起的土包。

发生事故只是一瞬间的事情，她用尽了全身的力气撞他，男孩脚下不稳，从土包上跌落，摔进了身下的软沙里。

所有人都吓得目瞪口呆，抢下了土包的女孩也因为紧张胸口不断起伏，她望着倒在地上嘴巴张得大大的格子男孩，目光里的愤怒慢慢变成了惊恐。

因为那些灰色的软沙，开始一层一层地聚集，像受了控制般自动涨高，如水流一般快速漫上他的身体，覆盖住腹部、胸部，甚至是头……纪和歌站在土包上呆呆看着，没有其他反应。有小孩子开始尖叫，那个格子男孩亦是害怕极了，可他仿佛被下了蛊一样，无法动弹，只能任由眼睛越瞪越大，眼睁睁看着自己身上的软沙越堆越厚。

纪和歌忽然眩晕。

呼吸由快至缓，纪和歌再度睁开眼，眼前已从日光凛冽变为暮色西沉。她四下回望，刚刚被她推倒的格子男孩在不远处同人嬉笑，不复方才的剑拔弩张。和歌诧异，尚不及思考，就被孩子们的提议转移了注意力——“我们来玩捉迷藏吧！”

猜拳后，孩子们一哄而散的脚步扬起了软沙，他们的笑声回荡在微凉的海风之中。

“我要躲到最远的桥那边，那边有个篮球场，虽然偏僻，但是灯光照得到，并不可怕。”

“你傻啊，躲到有灯光照得到的地方，还玩什么捉迷藏。”

纪和歌自顾朝前走，将他们的对话抛在身后。

不远处的海在退潮，沿岸的沙滩上逐渐露出被卷上岸的生物，她能听见那些隐藏在风中的闲言碎语——“她好奇怪哦。”

纪和歌踢开了咯脚的碎石：“你们才奇怪呢！”

她一个人朝前不知走了多久，走到堤坝下方，她蹲下来藏在背后。这里不是视野盲区，她也可以听见来往的孩童声，他们可以看见她，她知道。

时而吹来的海风，模糊掉夜色的温柔。纪和歌屏气凝神看着已彻底融入了黑暗的地面与海水，她分不清自己在这里蹲了多久，只感觉身后的嬉笑声越来越小，她扶墙站起身。

其实在刚才，她的身后上演了无数遍相同的情景。每当有小伙伴找过来，都能看到堤坝下方她的影子和她露出的裙摆，可是很快的，大家都相视一笑，然后转身跑开。

他们都对她视而不见。

他们都将她独自丢下。

冰凉的海风迎面吹来，纪和歌打了个大大的喷嚏。

回家的路上，纪和歌折了一根断枝，边搅动着空气边平复心情。

她处于“不开心”的情绪中已经有一段时间了，所以可以很迅速地处理好状态，可她并不知道，当她将这样的状态认定为正常，恰恰说明了她不正常。纪和歌拐进小巷，石楠花的味道立刻闯入鼻腔，好奇怪，明明石楠花的花期已经快过完了，此刻的味道为何比先前任何时候都还要猛烈？越往里走，石楠花的臭味越浓，即便捂住鼻子，那些臭味依旧无孔不入。

纪和歌独自行走在黑暗里，两侧的房屋全都大门紧闭，印象里常常可以看见来往的邻居站在灯火里抽烟、聊天，非常热闹；可是现在，她只感到死气沉沉。更让她惊恐的是，那些高高挂在房屋外的门牌，竟然全都变成了倒过来的数字。

每一家都如此，每一个门牌号全都像被施了魔法。

手中的断枝掉在身后的黑暗里，纪和歌一路小跑回家，扶着门楣大口喘着粗气，一抬头，才发现自己家的门牌号也和她出门时不一样了，变成了倒过来的数字！

“妈妈！”

纪和歌害怕极了，可刚到玄关，她的声音就卡住了。

坐在沙发中间的那个陌生女人，令纪和歌一度以为进错了门，直到听见房间里传来模糊的争执声，确认那是爸爸妈妈的声音，纪和歌才有了底气质问她，“你是谁？为什么坐在我家里？”

女人掀起眼皮看她一眼，仿佛只是在看一个无关的人，连表面的客气都吝啬伪装。

纪和歌却怔忡于女人的年轻和美丽，黑色的修身及膝裙，黑色丝袜，黑色手包，连指甲油也是黑色，像高贵的黑天鹅。不知道是不是因为女人的出现，明明眼前是再熟悉不过的酒红色皮沙发、木桌椅、立式大钟，偏偏都让和歌察觉出了不一样的味道。等等，纪和歌的目光重新聚焦到那个钟表上，从她记事起就一直没有停过的钟摆竟然停了下来？指针一动不动，时间还停在下午三点整，距离现在已经过去了四个多小时。

纪和歌刚要去检查，身后忽然传来一阵骚动。

“你敢走！”妈妈的粗重呼吸声吓到了纪和歌，她回身，被妈妈拉扯的那个人，是多日不见的爸爸。

仍旧是一贯的西装笔挺和挺拔身形，一切都是和歌印象里的模样，除了面容上的浓浓倦意，这倦意令纪和歌陌生："爸爸？"

男人也看到了小和歌，涣散的目光一瞬有了聚焦。他放下包蹲下身子，朝和歌招招手，"来爸爸这儿。"和歌便走了过去，男人的眼睛里有和歌看不懂的复杂情绪，和歌不知道发生了什么，却从妈妈未干的泪痕里读出了非常不妙的讯号，于是她一把圈住了男人的脖颈，"爸爸，我好想你啊！"

男人的身躯稍滞，和歌感受到他抚上自己双肩的大手在颤抖，却依旧温热。她抬头，从爸爸身后妈妈的泪光里读到了期待，于是她举起手摸了摸男人的脸，小声说道："爸爸，你终于回来了。你不在的时候，隔壁的小孩子总是欺负我，他……"可是和歌的话还没有说完，男人就站起来打断了她。

和歌愣了，以前只要她撒撒娇，正在发脾气的爸爸就会立刻服软。可是现在，她看见那个满身黑色的女人走到了他的身侧，挽上了他的手臂，分外自然的动作和神态，却刺到了她。和歌这才恍悟女人根本不是天鹅，而是讨厌的黑乌鸦，一直在纠缠着自己的爸爸。纪和歌很生气，她走上前企图掰开女人挽在爸爸手臂上的手，却失败了。

最终，爸爸拎着箱子和那个女人走了，浑然不顾她的抗拒。

在纪和歌懵懂的人生阅历里，她并不知道眼前这一系列事情真正代表着什么，只知道后来父亲再没有出现在她的生命里，所有关于他的记忆，永远都停在了这一晚最后的背影里。

身体忽然变得冰凉，风从外面逼人的夜色里不断吹进来，吹过她，吹向她身后的妈妈。纪和歌回身，妈妈弓着背，一动不动地坐在那儿，如果不是听到深深浅浅的呼吸声，她以为妈妈已经成了一座雕像。她的手里一直捏着一张纸，那上面写满了密密麻麻的字，纪和歌看不清楚。

不知道过了多久，妈妈用低哑的声音说："和歌，把大门关上，你爸爸不会回来了。”

妈妈明明没有哭，但那声音比哭出来更让和歌难受。纪和歌手搓着裙摆，有一肚子的问题在心口翻滚，却不敢开口。

咔嚓。

门被关上，像是夹断了最后的一丝希望。

和歌想上前拥抱自己的妈妈，她张开手，可还没有抱到，妈妈就起身越过了她，径直朝房间走，摔上了门，纪和歌一个人被丢在了客厅里。

她的眼泪一下就滚了下来。

她有那么多的话想和爸爸说，可是爸爸没有理她，她现在想和妈妈说一下白天被欺负以及外面门牌号都倒过来的事情，可是妈妈也不理她了，一定是因为她太糟糕了，所以他们都不要她了。

纪和歌哭得越来越大声。

隔着模糊的视线，她不小心又看见了那个大钟，好像只是一瞬的事情，那个钟摆忽然恢复了摆动，它“咔嗒咔嗒”走得飞快，一圈又一圈，时间绕过四点、五点，很快就到了七点，而后越来越快，快到让纪和歌眩晕，然而这晕眩感并不完全来自于钟，她身边所有的东西都开始颤动，连地面都出现了裂痕，她险些跌进裂缝里。天摇地晃的感觉越来越厉害，纪和歌紧紧抓住身侧的桌子，她从来没有经历过这样可怕的事情，想开口叫妈妈，却发现不能发出声音。

桌子震动得愈发猛烈，头顶的天花板也出现了松动的迹象，灰尘、灯罩挨个落下，噼里啪啦砸在纪和歌的脚边，她惶恐抬起头，一块硕大的天花板要落下来，纪和歌下意识就捂头闭上了眼睛。

梦境崩塌了。

2

滴答，滴答……

钟表在身侧走出缓慢的节奏声。

向蒲然跌坐在地板上，大口喘着粗气。

耳边终于传来关门的声音，向蒲然紧绷的神色也有了一丝松动，她抬眼：“裴教授，她还好吗？”

裴燕生的目光里有倦意，也有淡淡的责备。他没有回答她，而是走进厨房收拾自己买过来的一应新鲜食材。

刚刚纪和歌在椅子上急剧抖动，眼睛瞪得极大，都让他后怕。

箱庭疗法曾让裴燕生斗胆猜测过和歌的根本症结，终于在今夜得到了确认——多年来，纪和歌一直困于自己编织的父慈母疼的梦境里。爸爸的离开在当时没有给她留下太多影响，那种绵长的恨意却在之后的很多年里交织成一张网，细水长流般吞噬着她渴望关爱的心。这种安全感的缺失投射到她和杨树的关系里，也是一种病态。她与杨树不是爱情里势均力敌的相配者，杨树无法企及她的高度，她便一再掩饰自己的光芒来迁就他，表面对杨树凶狠，实则非常害怕杨树离开，当感情出现了危机，就盲目用婚姻来挽救，最终只能分手。

“裴医生？”

一连喊了几声，裴燕生才回神。

向蒲然已经站在了身后：“刚刚的事，对不起。”

他这才发现女生的衬衫和裙子已经沾了颜料，想到自己刚刚态度欠佳，他答道：“没关系，她应该暂时性平复了。今天的事情，还是要谢谢你。”

向蒲然理解他的意有所指："不用谢，这种事情本来就是女生来做比较方便。"

今天晚上，纪和歌给裴燕生的秘书打了个电话，秘书敏感地意识到纪和歌状态不对，告知了裴医生，幸好裴燕生当时离这里不远，挂断电话就赶了过来。可当他给纪和歌做完溺水急救措施后才开始犯愁，不知如何帮她处理这满身的颜料以及更换衣服，秘书从家赶到这里至少也需要一小时，恰在此时向蒲然打进电话，听说他在纪和歌这里时，向蒲然表示自己也正好在附近，裴燕生紧皱的眉峰稍缓，立刻请她过来。

再后来，向蒲然便挽着袖子关在卫生间里独自帮昏睡的纪和歌擦洗身体，并换上了干净衣服。

裴燕生将最后一份食材装进冰箱，这才开始切入了正题："刚刚失误的那一刻，你是因为什么而走神？"

向蒲然垂在身体两侧的指尖稍蜷起，知道自己错过了一次绝佳的机会，她辜负了他对她的期待。

"我第一次做这个，有点紧张。"

"那个东西，可以放下了。"

裴燕生指着依旧被捏在向蒲然手中的古旧钟表，示意她放在桌上，她"哦"了一声。钟表外沿已经沾上了她细密的汗珠，刚刚是因为她没有控制好情绪，在约定时间前不小心碰到了秒针，才导致对纪和歌的催眠失败了。

眼前的向蒲然面色有些苍白，看上去有满腹的心事，裴燕生尽量将嗓音放得温和："所以，找我有什么事？"

"裴教授，我想请您帮忙。"

欣赏于她的坦白，裴燕生示意她继续。

"我打算出国进修心理学，想请您当我的推荐导师。"

"可是我不轻易帮人写推荐信。"

原本还有些自信的女生仿佛因为这句话变得颓唐，“我知道刚刚那个机会，我没有抓住。”

虽说她对催眠治疗并不陌生，可理论与实践毕竟存在差距，真正参与其中所遇见的意外状况和情绪起伏，完全超乎了她的想象。她想起治疗时纪和歌的眼神，那样空洞、惊恐而绝望，仿佛正在经历此生最可怕的画面。而让接受催眠治疗的患者在最崩溃的状态下恢复清醒，无疑是对患者极大的伤害。

裴燕生看出了她的懊恼，给她递过来一杯水：“你需要给我足够信服的理由。”

向蒲然沉默，他便安静等待，没有任何轻视和不耐。

“是抱持，对不对？”女生终于开口。

裴燕生的神色一瞬变得严肃，他深深打量着向蒲然，“说下去。”

向蒲然斟酌着措辞：“‘抱持’是温尼科特提出的一种心理学现象，以母亲怀抱婴儿为基准研究点，探讨关于年幼时期家庭安全感缺失对孩童长大后性格、与人交往以及处世态度等各方面的影响。婴儿自离开母体后体验到最多的是被抱持在怀中的感觉，这是婴儿最初安全感的来源，待在紧密的怀抱里而非其他任何没有依栏的广阔空间中，它们不会感到恐惧和危险。用温尼科特的话来说，这样在安全环境中成长的婴儿，才能够‘应对生活中的困难’。因为它们在生而为人的初期，就作为个体存在享受了充分的抱持。”

女生柔和却坚定的语调一下一下敲击着裴燕生的耳膜，她说完了，裴燕生表示赞许：“你能联想到这一点，我很欣慰。”

只可惜，向蒲然以为的“抱持”，主要集中于是否被充分喂养的婴儿或幼年时期，这种解释对于纪和歌或许适用，但人在成长的过程中，个体也很容易因为受到亲近的人的伤害而产生安全感缺失的现象。比如，眼前的向蒲然。

她看见了纪和歌的“抱持”，却没有看见自己的。

裴燕生叹一口气："为什么急着出国？"

"想要在心理学上有更进一步的研究，您知道的，国内的大环境不好。"

裴燕生摇了摇头，"打稳地基很重要。"

"可我觉得现在时机比较合适。"

"合适？"裴燕生挑眉，直视着她。

向蒲然被他无波无澜的目光看得有些发闷，他的黑眸深不见底，却仿佛可以看穿她的逞强。忽然间，裴燕生轻轻笑了，他以指尖敲了敲桌子，"我等到了现在，可惜你依旧没有同我说实话。"

半小时后。

裴燕生开车回家的路上一直在回想今晚发生的一切，混乱不堪的纪和歌，词不达意的向蒲然——虽然这两个女生的病症表现方式、轻重程度各不一样，却总能被他找到共通点。就好比纪和歌有"抱持"现象，对于一心只想逃避的向蒲然而言，她同样不能正视自己身上的抱持缺失，一个人去到国外，这种病症恐怕只会延续，得不到根本性的改善。

庄园铁门缓缓开启，裴燕生驱车进入。

寒冬的夜晚，空气冰凉，裴燕生停好车，走出车库，刚巧撞上一身浅灰色运动服满身汗意的江书黎。

裴燕生有些诧异："这种天气，你也会在室外跑步？"

"正因为这种天气，我才能独占整个塑胶跑道。"

裴燕生笑了，他细细打量起眼前的男孩子，江书黎也回视他的目光探寻，他看一眼裴燕生身后的房子，"原来裴教授也住在这里。"

"是很巧。"

在他需要江书黎的时候，上天便刚好让他出现了。

"江同学有没有空来喝杯东西？"

面对裴燕生忽然的邀约，江书黎有些意外，认真考虑了半晌，他勾起唇角，笑容热烈地答应了："希望裴教授不要嫌弃我刚刚运动完还没有洗澡。"

裴燕生不以为意，做了个邀请的手势。

3

事情的发展总是超出想象。

窗外的景色全被打上了白霜，以疾速向后退去，视线所及之处都是无比真实的已经发生的当下，无力感让纪和歌一阵低落："裴燕生，为什么连你也要这样勉强我？"

听见后座传来的委屈责问声，裴燕生看向后视镜。纪和歌将头靠在车窗上，大红色的及膝厚毛衣紧紧裹住全身，明艳的颜色衬得她小脸更显苍白，冬日寒薄的日光微斜打在她的眉角，他看着她的侧脸想说什么，最终却归于了沉寂。

"根据爱因斯坦的相对论，不排除时光倒流的可能性。物体运动的速度越接近光速，时间就越慢。大多物体都有质量，受引力直接影响，光没有质量，它的速度远超过物体运动的速度，于是光首先刺激了我们的视觉神经，讯号被传送给大脑，我们这才能在物体离开前就感觉到它们的存在。但是光在时空弯曲处会弯折，天体黑洞、星核辐射被假设会超过相对论光速，因此在时空弯曲处的粒子质量为零，时间也为零。"

坐在副驾驶座上的向蒲然缓缓说出这一段话，裴燕生疑问地看她一眼，纪和歌的目光也朝前方投去，向蒲然耸肩笑一笑："最近才发现物理学很有趣，感觉和无穷尽的宇宙比起来，我们每一个人都是尘埃而已。"她轻轻跺脚踩了下车厢地面："就是这地上的尘埃，实在是微不足道。”

“你到底想说什么？”纪和歌不耐。

向蒲然侧过身子：“还不明白？我是好心劝你啊，现在我们这三粒尘埃不过是从一个地方挪到另一个地方，这点直径距离与整个宇宙比起来可能连微米级别的测量单位都够不上，所以你有什么值得不开心的？”

纪和歌被她奇怪的理论说得哑口无声，好半晌才闷闷回了一句：“简直歪理。”

向蒲然也不再争辩，侧回身重新靠向椅背看窗外风景，“时光倒流”四个字哪有那么容易实现？在家的这些日子里，她迷上了天体物理学，那些文字理论复杂高深，与她连日来的心情如出一辙，像始终寻不着完美标准答案的臆想——到底是期待在这个寒假见到他，还是不期待见到？

是啊，已经很久没有江书黎的消息了。那天击剑表演赛后，她当众拒绝了他，他便真的做到了从她身侧消失得干干净净。明明是自己希望的结果，却还是忍不住怀念起那些日子里不小心被他触碰到指尖的温度，也才发现，同他“日渐熟稔起来”这个概念之前只是很朦胧地浮在空气里，现在却是如此真实的感同身受。

裴燕生眼角的余光扫向副驾驶座上挑起话题后就兀自失神的女生，笑着继续道：“你以为的时光倒流是回到过去，其实也可以理解为超光速提前去到未来，比如你超越光速去到某一个地方，然后等着事件发生。”

向蒲然眼睛亮了亮，“还可以这样理解？神奇！”

裴燕生笑容转深，眸光闪动，却没有说更多。

前面两个人的对话着实无趣，不想加入的纪和歌忍不住开了一丝窗，让风吹进来。她是尝试归乡的漂泊旅人，却连半分高昂的情绪和放松的感受都没有。

昨夜的事情她只有一些模糊的记忆，她睡得很沉，早上醒过来却依旧觉得疲惫。

她拉开门的那一瞬间，恍惚以为自己穿越回到不久之前的裴燕生家里。

半敞开的厨房里，裴燕生穿着整洁到没有一丝褶皱的白衬衫配黑西裤，正站在那里替她做早餐，空气里飘浮着烤面包和煎蛋的香味，清越的英文新闻播放声是这个清晨的背景音，裴燕生利落地替她盛好早餐，见到她站在身后，他笑一笑，温柔都深深嵌进了他好看的五官之中，低沉的嗓音与新闻声趋于同频，他问她："饿了吗？"

眼前的一切都美好得如同画卷，可是很快她就看穿了他温柔背后的真实目的。

玄关处摆着他的简易行李箱，纪和歌咬下一口面包："你要出远门？"

"你吃完早饭也去收拾行李，向蒲然可能也和我们一起去。"

"去哪里？"纪和歌一脸茫然。

裴燕生抬头，情绪不显山也不露水，"你写过那么多的文字，却没有一个字是和你的故乡有关的。不想要回去看看？"

纪和歌摔断了汤匙。

下一刻——

"我不去！"

她像发了疯一般将他手里抱着的衣服全都扯回来，双目发红，怒瞪着他："裴燕生我最讨厌的就是你自以为是的样子，你有什么权力替我做决定？你不应该强迫我！我不会回去！"

……

争吵声言犹在耳，哭过推过吵过反抗过，最后在裴燕生的怀抱里安静了下来，依然是心不甘情不愿，却还是坐上了这辆由他驾驶的返乡的车，在一路奇怪的氛围里，一边抗拒一边离那些过往，越来越近。

纪和歌脱掉鞋子，缩起身子靠向一侧。

她不喜欢这种感觉，惶恐不安，仿佛所有的安全感都集体出逃。

电话声响，纪和歌反应了好久才辨别出那是自己的手机声。一接通，她略显干涩的声音就令于琳蹙眉，“姑奶奶你休了这么久的病假怎么还是这个德行？”

听到她的嗔怒，纪和歌竟然感到一丝怀念，那端仍旧是于琳的尖叫：“纪和歌，我真的好头痛啊，你什么时候能行行好赏我一篇稿子啊？”

这一句话忽然让纪和歌想要哭，“领导……”

于琳皱了眉，“你出城了？去哪儿？”

“我……”

“行吧，不管你去哪儿，回来的时候务必给我交一篇稿子。”

对于琳的不离不弃，和歌很感动：“领导，你为什么这么相信我？”

于琳“切”了一声，“少煽情了，我是相信我自己好吧。”可是下一秒，于琳又忍不住叫了起来：“算我求你了纪和歌，你拯救一下我的眼球吧，也拯救一下你自己吧！”她纪和歌要是再不出现在公众视野中，这么多年好不容易打下来的半壁江山，就真的会一夜倾覆了。

“……”

纪和歌挂了电话，于琳的任务令她更加疲惫，她闭上眼，任由这辆正疾驶的车将自己从假象一步步输送回到现实。

车停。

即便闭着眼，眼前的每一寸空气也都令她的记忆苏醒。纪和歌沉默着不肯下车，向蒲然率先推开门。

“空气好好啊！”

女生张开双臂，冬日的海风将她的发丝全数吹开，眼前风景开阔，令她心情舒畅，向蒲然回身，脸上的笑容忽然停滞。

不远处的浅浅沙滩上，一抹颀长身影立在那儿，他穿着棕色与黑色相间的短外套，围巾在脖颈间绕了几圈，全身上下说不出的慵懒和随意——江书黎单手插兜，正一动不动地站在那里，望着她笑。

4

“传球！快后攻！”

“当心身后！”

哐当一声，球进了！

江书黎比了个 Yes 的手势，跑去和裴燕生击掌。

当地的男孩子们频频失利，脸色已是不大好看。

纪和歌和向蒲然坐在场下，对运动着迷可能是天底下所有男人的共同特征，无关年龄，也无关地域。比如他们一行人刚刚到这里，就能和当地的男孩子们混成一团打球。而纪和歌无论如何也想象不出，一向严谨得体的裴燕生，竟然也会有在球场上意气风发的少年感。

向蒲然也有些失神，没想到自己沿路来劝纪和歌的那套理论，在下车后就被纪和歌给甩了回来。遇见江书黎这件事，就好像愿望被不小心窥见了，在自己都没有做好决定之前，上天就擅自进行了安排。见到向蒲然浑身的尴尬，纪和歌当时就挑了挑眉，“不过就是宇宙将另一粒尘埃也移送过来了，你有什么值得不开心的？”现学现用，她说完就将毛衣裹紧走远了，留下向蒲然一副吃瘪的表情立在风中。

……

中场休息时，裴燕生和江书黎两人长身玉立站在一侧喝水，是非常亮眼的风景，向蒲然甚至能听见后排女生们的雀跃嘀咕声。她回身，以手肘碰一碰身侧的纪和歌：“果然是男色消费时代，你看这么冷的天气，刚刚也没见几个观众，现在却是将现场围了个水泄不通。”

纪和歌一直都是寡言少语的状态，听见她的话也只是无谓地点点头。

向蒲然递给她水，“你嘴唇都干了。”

“谢谢。”

纪和歌喝下一大口水，目光又虚空地望着前方，向蒲然顺着她的目光看过去，“那个男人你认识？他朝你看了好多眼。”

向蒲然说的那个男人，与纪和歌差不多大的年纪，不高，还有些驼背，皮肤又黑又粗糙，浑身的戾气很重，两个大大的黑眼圈一看就是酗烟酒过度。

“他啊，在我小时候总是欺负我。”

纪和歌也看向那个男人，对方见她看过来，立刻咧嘴笑了起来，还朝她挥挥手，纪和歌冷笑了一声，“我年幼所有不愉快的记忆都和他有关，每次只要将我弄哭了，他就好像特别有成就感。他小的时候喜欢穿格子衬衫，各种颜色的格子衬衫都有，导致有一段时间我看到格子衬衫就反感。”

裴燕生看着男人同纪和歌打招呼，和歌却别开脸，反应冷淡。想起方才的比赛中他也感到了来自于这个男人的极大敌意，比起进球，他似乎更想给自己使绊，所以这一切，应该都与纪和歌有关。

裴燕生挑挑眉，放下水，他拍了拍江书黎的肩，“休息够了吗？”

江书黎见他的眼睛余光朝那个男人站的地方扫了扫，立刻就懂了，他朝裴燕生笑着伸出手，“裴教授，合作愉快。”

“合作愉快。”

裴燕生也笑了。

下半场里，那个男人被江书黎和裴燕生联手虐疯了，明眼人都看得出来，他是这群当地男孩子们的头头，平日里作威作福习惯了，所以现下没人敢为了他来和这两大新势力公然对抗。

纪和歌看着格子男在球场上连连吃瘪却有苦道不出的窘态，她心底大呼畅快，不得不佩服裴燕生和江书黎二人的智商，给他设套，还让他没办法反驳，都在规矩内游走。向蒲然了然地看一眼身侧的纪和歌，她整个人都缩在大红毛衣里，双手也裹着袖子举起来撑着下巴，眼角眉梢都是藏不住的笑意。

向蒲然喝下一口水，唇角也跟着上扬。

位于海边的小城，温度比正常的冬日还要严寒几分，尤其到了晚上，人群喜欢簇拥在一起，俗曰“抱团取暖”。

“吃烧烤啦！”

当地人熟门熟路地支起了简易棚和烧烤架，一应作料按顺序摆好，啤酒摆了几排，男人们三三两两围坐在一起抽烟吹牛，纪和歌和向蒲然躲在离二手烟远远的地方，裴燕生则挽着袖子同江书黎一起站在烧烤架旁边，不时翻转着肉串、烤肠等，还不忘涂抹酱料，撒上孜然。

纪和歌是真的没有想到，裴燕生在这样的环境里也能如此自如，在此之前，她难以相信裴燕生这种人会光顾这些“垃圾”食物。他的世界，似乎比她想象里更加包罗万象。

“干杯！”

四人举杯相碰，头顶的灯泡光影湮灭在觥筹交错间。他们桌子上的小型烧烤架里，炭火发出“滋滋”的声音。裴燕生仍是主要负责翻烤，江书黎将熟了的烤肉挨个放进向蒲然面前的盘子里，女生起初还有些推拒，到后来也就不管他了，而纪和歌只负责吃，吃的过程中一言不发。

裴燕生时不时看她一眼，苍白的小脸在火光中显现出一丝淡淡的酡红，也许是酒精的作用，令她恢复了一丝烟火气。自从下车后，她就像安静的小孩，妥善接受了现实，张罗着帮他们三个人订好了酒店，自己也回家放了行李，然后带着他们沿途参观，热情地同来往的熟人打招呼——半点抗拒都寻不着。

他想起一种海边的生物，叫寄居蟹，在人前就喜欢套上硬硬的壳，对熟悉的人才会不正常地失控。

裴燕生抿了一口酒，唇侧逸出一丝浅笑。这笑容被向蒲然敏锐地捕捉到了："裴教授，我怎么看你喝啤酒吃烧烤的样子觉得违和，你这次可是牺牲大了。"

自从白天篮球赛的事情过后，向蒲然就一直话里有话。对她每一次的挥剑进击，裴燕生都是淡淡化解掉一星半点的招式，从不直面回答。偏偏就是这样的态度，更加惹得向蒲然不肯放弃，非得探出个所以然来。

她刚想继续说，裴燕生的肩膀上冷不防出现了一双手。

一股浓烈的酒味迎面扑来，江书黎蹙起了眉，纪和歌的面色也冷了下来，正好坐在裴燕生正对面的向蒲然看见当事人脸上的表情，像深不见底的和缓大海，你以为是不疾不徐，也许忽然就能掀起巨幅的海啸。

是那个讨厌的格子男——"纪和歌，你也太不够意思了吧，一言不发跑回来，还带了这么一大拨朋友，怎么也不向我们介绍一下？"他的手压在裴燕生的肩膀上，言语里极尽挑衅："听说你是医生？"

裴燕生站起身，不动神色地移开他的手，"你好。"

格子男忍不住将他从上到下打量了一番，鼻腔里忍不住冷哼了一声，他拿起桌上的酒，给裴燕生倒了满满一大杯，纪和歌想阻止，裴燕生示意自己没事。

“我敬你。”裴燕生在他倒完酒后率先说了话，阻止了格子男还想继续的侮辱，格子男愣了一下，旋即大声笑，露出深深的笑纹，“有意思。”

格子男“咕噜”一下吞完了整杯酒，裴燕生也喝完了，眉都没有皱一下，纪和歌生怕这个人没完，“你敬完酒就回你自己桌子吧，我和我朋友们还有事情说。”

“哎纪和歌，我们这么久不见，你怎么……”

话还没说完，他的手就想像往常一样毫不顾忌地落在纪和歌的肩膀上，可还没得逞，就被裴燕生凭空伸来的手挡住。

格子男心头无名火起，对这个男人的不爽从下午打球时就开始蓄积了，刚想借着酒胆同他大声吆喝几下“你怎么回事啊”，可是话还没说出口，就感到手腕一阵疼痛，格子男忍不住呼痛，抬头却对上裴燕生云淡风轻的表情。

被看穿了自己的虚张声势，格子男认栽，“好，好，你们聊，我走。”

他朝地上“啐”了一口，愤恨地走了。

向蒲然拍了拍掌，“裴教授好帅。”说完深深看了一眼纪和歌，和歌显然也惊呆了，从不知儒雅温和的裴燕生竟然可以单手就解决掉一个猥琐男。

江书黎面上也挂着笑，他移开了面前的烤具和酒瓶酒杯，挽起袖子说道：“裴教授，不如来掰次手腕吧？”

纪和歌“扑哧”一下笑出了声。

裴燕生对上他满怀深意的笑容，他摇一摇头，“不和你比。”

江书黎挑一挑眉，“真不给面子啊。”

纪和歌看不下去了，拿起纸巾擦一擦嘴，站起身来：“我去下洗手间。”

向蒲然也跟着站起来，“那你们慢慢决定要不要掰手腕吧，我也去洗手间了。”说完就跟上了纪和歌的步子。

裴燕生默了会儿，看向江书黎，“既然这么想比，那来吧。”

江书黎端起酒杯来喝了一大口酒，“现在我又不想比了。”

裴燕生笑出声来。

纪和歌没有带走的手机忽然在此刻响起来，裴燕生望过去，在看到屏幕上跳跃的“杨树”这个名字时，他的脸色变了。江书黎观察着他的表情，又见打电话的人没有放弃的打算，犹豫了会儿，江书黎长手一伸，拿过电话划开，接通。

裴燕生尚来不及制止，就被江书黎以手放在唇上示意他噤声。

杨树的声音立刻飘过来：“和歌啊，好久没有联系了，你最近好吗？”

听见电话那端的淡淡呼吸声，却没有回话，杨树有些吞吐，但一想到她至少还是接了自己的电话，便又像是有了勇气，“和歌，我听说你最近出了不好的事情，我很担心你。希望你能照顾好自己，不要不吃饭，晚上也不要经常熬夜。工作做不完的话，就和于琳直接说。”

听着杨树头头是道的安慰，江书黎的目光直视着裴燕生，裴燕生恍若未觉，仍自顾喝着酒，江书黎眼睛含笑，仿佛看穿了他是在极力伪装。

杨树听见了那头的吵闹，皱眉：“和歌你在聚会？”仍旧是没等到回应，杨树重新望向摊在面前的这张纸，“那我长话短说吧，是这样的，家里来了份账单，有今年上半年的物业费、有线电视费、网费等等，因为之前我们还没有分手，所以这房子也没及时退租，这林林总总加起来也是一笔不小的费用，你看能不能……”

话还没说完，江书黎终于忍不住轻笑了出声。

这一声笑让裴燕生喝酒的动作停了下来，也让电话那端杨树的话语陡然画下休止符，他感到愤怒，“你不是纪和歌？你是谁？为什么偷听我和纪和歌的电话！”

江书黎切断了电话，重新将手机放了回去。

杨树的一腔控诉全都打在了空气中，软绵绵的，没有任何力量。

他恨恨将手机朝沙发上扔了出去，忍不住将头埋进了手掌之间。

江书黎对上裴燕生望过来的目光，淡淡道：“打着关心的幌子兜了一大圈，最后还是落到了一个‘钱’字上。”

裴燕生不说话。

“你们聊什么呢？”

纪和歌和向蒲然恰好回来，裴燕生以眼神示意江书黎止住刚刚那个话题，江书黎识趣地耸耸肩，“裴教授，我不喜欢欠人情，我只是为了感谢你昨晚上邀请我去你家并告诉了我那件事。来，这杯我敬你，我们扯平了。”

江书黎挑着眉，裴燕生淡淡地看着他，碰了杯，留下一侧的向蒲然和纪和歌面面相觑。

“裴教授邀请你去他家？”向蒲然问江书黎。

江书黎撑着头看向她，“你想知道？”

知道他又要来逗自己，向蒲然坐直了身子，从烤架上拿下一串烧烤，“我一点都不想。”说完就咬下了一大口，谁知道刚碰到嘴边就险些被烫到，连连吹气，江书黎立刻接过她手中的烤肉，还忍不住替她扇风：“你当心点。”

……

不远处，那个格子男生一边喝酒，眼神一边朝纪和歌这桌飘过来，看见她落落大方坐在裴燕生身侧，目光含笑，他忍不住骂了句“衣冠楚楚”，骂完又仰头大口灌下几杯酒。他的胸口闷闷的，并不清楚这种不舒服是由于他和裴燕生的巨大差距导致的心里落差，狐朋狗友们来约他晚上去打几轮扑克，都被他挥挥手，说没兴趣。

5

烧烤结束的时候已是深夜十一点了。

裴燕生穿上外套，拿起椅背上纪和歌的围巾，对江书黎说："你们先回酒店，我送她回家。"

江书黎和向蒲然朝他们挥挥手，四人的背影逐渐朝两个方向分道扬镳。

这是向蒲然第一次真切体会到"更寒露重"这个词语的分量，烧烤的热气好像没能在胸口停留更久的时间，她已被冰冷的深夜温度逼得打了数个喷嚏。

身侧的江书黎似乎有了动作，向蒲然立刻伸手拒绝道："别，我不需要你脱外套给我披。"

江书黎只是静静看着她，默了半晌，向蒲然才发现他根本没有这个打算，她忽然有些发窘，江书黎却笑了，月光渗进他的眼睛里，清澈而柔软。他开口："听裴教授说，你打算出国读书了？"

"嗯。"

"为什么？"

终于还是问出来了，整个篮球赛和烧烤期间，他都对此闭口不提，可是向蒲然从下车遇见他的那一刻就知道，该发生的总会到来。虽然那枚先前被她高高抛起的硬币，仍在半空中旋转不肯落下，她还没有看到代表结局的正反面，可是眼前，他站在自己的身侧，与自己共同欣赏这陌生地方的景色，说不感动是假的，说不期待也是假的，好像只要看着他，她就可以轻易原谅这整个世界的不好。向蒲然低下了头，其实内心早就承认他说的都对，她就是习惯了用坚强来掩饰软弱，习惯了一再逃避。那些他一语揭穿的她，都是她不敢面对的自己。

“对不起。”

她的道歉让江书黎更加失落，他笑了笑，有些苦涩：“生平第一次和一个姑娘表白，结果把姑娘给逼出了国门。”

向蒲然脸色赧然，“你果然没个正经的时候。”

江书黎叹出一口气，还想说什么，女生却皱了皱眉，朝前跑去。

“喵呜——”

江书黎跟上去，走近发现向蒲然已经拨开杂草丛，正弯腰朝里面探。

“奇怪了，刚刚还看到一只猫呢，怎么一转眼就没有了？”

江书黎也顺着她的目光四处探寻，他拍拍她的肩膀，小声说：“在那边。”

她顺着他指的方向看过去，果不其然，刚刚那只小奶猫正缩在掩映的草丛后面瑟瑟发抖。向蒲然拨开草丛，小奶猫还想要挣扎着逃跑，可能是又冷又饿导致速度不快，很快就被她抱进了怀里。

“乖啊，你是找不到妈妈了吗？小可怜儿。”

女生半蹲着身子，将“喵呜”直叫的小猫放在自己的膝盖上，然后拉开单肩包的包链。江书黎就站在她的身侧，看她从包里拿出两袋子小包装的猫粮，难免讶异：“这些你都随身带着？”女生点点头，“这一包是成年猫粮，这一包则适合刚刚出生不久的幼猫。”

说完她拆了幼猫猫粮，那只小奶猫嗅到了食物的香气，立刻就凑到了她的右手手心，被舌尖触碰的温热感让向蒲然觉得又痒又心疼，她的左手不敢碰小猫，生怕惊扰到它享受食物。

一般流浪猫都格外敏感，见人就躲，哪怕你好心为它们提供食物和避风雨的居所，它们也不会立刻凑上前来，而是会等你走远了才开始走近。

江书黎的声音淡淡飘了过来：“天气太冷了。”

“是啊，露丛中还都是水汽，小猫太可怜了。”

“你可以把它带回酒店，放在阳台上，让它借住一晚上。”

他说得如此理所当然，又颇具耐心，这令向蒲然意外，她抬起头看向月光下的男生，“你也喜欢猫吗？”

“我喜欢。”想起那一天大暴雨，江书黎眯了眯眸，问她，“明明你也喜欢猫，为什么要否认？”

向蒲然收回目光，倔道：“那天状态不对，根本没听清你在说什么。”

江书黎跟着蹲了下来，笑了：“这样我就放心了。”

“放心什么？”

江书黎看她一眼，又起了恶作剧的心情，揉了揉她的长发，“你以后就知道了。”

向蒲然在酒店门口蹑手蹑脚将小奶猫装进了袋子里，仅仅露出一双圆咕噜的人眼睛在外，小奶猫舔舔嘴，朝她“喵呜”一声，向蒲然如临大敌，立刻做了个“嘘”的手势，将它连同袋子一起小心翼翼放进了宽大的单肩包里，还不忘嘱咐它：“小猫儿，等会儿你可千万不能发出声音知不知道？否则被酒店工作人员发现，我就没办法把你带回房间了。你稍微忍一忍哦，等姐姐带你回到房间就安全了。”江书黎看着她同一只刚认识不久的猫对话，他觉得好笑，也觉得可爱。

一路上楼回房，幸好有惊无险，向蒲然抱着猫同江书黎在门口道别，隔壁间的裴燕生似乎还没有回来，江书黎看向蒲然进了房间，自己才推开门回房。

向蒲然在阳台上给小奶猫做了个简易的窝，安顿好它后，她才开始收拾自己。

时间已经过了凌晨 12 点，今晚的夜色竟让她察觉出了一丝久违的温柔，因为小猫的出现，当然也因为他。

夜色沉沉，睡眠却太浅。

女生紧蹙眉峰，在床上翻来覆去。

“……你收获到真正想要的东西了吗？那件事都过去这么久了你还困在其中走不出来吗？一遍遍重复这样帮助别人的过程真的能够让你觉得快乐吗？”

忽近忽远的声音辨别不出主人，向蒲然感到自己的身体仿佛正在另一个时空中不断下沉，四周的环境也在以不可思议的速度飞速后退着——草木逆生长、下落的雨滴逐渐被天空吸回、她的长发开始变短……等到好不容易时空静止下来，她也稳稳踩到了地面，却惊讶地发现自己竟然回到了很久以前的那个夜晚。

学校篮球场边的绿树丛，草木沾过露滴更显青葱，向蒲然穿着白衬衫套马甲，红格子裙因为自己蹲着的关系后裙摆已经着地，纯白长袜未遮住的大腿根部有被草木割破的小伤口，而正伏膝痛哭的她对这一切外来疼痛都恍若未闻。

眼泪一颗一颗往下落，连周边的环境都沾上了她的悲伤。直到脚踝被一团毛茸茸的物体来回蹭，温暖的触感终于拉回她的感知。

“喵呜——”

为什么会有如此真实的猫叫声回荡在耳畔？向蒲然抬起泪眼，看见脚踝处有一只浑身纯白的猫咪，见她望着自己，小猫更加瞪大了灵气逼人的眸子，一点也不惧怕她。

几乎是下意识，向蒲然就抱起了这只猫咪，将它放在自己的腿上：“这么晚了你也没回家，是因为像我一样碰到了悲伤的事情吗？”小猫低头蹭了蹭她的手臂，仿佛要给她安慰。

……

如此真实的画面，是根深蒂固的回忆，起先还是极慢的节奏，而后陡然转急，无数画面在身边高速回旋，向蒲然的梦境一层套着一层，疲累感重重袭来，伴随着蛰伏已久的心脏疼痛。

画面层层交叠，交织在一起全部拼凑成了那个很久不曾想起的男生的眉、眼、唇、笑，向蒲然“哗”一下坐起身，冷汗已经布满额头。

房间里安静到可以听见她沉重的呼吸声，向蒲然抬头看向窗外，风声好大。

而那只被她捡回来的小奶猫正蜷缩在落地窗旁的毛毯上，安静地沉睡。

6

这个夜晚，没有休息好的人远不止向蒲然一个。

裴燕生送纪和歌回去的路上，基本维持着他问一句，她答一句的状态。并不能完全揣摩透她现在的情绪点，杨树打过电话的这件事他始终没有说出口。这样一来，便显得两人之间的对话有些尴尬。

“我到了。”

似乎终于可以结束这一场尴尬，纪和歌舒出了一口气，可是下一秒，她的神色又有些悲观，她并不想进去面对她的母亲。

“这才是你送我回来的真实目的吧？”她没好气地瞪裴燕生，裴燕生只笑不答，他抬头，看着眼前这栋与旁边并无甚区别的两上两下的房子。他伸出手，指向二楼唯一一处窗外有花的那个房间，“那是你的房间对吗？”

纪和歌点点头：“你怎么知道的？”

“你离开了这么久，那些花还开得这么好，应该都是你妈妈帮你打理的。”

纪和歌无谓地耸耸肩：“这么冷的天，不把花搬进去，还放在外面受冻，也值得你裴医生的赞美？”

裴燕生看着她，不管他说什么她似乎都要故意跟他唱着反调，可是他只觉得可爱。他看见月光落进她的瞳仁里，像是倒映在一湖清潭里，是如此清澈，让他都能够看到自己的倒影，他的心脏仿佛被一股前所未有的情绪击中，让他这一刻不再想以医生的身份面对她，而是以其他更加坦诚的身份。这种情绪既陌生又令他担忧，忽然之间，他觉得自己说不出话来了。

纪和歌许是也感受到了夜色里她与他之间渐渐转变的气氛，她低了头，将发丝搁到耳朵后面，“那我进去了。”

裴燕生回神：“早些休息，晚安。”

“明天见。”她招手。

“再见。”

纪和歌合上了门。

听见大门外的脚步声逐渐远去，纪和歌仍虚靠着大门，半晌后，她才提步朝里走。

她还没有仔细打量这所盛满她整个童年记忆的房子，人有年龄，房子也应该有，她都长到27岁了，这所房子也算是老人了吧。一想到这些，纪和歌对它的痛恶感仿佛减轻了一些。旋转扶梯的木质都已经褪色，纪和歌一路走上楼，母亲已经回房休息了，她想起白天她回来放行李时母亲的态度，不咸不淡，仿佛无论自己是否回来，她都不会有什么情绪波动。

想到这里，纪和歌忍不住笑了，她自己这个性子到底还是随了妈妈的，所以是不是注定了在爱情里，以她们母女这样的性格最终都会失败？纪和歌坐在房间的地板上，身侧摊着刚刚翻箱倒柜找出的一些属于这个房间的记忆。夜色已经很深了，可她一点困意都没有，这段时间发生了太多的事情，令她迅速苍老，仿佛不过弹指一瞬，便走完了人生这么多年。

中学时期，她开始读卡夫卡和米兰·昆德拉的书，周围同学们趋之若鹜的言情小说对她而言完全没有吸引力。她从小就不相信那些虚构的爱情，一开始她还会与人争执，说那些书里和偶像剧里的爱情都不是童话，而是谎话。后来别人都说她是个奇怪的人，看那些晦涩到难懂的书也只是为了显示自己的特别，纪和歌这才发现她太傻了，人都是固执的动物，只会坚信自己是这个世界最正确的存在，怎么可能轻易就被别人说服？所以有些话啊，只能止于唇齿，只能烂在心底，连发芽都是种多余。

后来，她学着不再与人为一件小事争执不休，她将所有想说的话全都诉诸于文字，文字成为她最亲密的伙伴，它们完全懂得她的喜怒哀乐，并且立刻就会给她需要的慰藉。

所以在这一点上，她很感激裴燕生，因为他懂她，对于文字，她始终心怀敬畏，怎么可能用它们来为虎作伥？

纪和歌拿在手里的这本随笔本编号是23，她曾写掉了很多本随笔本，每一本的封面上都贴有数字编号，从1开始。她仰头开始顺着书柜上数数，那些排列顺序还是同记忆里一样。记得刚开始她总是将随笔本扔得房间里到处都是，她的处女座妈妈完全无法忍受，就动手帮她依次整理好放在了书架上，为此纪和歌放学回到家后还和妈妈大吵了一架，责问她凭什么动自己的东西？凭什么偷看自己的隐私？

妈妈说她没有看，可是和歌坚决不信。她还记得那时候妈妈因生气不断起伏的胸口，脸涨得通红，眼睛里都是愤怒和失望。

——还真的从小就是这么一个古怪的小孩子。

——难怪那么多人都不喜欢你。

“妈妈，你也一定像他们那样对我失望过很多次吧？”

纪和歌忽而叹一口气，她翻开已经发黄的随笔本内页，一行行扫下来，像是在同过去的自己隔着时空对话。

那时候她的汉字写得幼稚极了，却偏偏要用这样幼稚的字体去尝试晦涩又形而上学的文字描写。多数写的都是怨恨、委屈之类的情绪，长大一些后，才逐渐平和下来。可是她也知道，这些平和都是伪装的表面。就好比说，这世上的人怎么可能一直都做长不大的小孩子，不开心了就哭，开心了就笑？越往后，不开心了也要用尽各种方式忍住不哭，比如瞪着眼睛坚决不眨，比如大口深呼吸，总之就是要将满眼眶的泪水给憋回去。再之后吧，会发现自己即便不开心了也是笑着的，弯一弯眼角扬一扬唇角，让人根本看不出表象之下的真实情绪。

这样一想，便觉得生而为人大多数情况下都是背着重壳前行的蜗牛，和歌有些想哭，她仰起头眨了眨眼，视线往右一瞥，就看见了书柜上摆着的那个相框，她站起来。

相框里的照片泛黄，只有她和妈妈两个人，妈妈蹲着身子，依靠着妈妈的她要高出一些，妈妈的手搂着她，温柔笑着，和歌的表情却古怪极了。纪和歌的指尖轻触着相框表面，那上面一丝灰都寻不着，应该是妈妈擦的。

记忆在这一刻慢了下来，和歌鼻子发酸，心里忽然感到一阵虚白的柔软。

这柔软开始扩散，仿佛令她的身体也跟着打开了一条缝，似乎有压抑了很久的情感正在复苏，在这个沉默的冬夜里。

7

第二天一大早，向蒲然顶着两个大大的黑眼圈起床，第一件事就是拉开阳台大门。小奶猫经过一夜的休整，比昨晚上精神了不少，“簌”一下就蹿了进来。

终于在门边逮到了它，向蒲然将它捧高，“好啊你这个忘恩负义的小家伙，休息够了就想要离开了？那你告诉我你家在哪里，我可不能放任你乱跑，假如跑丢了没吃的又遇不到我了，你岂不是要死在这个冬天了？”

小奶猫仍旧只是“喵呜”直叫。

有人敲门，向蒲然下意识抱紧了猫，小声嘀咕着：“不会被服务员发现了吧。”

“是我，江书黎。”

像是感知到了她的担忧，他开门见山，“裴教授让我来问问你是否起床了，纪和歌的妈妈邀请我们今天去她们家做客，等会儿一起过去吧？”

向蒲然拉开门。

江书黎没料到她的睡衣会是与她的外表截然不同的风格，向蒲然顺着他的目光重新打量起自己的海绵宝宝睡衣，再抬头，“有什么问题吗？”

江书黎咳了咳，“有些意外。”

他的神色不太自然，别开了脸：“那你先收拾，好了打电话给我。”他做了个打电话的手势，向蒲然点点头，江书黎挥手打算走，向蒲然忽然叫住他：“等等。”

他回身，向蒲然示意他看向自己手中抱着的小猫，“太可怜了，能不能带回笛城？”

江书黎不可置信地看着她，“你别告诉我，你以前在外面是喂一只小野猫就会收养一只？”从她昨晚上驾轻就熟拿出猫粮的动作来看，向蒲然包里随时都备着充足的猫粮，她有喂流浪猫的习惯。向蒲然摇摇头，“我平时住校，宿舍无法养猫，我是想麻烦你照顾它。”话说到后面，越来越小声，江书黎只顾看着她笑，现在的她，已经与最初认识的时候，变了太多，就好像逐渐软化了自己的刺，露出原本的温柔。

江书黎想起自己家里的那只祖宗，默了半晌，可又实在不忍心拒绝眼前的女生，便点点头，“看在你执意要帮她的份上，如果在这里没有办法给它寻到更好的主人，那我就带回去养了。不过向蒲然，你不可以替它擅自做决定，也许在它心底，它更喜欢这儿的生长环境，你说对吗？”

话里有话，向蒲然看着他棱角分明的侧脸，无法回答他，好在他也不是为了看她笑话，话说完就回了自己的房间。

一小时后，三人在楼下吃完了早饭，然后在水果摊买些水果，朝纪和歌家走去。

“你怎么就和杨树分手了？”这厢，妈妈自从得知纪和歌的感情状况就觉得胸口气不顺，“都快结婚的人了，还在这个时候分手，你当你还跟人家刚毕业的小姑娘一样年轻？你都已经30岁了……”

“27岁！”纪和歌忍不住打断她，“我才27岁，你别往老了说。”

纪和歌越过妈妈，打开冰箱门，眼睛从上到下逡巡了一番，“妈，今天烧什么啊？”

“你别给我岔开话题，你说说杨树有什么不好，你们为什么分手，是不是你又在耍脾气没好好对人家？”

“妈你能别问了吗？”

“不能！你今天一定要告诉我实话，这么久没回家，一回来就告诉了我这个消息，我还跟街坊们说了你要结婚了，你怎么这么大了还这么胡闹啊。”

纪和歌一阵头疼，她觉得昨夜里对妈妈好不容易建立起的好感又在这样不断重复的唠叨里被分崩离析，她咄咄逼人的神态令和歌疲惫。纪和歌抚了抚额，语气也变得无奈：“行吧，如果你一定要知道。杨树劈腿了，我就主动离开了他。”纪和歌转身目光直接与妈妈对上，像报复似的补充道：“不像当年你恳求我爸不要离开我们，是我不要杨树了。”

一句话将母亲的脸气到通红，纪和歌看见妈妈的瞳孔微张，眸子已经因为年岁而显得浑浊，皮肤也已松弛，饶是极力保养，皱纹也已悄悄爬上了眼角眉梢。这样的神态令她想起以前因为随笔本而引发的无数次争吵，纪和歌忽然有些失悔，“妈，我……”

妈妈转身，沉默地朝里走，她旋开水龙头，开始冲洗新鲜蔬菜，纪和歌看着她没有表情的侧脸，忽然无措。

须臾仿佛被拉成长久，她和母亲就这样立在同一个空间里，物理距离不超过五米，却仿佛相隔遥远。这从小到大的争吵，一遇见意见不合就以最恶劣的方式互相伤害，因为足够了解对方的软肋，攻击值总是会到达最高。

妈妈走到冰箱旁，“你让一让。”

纪和歌手足无措地往旁边退了退。

“你出去吧，这里不需要你。”

妈妈说这些话的时候，始终没有看她，其实和歌已经在心底重复了好多遍的“妈，我不是故意的”，但就是无法说出口。

此时传来敲门声。

纪和歌忐忑地看向依旧不肯和解的妈妈，妈妈叹出一口气，问她：“朋友来了吧？”

“我去开门。”纪和歌指了指门外，妈妈点头。

纪和歌拉开大门，笑容有些敷衍：“欢迎啊。”

裴燕生看着她，她摆摆手，“你不要这样盯着我，我妈看到会多心的。”

说曹操曹操到，妈妈刚好从厨房里走出来迎接他们。

“这位是裴燕生，国内著名的心理学研究者；这两位是圣蒂亚大学的学生，江书黎、向蒲然。他们都是我的朋友。”纪和歌向妈妈一一介绍。

裴燕生淡淡点头致意，向蒲然温柔朝她笑笑，江书黎倒是大方喊了一句：“阿姨您好。”

纪和歌帮着接过他们手中的水果，放到了厨房。

妈妈微笑着招呼客人们坐，问他们喝什么，她的目光扫过江书黎，再看向向蒲然，有些懂了。“我家里的菊普还是不错的。”说这话的时候抬头看向举止不俗的裴燕生，目光里充满了打量。

“有劳。”

裴燕生坦然对上她审视的目光，江书黎碰了碰向蒲然，女生站起身，“阿姨，我进去帮和歌姐，可以吗？”

“不用，你们聊，我去就行。”

“没关系的。”向蒲然笑，已经作势朝厨房走，江书黎也顺势站了起来，手指了指外面：“我去打个电话。”

客厅里只剩下纪和歌的母亲和裴燕生两个人，从女人沏茶的动作中，裴燕生感知出纪和歌骨子里良好的教养与她的母亲息息相关，在父亲离开的漫长岁月里，即便纪和歌再抗拒承认，她的成长也与这个优秀的女人不可分割，一个人对另一个最好的纪念，就是骨子里性格的延续，一样的刚毅，也一样的脆弱。

她需要来自于母亲的抱持，母亲也同样需要来自于她的，她和母亲之间的关系要得到和解，必须有一个人率先击碎冰面。

和歌的母亲在裴燕生身侧坐下来，双手放在膝盖上，此时此刻，她只是一个有些泄气的母亲角色。

裴燕生替她将心底的疑问说出来：“什么时候发现和歌有些异样的？”

“哦。”母亲微微回了神，看他一眼，感谢他的体贴，她说道：“从和歌开始大把脱发的时候吧，好几年了，我去整理她房间的时候，地上、床上总是一撮撮的头发。”她停一停，目光有些担忧，“所以，是很严重的病吗？”

裴燕生放下茶杯，笑：“没有，您的女儿很优秀，您将她培养得很成功。”

女人苦笑着摇摇头，“你这是为了让我安心，虽然不在身边，但有时候我总是没来由地感到担心。”

裴燕生没有直接回答，反而问她：“您的腰还好吗？”

女人下意识就摸了摸腰，“你知道这事？”

“和歌还不知道，不过总是瞒不住的。”裴燕生停了停，“希望您不要介意，我们来的路上在水果摊买水果时和老板聊了几句。”

女人摆摆手，“只是不小心从梯子上摔了下来，不是什么大问题，没和她说，怕她担心，她上班太忙，假也不好请。”

“这事情您应该告诉她，工作再难请假，出了这事她也会请出假来。”

裴燕生目光炯炯，这位母亲与和歌太像，一别两宽的岁月里，凡事都不肯先退一步。水果店老板的话语言犹在耳，说纪和歌的母亲当时躺在地上足足半个多小时，一动不能动，要不是因为他正好经过还指不定出什么事，当时她疼得浑身都是汗，却在送到医院得知不需要做手术后死活不肯让他们告诉她女儿……裴燕生低头，身子稍稍朝前探了探，他将声音放轻，似劝慰也似开导，“其实，人与人之间的关系，正是因为来回往复的羁绊才会加深感情，更何况你们本就是最亲的亲人了，不需要这样客气，您说是不是？”

纪和歌的妈妈忽然沉默，她愣愣地看着他，眼前这个男人说出来的话看似寻常，却有如高屋建瓴。半晌，她温和笑一笑，“和歌能认识你，我很欣慰。”

“客气了。”

“她真的没有事吗？”

裴燕生笑着摇摇头，“我和她是因为工作认识的。”仍然是善意的隐瞒，裴燕生的目光非常坦荡，具有让人信服的力量：“她是很优秀的杂志编辑，工作之外，我们也成了朋友，至于您担心的问题，只要是普通的人，都会有这样的小情绪，无需过多担心，我相信她能够处理得好。”

言毕，裴燕生的目光看向厨房，他抿了一口茶，挑眉，“您的茶很好。”

女人宽慰笑笑，“等会给你装一些带回去。”

裴燕生不好过多推拒，“有劳。”

女人点点头，站起身，慈眉善目，像是很满意。

向蒲然收回半探的身子，捧着茶杯捂手，她靠着墙对纪和歌说：“你妈妈似乎很满意裴教授。”

纪和歌瞪她一眼，“又乱说。”

“裴教授喜欢你，你看不出来？”

纪和歌差点切到手。

“不要和我说你们只是普通医生和病患的关系，那天底下的医生也未免都太闲了。至少以后如果我也做医生，我可不会对每个病患都做到这种程度。”

纪和歌仍旧不说话，低着头不知道在想什么。

向蒲然继续说：“裴教授这样完美的男人，你遇见了可不能轻易放过。”这话投进纪和歌的心海，立刻打乱了她的节奏，让她感觉自己像是在海面上摇晃的小船，漂浮不定。

向蒲然的手机进短信，她划开来看。

江书黎问她在厨房聊什么，要这么久。

向蒲然回：“为我的导师助攻。”

很快又进了短信，“裴教授好像还没答应做你的导师，他未必会推荐你出国。”

向蒲然勾唇，“打个赌咯？”点击发送，手机传来发送成功的提示音。

纪和歌看着她唇角挂着淡淡的笑容，那双盯着手机屏幕的眼睛仿佛可以发光，她抱胸道：“向同学真的有资格说我吗？”向蒲然疑问地抬头看她，纪和歌像是扳回一局，望着女生笑：“你自己都不敢正视你和江同学的问题，现在倒是管起我的事情了？”

向蒲然眼睛快速眨着，“我和你不一样。”

“怎么不一样了？”

女生沉默了半分钟，才挑眉淡淡道：“我比你年轻呀，你已经到了结婚的年纪，我可还有好几年的大好光阴可以游戏人间。”

“找死啊你！”

即便同属女人，也不能随意探讨年龄的问题，这是非常严肃的原则问题。

向蒲然看一眼和歌，还是决定为之前没有查清楚谣言风波就误会她的事情道歉：“对不起啊，我之前冤枉你了。”

“好吧，勉强接受你的道歉。”

“还真是年纪越大心胸越窄。”

纪和歌白她一眼：“你简直和江书黎越来越像。”

“喂纪和歌！”

在两人的打闹间，妈妈正好走进来，见她面上还挂着浅浅的笑，向蒲然立刻收回正和纪和歌挠痒的手，装作乖巧地朝她妈妈打招呼，妈妈和蔼道：“和歌啊，你出去陪朋友们玩吧，这里有我就行了。”

向蒲然吐了吐舌，拉着纪和歌出来了，还不忘在她耳边说：“裴教授真的很厉害，几句话的功夫，你妈妈整个人的神色都不一样了。比起他我可真差得有些远了，你看我劝你就没得到什么好的进展。”

“还在找死？”

“……”

8

纪和歌的故乡叫扶曲，是个风景与名字一样美丽的地方。

在这里一连住了数日，心情得到了前所未有的放松，江书黎和向蒲然决定先行返回笛城。

那只小奶猫最后被纪和歌的母亲收养，向蒲然也算放心。

寒假原本就短，一晃就要开学；开学前夕，江书黎约了她。

向蒲然一身雪白及膝羽绒服，戴着白色有毛球的绒线帽，来到约定地点才发现眼前是笛城有名的曼维尔庄园。庄园外立着一抹挺拔黑影，男生放下“通话完毕”的手机，笑着朝她招手。

路灯晕黄，四周寂静，正逢二月初最冷的时节，寒风直往向蒲然脖颈里灌，她跟着江书黎七拐八绕，语气奇怪：“一定要我晚上赴约，还约在这儿。说吧，你是有什么企图？”

“肯定是有企图，不过你明知有企图，不也是来了？”

向蒲然不打算再同他讲话，他笑一笑，“我只是觉得，有些事情到了和你坦白的时候了。”

向蒲然怔愣，莫名有些想要打退堂鼓了，却被江书黎一下子看穿，“又想逃了？”女生只得强装说：“才不怕你。”

江书黎面上的笑容更深了一些，他推开自家的院门：“到了。”

向蒲然仔细打量他的住所，四处转了转：“如果你只是带我来欣赏豪宅的，那么我可以给出评价了，很豪。”对她煞有介事却满含挑衅的点评，江书黎也不恼，他步伐不停，示意她跟上：“朝这里走。”

忽然间，向蒲然听到“喵呜”一声划破寂静，她停下步子。

那只通体洁白的猫动作敏捷地跳了起来，江书黎张开手稳稳接住了它，仿佛具有已经上演过无数次的默契，向蒲然看到他面上浮现出极致的温柔，令她心跳有些加速。

江书黎揉了揉猫的脑袋：“乖。”

向蒲然的脑海里忽现一些断续的闪回，江书黎眯了眯眼，不动声色地朝她望过来，与他一并望过来的，还有他怀里那只漂亮的白猫，它的眸色一只蓝一只绿，在夜里更显得灵气逼人。白猫忽然从男生怀里跳到地上，动作矫捷而轻柔；尚未回神，向蒲然只觉脚踝处被一团极软的物体击中，她低头，小东西“喵呜”朝她叫了一声。

江书黎笑了：“它在和你打招呼。”

“它不怕生人？”

“它认识你。”

向蒲然感觉到，有什么事情正朝失控的方向发展。

此时，周围相继亮起灯光，她的眼睛逐步适应由黑暗到光明的转变之后，才发现眼前竟建了一座极为宽敞的玻璃房子。

江书黎脱掉外套，露出内里的浅灰色羊绒衫，黑色长裤，怀里仍抱着那只雪白猫咪，站在玻璃房门口对她笑：“欢迎光临。”

向蒲然随他走进玻璃房，里外温差有十几度，可她立在众多绿树掩映之中，怔怔不能言语。

“有点熟悉？”

向蒲然点头，何止熟悉，呼啸的记忆由点及面，此时此刻，完完整整地串联起来。

江书黎的言语变得轻飘：“那年你高三，失恋了，刚刚参加完前男友的庆功宴。你喝了很多酒，躲在像这样的草丛里哭得很悲伤。”

哗——

记忆拨开茂密丛林回到过去，向蒲然想起了当时狼狈不堪的自己。

第一次恋爱，男友席佑南同样是学校里的风云人物，就连性格也与自己一样古怪，外人看来无比相配的两个人，却迎来了分手的一天。起因是男生变心了，喜欢上了一个叫米优的女孩子，那个女孩子向蒲然曾见过。在席佑南上体育课的时候擅自跑来翻他的抽屉，被向蒲然撞见后却坚持说席佑南捡到了她的笔记本，向蒲然只觉得好笑。可是最终，她的男朋友真的因为这一本笔记本，喜欢上了这个各方面都很普通的米优。

过去这么久了，向蒲然始终记得席佑南分手时的话语。他说，比起向来骄傲和优秀的向蒲然，他更喜欢柔弱平凡可以依赖自己的普通女生。席佑南很早就发现同她之间的不合适，越优秀的女生越是不肯放下身段，久而久之男生就会觉得是负担，“王子公主”的故事最后往往不是童话，两个太过骄傲的人注定只能分道扬镳。

与席佑南的感情谈不上多深，可是输给米优这件事却让她脸上无光，尤其在刚和席佑南分手后去看他的篮球集训，却被米优大秀恩爱羞辱了一番，而她的前男友对这一切默默包容，他同米优一起，在她尚未痊愈的伤口上，又狠狠添了一道。向蒲然早已习惯了在人前维持骄傲的形象，可是心里难过又无处宣泄，最后只能躲在暗处哭泣。

……

“那只被你抱着的猫就是我养的猫。那是我唯一一次带它出门，它跑丢了我一直在找，后来看到你抱着它絮絮叨叨说你和前男友的一切，我就一直在旁边听着，觉得你是个很有趣的姑娘。我不知道你的名字，但我去查了当天下午有篮球比赛的学校，我在你前男友的学校里找了很久，却总找不到你。”

“你离开时我借着微弱的灯光看你的眼睛，后来很久我都想不起来，直到击剑社那次你摘下面罩转向我，我认出了你。”

“我帮你还原了当时的树林场景，因为那是我第一次见到你的环境。”

……

回忆与现实万马齐鸣，无数光线自四面八方汇聚而来，此时此刻爬进江书黎的瞳仁里，形成诱惑人心的明媚高光。向蒲然听到自己的心在一瞬间由高崖跌入深海，四周被静谧裹挟，心脏跳得迟缓、沉重，却又在某一刻忽然风卷雷鸣。她心底那个黑暗潮湿的洞穴，如今全被他的表白填满。

江书黎见她有些懵，他走近她，手顺势拨了几缕她的颊边长发，语声缓缓：“花要开了。”

“什么花？”

“你自己看。”

江书黎俯身放下猫咪，白猫一跃跳至花茎处，那花骨朵儿洁白里染上柔柔淡粉色，含苞待放的姿态撩人心弦。

三——二——一……

昙花一现，只为韦陀。

玻璃房外飘起了二月飞雪，玻璃房内幽昙盛放。

“昙花怎么会在冬天开？”向蒲然的心一瞬变得格外柔软，眼泪已经抢先流下。

“只要有心，就可以。”

昙花总爱选在黎明时分朝露初凝的那一刻才绽放，但它只是花期极短，却不是极难开花。只要控制得当光照和温度，冬天而非夏夜，它亦愿意一展芬芳。

向蒲然微微笑，释然了。

——从前我放不下那个人，想要弄明白他当时放弃我而爱上她的理由，所以我一次又一次地帮助别人实现从平凡到不平凡的梦想。最后发现我什么都没有收获到，却把自己活成了傻瓜。

——幸而遇到了你，比他强大一百倍的你。让我终于相信，所有的错过都是为了遇见最美好的值得，而关于爱情，宇宙也一定会为你做最好的安排。

“所以，还是要出国吗？”

男生和女生并排靠在白沙发上，仰头看玻璃房顶外的夜空。

女生的声音是前所未有的轻松，却又包含坚定：“想通了这些之后，发现自己还是想要出去看看。”

“为什么？”

“大概是因为，真的很想要努力成为像裴教授一样优秀的人吧。”

江书黎转头看她，在这一刻，女生的眼睛熠熠发光，比他曾经看过的任何夜空星辰还要璀璨夺目。

9

人来人往的机场。

裴燕生穿着一袭黑色长风衣立在机场宽大的落地窗前，手里拿着登机牌，窗外是漫无边际的纯白，大洋彼岸的纽约恐怕比这里还要严寒。裴燕生的神色淡然，人生里总有无数次道别，他与纪和歌在这个冬日告别，也许会在来年的春天，再度与她相逢。

即将登机的广播响起，裴燕生动了动眉峰，转身，朝登机口走。

起飞。

降落。

跨过了日界线，刚好与国内有了半个昼夜的时差。

裴燕生揉了揉眉心，神情略显疲惫。刚打开手机，便有电话进来。

“裴先生，您好。”

“你好。”

来接他的人将车牌号报给他，他记下后复又看了一遍邮件，将重点再温故一遍，继而闭上眼，又将稍后在机场出口处可能遇上的种种可能都设想了一遍，确认可以完美结束这个局，他才起身穿外套，拿行李。

头等舱的空姐礼貌地鞠躬，裴燕生绅士地与她们告别，感谢这一次愉快的飞行服务。

……

来接裴燕生的有两拨人，其中一拨人的老板姓霍，是有名的企业家，裴燕生不认识他。霍姓老板真正想接的人恰是另一拨来接裴燕生的人——移花接木，裴燕生纯属帮忙。

这世上，能让裴燕生一接到电话就毫不犹豫答应帮忙的人，在遇见和歌以前，只有他一个。

他姓颜，单字东，比裴燕生年长，职业同样是医生。

最关键的，他与裴燕生亦师亦友的关系，在裴燕生初入这个领域时，给了他受益终身的帮助。

但是颜东的过去，是个未知的谜团。

“所以，每一个成为优秀心理医生的人，都有一段隐秘不可为人所道的过往，是吗？”

事情解决了，裴燕生在颜东为他安排的住所里，同他视频。

视频里的男人五官清淡而温和，气质儒雅，看不出他真实的年纪，只有在你仔细观察他面容时会发现岁月留下的星点痕迹。可是他笑起来时，仿佛能让人感受到来自于这世上，最温暖的光芒。

“谢谢你。”颜东在视频那端举杯。

裴燕生喝了一口红酒，“老师，你的酒不错。”

颜东只是笑，裴燕生关心他：“所以，此刻你就在你以前和我提过的那个城市了？”

颜东点头，却不想谈及自己，他问裴燕生，“跟我讲讲，你之前在邮件里提过的那两个女生吧。”

“好。”

——有一类人，因为曾在成长过程中受到过创伤，从而造成应激反应，对很多事情的处理方式都会停留在受伤害的阶段之前，情绪状态也会停留在那之前，即一般人眼里的“不愿长大”，也即“彼得潘症候群”。这两个女孩子，之前都习惯了众星捧月和故作强大，在各自平行的世界里优秀，直到身体里潜移默化的“安全感缺失”被触发，破土而出、掀起风暴，她选择低调收拢羽翼再不言爱，而另一个惊觉自己情绪日渐难控精神濒临衰弱……

裴燕生的话锋停下，颜东若有所思，“所以，现在差不多结束治疗了？”

裴燕生沉默了半晌，才点点头，“也许吧。”

颜东看出了他那一丝犹疑，“你在担心什么？”

“不重要。”

颜东笑了，循循善诱道：“每一次结束一段治疗，都像是结束了一段旅程，医生会有暂时走不出来的情绪，也算正常。”

果然，裴燕生皱了眉：“真的算正常？”

“当然也会有例外。”

“什么样的例外？”

“比如说，这位病患喜欢上了这位医生，反之亦然。”

裴燕生慢慢复述了一遍：“可是，医生可以喜欢上病患吗？”

颜东至此方知，原来裴燕生的顾虑是这个。他笑了：“为什么不可以？相反，医生很容易爱上他的病患。这是受根植于人性深处的‘被需要’的这种情感激发。”

“原来如此。”

不知道老师忽然想起了什么，裴燕生听颜东忽然叹了一口气，连语气也变得悠远起来，他像是在劝自己，也像是在同虚空中的谁说着话：“既然喜欢上了，就要大胆地表达出来，至少两个人还共同生存在这世间，相爱是一件非常令人动容的事情。”

“老师也是这样吗？”

颜东哈哈笑出声，他指了指裴燕生，佯装正色道：“别试图研究我。”

裴燕生笑一笑，再度举杯：“Cheers.”

窗外是纽约的黑夜，与笛城一样的灯火璀璨，灯火里却都是不一样的人来人往，裴燕生眼望他处，心里却不由愈发缅怀起笛城夜色里的那些温柔曾经。

10

“我合上眼眸，世界倒地死去，我抬起眼帘，一切重获新生。”

这是希尔维亚·普拉斯在《疯女孩的情歌》里被广为流传的一句话。半个月前，纪和歌在文档最后敲下了它，而后点击保存，添加附件，发送。

邮件很快传来提醒，显示已成功到达于琳的邮箱。很快，于琳发来了回复——“啊啊啊纪和歌你终于重新站起来了！我太爱这篇文章了！尤其是那些关于裴燕生的专访描写！简直完美！”

纪和歌从来没有见过于琳如此小女儿的仪态，从面临被取代的威胁以来，她知道于琳一直都在为自己担心，也知道于琳永远是那个可以看到自己文字背后风景的人。对此，她真的很感动。

稿件一路绿灯，顺利赶上了最新的一期杂志，纪和歌重新拿回了属于自己的专栏位置。

他们都形容她，强势回归。

这本杂志同样不可避免地出现在了裴燕生的家中，他读完了她的故事，仿佛将走过的路又走了一遍。

裴燕生给自己倒了一杯红酒，杂志上作者栏里的纪和歌置身一片纯白的雪景，对着镜头笑得像个孩子，这是在扶曲时他用手机给她拍的，当时她很喜欢。这让他蓦然就想起了奈良的暮夏，裴燕生打开抽屉，将那张冲洗出来的照片小心翼翼地放进了杂志中，去年站在日本桥上一袭淡蓝连衣裙的她，与现在裹着厚厚毛衣的她，在文字里重逢，也在这一刻，成功牵动起他心脏最深处的柔软。

江书黎也刚巧从邮箱里取出新到的杂志，扫过一行行文字，他佩服纪和歌直面自己的勇气，像蜕变的蝶。

当然他也不可控制地想起此前，从刚刚找回向蒲然开始，每一次面对他的进攻，女生都会用相同的话语拒绝他——“我不会和你这样的男生谈恋爱，你优秀、情商高、智商更高，你时刻都在享受着睥睨众生的感受，接受所有女生的崇拜和暗恋。可是我不会，一旦我接受了你，很快我们就会相互厌倦。”

“我这样的。”每逢此时，他都会默默重复，“你对我这样的类型免疫。”

“可以这样理解。”

……

江书黎忍不住轻笑了一声：“向蒲然啊，你明明一直都不懂什么叫‘我这样的’，却还一再将我推远，明明说好不再逃避，一转眼又要出国了，对我还真是不公平。”

江书黎边笑边将纪和歌的文章拍了下来，顺手发给了向蒲然。

半晌，向蒲然回了信息。

“不错啊！”还加了感叹号，让他感受到了她的情绪起伏。

想一想，那些与向蒲然从远到近的牵引，几乎全靠他死缠烂打。好在，最后的结局，不算太坏。

纪和歌合上杂志，站起身看着窗外的银装素裹，下楼。

妈妈的身影仍在厨房里忙碌。纪和歌为自己那一天竟然摇着妈妈的手臂追问她“为什么小时候一点都不喜欢自己，常常将自己一个人丢在家里不管不顾”感到窘迫，妈妈当时的脸色也与她一样窘迫，最后仍咕哝着说：“谁让你小时候一点都不可爱，总是一副奇怪的样子，脾气还大，谁会喜欢你。”

“那你现在喜不喜欢我啊？”

“喜欢，不喜欢你我喜欢谁啊？你可是我的女儿。”

……

眼眶忽然发涩，纪和歌深吸一口气。

其实这么多年了，她和母亲之间差的，不过是一场“面对面”的说话而已。

她推开门，屋外的雪仍在下，越积越深。

院子里的雪人仍旧朝她温和笑着，它的帽子是向蒲然的，围巾是裴燕生留下的。

纪和歌想起那一日雪停，四人在院子里打雪仗的情景。

江书黎追着向蒲然，向蒲然被砸得躲来躲去，江书黎状若无意地大声问她：“除了躲，向蒲然你还能有更高级一点的表态吗？”一语激起了向蒲然的反抗，女生立刻联合纪和歌朝江书黎频频进攻。仿佛是借了游戏的勇气，很多之前不敢说的话在此刻被喊了出来。然而女生毕竟是女生，即便联手，也敌不过江书黎的瞄准，纪和歌只得将始终淡然处在外沿的裴燕生拉进了战场——她躲在裴燕生的背后，浑然不顾裴燕生皱眉仰脖替她挡下无数次雪球袭击的模样。

纪和歌拽着他的袖子：“喂，这种时候不再适合装绅士了好吗！”

裴燕生眼眸含笑：“你确定？”

话还没说完，裴燕生长臂一伸，竟然将她拦腰举了起来，“靶子给你们准备好了，要怎么扔就看你们的了！”

果然没有永远的阵敌，向蒲然和江书黎相识一笑，立刻结为同盟，纪和歌如临大敌，双脚在半空中乱挥，双手拼命捶着裴燕生：“啊啊啊裴燕生你快放我下来！”

……

纪和歌推开门，孤身走入这片洁白世界，可是这一次，她却察觉不到一丝一毫的孤单。原来与人相处是如此让人心情愉悦的一件事，他们让她看见那些被白雪掩映之下的世界，是充满希望的来年绿意，也让她相信那些盎然的生机终会到来，让她在和这个世界交手这么多年后，终于可以平静而坦诚地与身体里最深的恐惧和最真实的自己，握手言和。

纪和歌闭上眼抬头，感受雪花一片一片落在自己脸颊上，她忽然觉得灵魂里很沉重的东西终于走掉了，自己变得与雪花一样轻盈，也忽然就有了去面对未知的勇气。她睁开眼睛，知道这种勇气来源于他——多庆幸遇见了他，让她离那个不好的自己越来越远，让她在张开双臂怀抱光阴的过程中，被不慌不忙地治愈。

她和他的相遇，始于去年夏天，却未必会终止于这个冬日。

她相信，故事未完待续。

而他们，一定来日方长。

后　记

我曾读过流马的一首诗，叫《老虎》。

“很多年前
我梦见一只老虎
在我身后

我站在原地
一动未动
我知道它也一样

这么多年过去了
我仍然不敢回头。”

我一直都喜欢读一些特别颠三倒四的文章或者诗歌，杂乱无章会显得文字“不太用力”，好像悲痛的情绪也都被凌乱的结构给稀释了。但真的合上书后，那些明明处理得非常疏淡的线索，却又让我久久无法释怀。

在我们每个人的生命里，或许都有一些不可触及的曾经，足够隐秘，一碰就疼——就像那只始终藏在你身后的猛虎，等待着你的直面，也等待着与你和解。

而我想写的，恰恰也就是这样一个关于“和解”的故事。

阿尔贝·加缪在《夏天集》里曾写过，“在隆冬，我终于知道，我身上有一个不可战胜的夏天。”

纪和歌无疑是幸运的，有裴燕生帮她发现自己身上那个“不可战胜的夏天”。文末结局的那个纯白世界，干净澄澈，多么适合重新整装出发。

也许你会觉得遗憾，他们的爱情还没有来得及上演，就要回到各自的轨道，好像我只写了一场盛大而漫长的铺垫，他们就不得不告别。

可是爱情啊，最美好的不就是开始前的那段时光吗？

在各个场合，我都毫不掩饰我对这个故事的偏爱，我总说它是我近年以来最喜欢的一部作品——不过多拘泥于轰轰烈烈死去活来的爱情，而是更偏重去还原生活的细节和真实。

她们可能都不够完美，但她们一定都是可爱的。

我还记得“彼得潘症候群”这个词闯入我眼帘的时候，指针划过凌晨一点——那时我已经为了想一个满意的出版书名抓耳挠腮了数个小时。所以你看，这就是生活可爱的地方，它从不让你轻易得到，但你的努力和坚持，它统统都会看到。

写稿的过程中，我曾有过很多次的情绪爆破、很多次的脸红心跳、很多次的心酸流泪，我很想要说出来和你们分享，可最后都只能咬咬牙，全部吞回去。那一段段欢喜和委屈、潮起和潮落，都只有我一个人陪着他们在经历，而等你们真的与他们相遇，我却已经走出了那些情绪，又走进了下一段情绪里。

我想，我永远是孤独的破光者。

一个人朝前走，后面和身侧都没有人可以同我说话，可以给我意见，我一个人主宰着一切，我享受着最大的权利，同时也必须承受着最大的孤独——这很公平，我心知肚明。

但是，这个故事不一样，它有特别的温度。

那段时间，我同期在赶稿两本长篇，《亲爱的彼得潘小姐》的交稿进度被我一拖再拖，我很抱歉，更多是感谢和庆幸。我遇到了一个非常好的编辑，小齐从不对我诉说她的为难，只是竭尽全力帮我顶住来自各方的压力，给到我最充分和最自由的时间，让我创作。

她允许我章节性交稿，我完成一章她就清稿一章，我和她同步进行，缩短校对稿件的时间。

我还记得那些个周末和晚上，她将我的稿子打印出来带回家，逐字逐句地核对，然后微信告诉我，她的感受。

她是这本书的第一个阅读者，也是最大的支持者，她对这本书的喜欢，她的每一句鼓励，都令我更加怀有信心，也更加敢于尝试和坚持。

于我而言，文学是值得一辈子去坚持的情怀，从和“它”相遇的那一刻起，我就知道我一辈子都会握紧它的手，走下去。就像和歌对文字的感情一样，那是她的盔甲，是她的情感依托和归属，也是她一辈子要誓死捍卫的领土。

在这个故事里，给予和被给予，需要和被需要，治愈和被治愈，原谅和被原谅，最后都是一种有关生命的安放。

梦境并不可怕，猛虎也不凶恶，你要相信，所有的悲伤和困境，都会最终随着冬天一并逝去，未来总会和温暖一起款款而来。

谨以此文，献给每一位亲爱的少女。

愿你所有的烦恼，都只是一场温暖的小事故。

2016 年 7 月 某晚

图书在版编目（CIP）数据

亲爱的彼得潘小姐 / 苏沐梓著. -- 北京 : 北京联合出版公司, 2016.10

ISBN 978-7-5502-8421-0

Ⅰ. ①亲… Ⅱ. ①苏… Ⅲ. ①长篇小说－中国－当代 Ⅳ. ①I247.5

中国版本图书馆CIP数据核字(2016)第192396号

亲爱的彼得潘小姐

作　　者：苏沐梓
出版统筹：新华先锋
责任编辑：徐秀琴
特约监制：黎　靖
策划编辑：齐雪娇　扈　晓
版式设计：朱明月
封面设计：郑金将
封面绘画：闫听听
营销统筹：章艳芬

北京联合出版公司出版
（北京市西城区德外大街83号楼9层 100088）
北京慧美印刷有限公司　新华书店经销
字数144千字　620毫米×889毫米　1/16　16印张
2016年10月第1版　2016年10月第1次印刷
ISBN 978-7-5502-8421-0
定价：36.80元
